KB022740

데스마치에서 시작되는
이세계 광상곡
4

카리나
무노 남작가의 차녀.

루루
쿠보크 왕국 출신.
아리사의 언니.

아리사
쿠보크 왕국의 옛 왕녀.
전생이 일본인.

사토
이세계를 헤매고 있는
서른 줄 프로그래머.

루루가 두 손으로 볼을 감싸고 중얼거렸다.

"에헤헤……. 주인님의 색시……."

데스마치에서 시작되는 이세계 광상곡

4

★★★

아이나나 히로

Death Marching to the
Parallel World Rhapsody
Presented by Hiro Ainana

CONTENTS

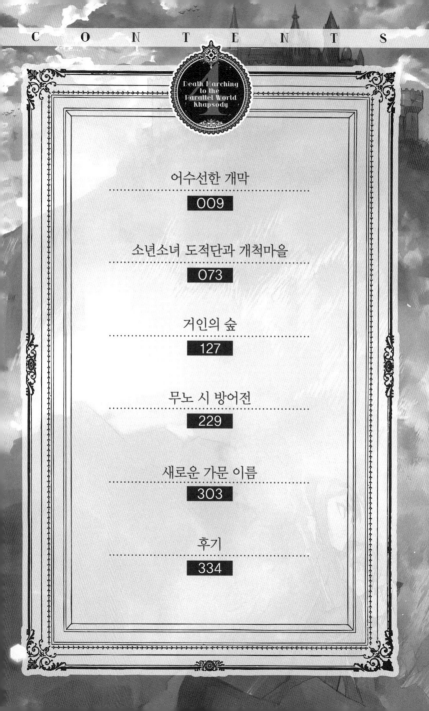

Death Marching
to the
Parallel World
Rhapsody

어수선한 개막

"사토입니다. 필요는 발명의 어머니라고 하는데, 발상을 실현시키려면 그만한 기초지식이 필요합니다. 분명히 발명의 아버지는 지난 날들의 노력이겠죠."

크하노우 백작령에서 세담 시 태수보좌관이 「환상의 숲」에 사는 마녀들을 몰아내기 위해 꾸민 마법약 납품을 둘러싼 소동에 휘말렸지만 무사히 해결됐다. 우리는 그 와중에 알게 된 사람들의 배웅을 받으며 세담 시를 출발했다.

아이들 넷은 마차 뒤쪽에서 배웅해주는 사람들이 작아지는 것을 아쉬워하며 손을 흔들고 있었다.

나는 아이들과 떨어져서 마부석으로 갔다. 마차는 루루가 몰고 있었고, 리자와 나나 둘은 말을 타고 있어서 마차 안에 없었다.

"주인님. 문을 나서고 얼마 동안은 사람들이 많으니 천천히 달릴게요."

"그래. 안전운전 부탁한다."

매끄러운 긴 흑발을 휘날리며 마부석에 앉은 루루는 물빛 원피스를 입고 어깨에 따뜻해 보이는 숄을 두르고 있었다.

이 세계의 심미안으로는 못생겨 보인다고 하지만 내 주관으로는 아이돌 뺨치는 미소녀였다.

"주인님. 저와 나나가 앞장서겠습니다."

돌아보니 리자의 늠름한 눈빛이 보였다.

"보행자 우선으로 부탁한다."

"알겠습니다."

리자는 세담 시에서 새로 마련한 가죽 갑옷 위에 두꺼운 여행용 외투를 걸쳐서, 주황 비늘 종족의 특징인 오렌지색 비늘이 거의 가려지고 꼬리만 살짝 보였다.

그녀의 트레이드 마크인 검은 창은 너무 눈에 띄기 때문에 평소에는 천으로 감아두고 있었다.

이 창은 세류 시의 지하미궁에서 리자를 구했을 때, 내가 마물의 신체 부위를 재료로 즉석에서 만든 것이었다.

성능은 그저 보통 강철 창과 비슷하지만 리자가 보물처럼 아꼈기 때문에 그냥 쓰게 내버려 두었다.

리자보다 약간 뒤에는 긴 금발을 포니테일로 묶은 호문클루스 나나가 있었다.

겉보기에는 리자와 마찬가지로 갑옷 차림이었지만, 풍만한 흉부가 안쪽에서 가죽 갑옷을 밀어 올리고 있었다. 리자와 달리 투구를 안 써서 무표정한 미모도 햇살 아래에 아낌없이 드러내고 있었다.

"나나는 괜히 무리해서 몰려고 하지 말고 말한테 맡겨."

"마스터의 명령을 수락."

아직 승마기술이 서투른 것을 염려하여 지시를 내렸더니 로 봇 같은 독특한 말투로 대답했다.

나나가 지시를 내리지 않아도, 그녀의 말이 알아서 리자 뒤를 따라 마차 앞으로 이동했다.

"사토."

마차 뒤쪽에서 손을 흔들고 있던 엘프 미아가 앞으로 왔다.

엷은 청록색 긴 머리칼을 트윈테일로 묶었고, 머리칼 사이로 뾰족한 귀가 보였다.

인간들 거주지에서 흔히 볼 수 있는 종족이 아니라서, 평소 에는 트러블을 막으려고 외투의 후드를 써서 머리와 귀를 가 린다.

자락이 짧은 라임그린색의 드레스를 입었는데 앳된 용모 덕 분에 아주 잘 어울렸다.

쌀쌀한 계절이라서 아리사와 같은 디자인의 카디건을 걸쳤 고, 다리도 타이츠로 방어하고 있었다.

"감초."

말수가 적은 미아는 늘 그렇듯 단어로 말을 걸었다.

아마도 간식으로 가시감초 줄기를 꺼내달라고 하는 거겠지.

나는 격납 가방 안에서 항아리를 꺼냈다. 이 가방은 물건이 겉보기보다 몇 배 많이 들어가는 마법 도구였다.

항아리를 열자 부드럽고 달콤한 향기가 풍겨 나왔다.

안에 들어 있는 알로에 같은 에메랄드 그린의 과육에 이쑤시 개를 꽂아서 한 조각 꺼냈다.

"아~앙."

미아가 작은 입을 벌리고 조르길래 감초 과육을 먹여 주었다.

"맛있어."

미아가 볼에 손을 대고 행복한 미소를 지었다.

실제 나이는 나보다 훨씬 연상이라지만 이걸 보면 도무지 믿기가 어렵다.

"달콤한 냄새~."

"이 냄새는 감초인 거예요!"

타마와 포치가 달콤한 냄새를 맡고서 날아왔다.

하얀 숏 헤어에 고양이 귀를 가진 타마가 진짜 고양이처럼 내 손에 머리를 들이밀었다. 타마는 고양이 귀 종족이라는 희귀한 종족이었다.

다갈색 보브 컷에 강아지 귀를 가진 포치는 「앉아」 명령을 받은 개처럼 착하게 앉아서 기다렸다. 기대감이 가득한 표정을 반영하듯 꼬리가 좌우로 마구 움직였다.

포치는 강아지 귀 종족이라고 불리는데, 고양이 귀 종족과 마찬가지로 시가 왕국에서는 희귀한 존재였다.

둘 다 하얀 셔츠와 호박처럼 부푼 숏 팬츠를 입고 있었는데, 숏 팬츠는 타마가 핑크고 포치가 노란색이었다. 둘이 입은 외투도 같은 색이었다.

"금방 줄 테니까 조금만 기다려."

"네잉~."

"네, 인 거예요!"

내가 말하자 옆에 나란히 서서 얌전히 기다렸다.

초등학생 나이밖에 안 되는데 참 말을 잘 듣는다.

감초 과육에 이쑤시개를 꽂아서 항아리째로 두 사람 앞에 내밀었다.

"아~앙?"

"아~앙, 인 거예요."

미아에게 먹여주는 걸 봤는지 둘이 나란히 아기 새처럼 입을 쩍 벌렸다. 입 안에 감초 과육을 하나씩 넣어줬다.

"딜리셔스~?"

"달콤해서 포치는 행복한 거예요."

타마는 축 늘어지면서 달콤함을 곱씹고, 포치는 손과 꼬리를 흔들면서 기쁨을 표현했다.

"루루도 먹을래?"

"네. 먹고 싶어요."

두 아이의 목소리를 즐겁게 듣고 있던 루루에게도 한 조각 먹여 주었다.

루루는 부끄러운 듯 입을 열고서 감초 과육을 먹더니 조신하게 웃었다.

"잠까안, 나도 줘!"

뒤늦게 다가온 아리사에게도 감초 과육을 먹여 주었다.

아리사는 불길함의 상징이라는 보라색 머리칼을 금빛 가발로 감추고, 양갓집 아가씨 풍으로 나풀거리는 분홍색 옷과 연지색 카디건을 입었다.

"세담 시를 떠나는 게 어쩐지 쓸쓸하네."

아리사가 감초 과육을 오물오물 씹으며 말했다.

"축제가 끝난 뒤라서 더 그런 걸까?"

아리사가 말한 축제는 은산(銀山)을 공격한 코볼트 군단을 쫓아내고 돌아온 태수의 개선 축제였다.

우리는 축제를 구경하려고 예정보다 닷새나 더 머물렀다.

"축제~ 좋아~?"

"다들 웃어서 즐거운 거예요."

"응."

선두가 화려하게 장식된 퍼레이드도 구경하고, 축제 때만 만드는 요리에 혀를 내두르는 등 실로 즐거운 날들이었다.

그런 축제도 어제 끝났다. 그래서 드디어 미아를 고향에 바래다주기 위한 여행을 재개했다.

"병사 같은 사람이 많이 보여요."

마부석에 앉은 루루가 말한 것처럼, 가도에는 병사 차림의 남자들이 10명쯤 모여 움직이는 집단이 많았다.

신경 쓰여서 맵을 열어 조사해봤다.

표시에 따르면 그들은 크하노우 백작령의 마을에서 징병된 남자들이었다.

"상처."

"은산에서 온 귀환병이야."

미아 말처럼 집단 속에는 반드시 붕대를 감은 사람이나 지팡이를 짚은 사람이 있었다. 보아하니 은산에서 부상병이 움직일 수 있을 만큼 회복되길 기다렸다가 출발한 모양이다.

"거기 귀엽게 생긴 언니. 우리 아들 색시로 올래?"

"허리선이 죽이는데? 나도 한 번 상대해주면 좋겠구만."

"바보 같은 자식아. 칭찬하려면 저 훌륭한 가슴 아니겠냐!"

다쳤는데도 팔팔하군. 말을 모는 나나에게 경박하게 말을 거는 사람이 간간이 있어서 곤란하네.

나나는 고개를 갸웃거리기만 했다. 딱히 불안해 하거나 불쾌하게 느끼지는 않으니 그나마 다행이었다.

"왜 저래? 저 녀석들 열 받네에."

"경박."

오히려 성희롱을 받은 나나가 아니라 마차 안에서 그 말을 들은 아리사와 미아가 짜증을 냈다.

"좋았어. 내가 『불능의 감방』 마법으로 후회하게 해줘야겠네."

아리사가 팔을 걷어붙이면서 일어서는 걸 억지로 앉히고 나나에게 말을 걸었다.

"관둬. —나나, 교대하자!"

나는 나나와 교대하여 리자와 나란히 말을 몰았다. 마차가 편하지만 가끔은 승마도 좋다니까.

마차 안에서 아리사가 「성희롱범에게 죽음을!」이라고 말하는 게 들렸지만, 루루가 달래고 있으니 놔둬도 되겠지?

은산으로 가는 영지 도로가 이어지는 지점을 지나자 사람들이 줄어서, 나나에게 말을 돌려주고 마차로 돌아왔다.

나나의 미숙한 승마기술을 보다 못한 미아가 나나의 말에 함께 타고서 짤막한 말로 지도를 해줬다.

"한눈 안돼."

"미아. 나무 위에 다람쥐가 있음을 보고합니다."

"앞."

"……네, 하고 반성합니다."

미아가 꾸짖자 나나가 무표정을 유지하며 풀이 죽었다.

에취. 마부석에 있던 루루가 귀여운 재채기를 했다.

"바람이 쌀쌀하니 이거 걸쳐라."

"고, 고맙습니다."

격납 가방에서 꺼낸 모피 코트를 루루에게 건네고, 그녀가 그걸 입는 동안 고삐를 맡았다.

"생각했던 것보다 더 추워지네."

"네. 가끔 저쪽 산에서 불어오는 바람이 차가워요."

루루가 말하는 산은 무노 남작령 경계에 있는 산이었다.

"바람을 막는 게 없어서 그럴 지도 모르겠다."

나는 모피 코트를 입는 루루 옆에서 가도 주변을 둘러보았다.

영지 경계의 산악지대로 다가갈수록 환경이 바뀌어서 나무들이 줄어들고 바위나 풀밭이 늘어났다.

상인들한테서 무노 남작령이 크하노우 백작령보다 춥다고 듣긴 했지만 이 정도로 추울 줄은 몰랐네.

나는 스토리지에서 손난로를 꺼내 마력을 충전했다.

이건 세담 시에 머무르는 동안 만든 건데 백금 카이로[#1]처럼 생긴 마법도구였다. 화상을 입지 않도록 조그만 천 주머니 안에 넣었다.

"루루, 추우니까 이것도 가지고 있어."

"고맙습니다. ……따뜻해요~."

루루가 손난로를 양손으로 감싸서 볼에 대고는 따스함을 즐겼다.

경국의 미소녀가 추위 속에서 따스함을 느끼고 표정이 살며시 풀어졌다.

—이 순간을 사진으로 찍고 싶어.

이 미소를 광고에 쓰면 손난로 시장의 30퍼센트는 먹을 수 있겠다.

"아, 죄송합니다. 주인님께 계속 고삐를 맡기고 있었어요."

"그건 괜찮아. 루루의 귀여운 미소를 봤으니까."

웬 작업남이냐 싶은 말이었지만, 루루의 콤플렉스를 해소하기 위해 적극적으로 칭찬하기로 했다.

"그건…… 저 같은 건…….."

내가 칭찬하자 루루의 얼굴이 새빨개졌다.

"범죄."

미아가 볼을 빵빵하게 부풀리더니 나와 루루 사이에 끼어들었다.

"다음! 다음은 나!"

#1 백금 카이로 하쿠킨 카이로. 일본의 금속 손난로 제품. 벤젠과 백금의 화학작용을 이용해서 여러 번 이용할 수 있다.

이어서 아리사가 손을 번쩍 들고서 필사적으로 어필했다.

"오냐 그래 아리사, 귀엽다."

"에이이. 루루에 비해서 칭찬이 잡스러워. 좀더 사랑을 담아서 속삭여 줘어."

아리사가 「정말~!」이라며 화가 나서 콩콩 때렸지만 별로 힘이 들어가 있지도 않은 걸 보니 진심으로 화가 난 건 아닌가 보다.

예상보다 훨씬 추워지길래 아리사의 제안을 받아들여서 점심 시간에 귀마개를 잔뜩 만들었다.

약간 복고풍으로 헤드폰처럼 생긴 천 귀마개였는데, 디자인은 똑같았지만 색이 다른 리본을 달아서 구분했다.

"따끈따끈~."

"귀가 행복한 거예요."

얇은 옷을 좋아하는 타마와 포치도 마음에 들었는지 내게 몇 번씩이나 보여주러 왔다.

"둘 다 귀엽다."

칭찬해주면 몸을 꼬물거리면서 쑥스러워하니까 더 귀엽다.

이렇게 평화로운 대화를 할 수 있을 정도로 여행도 평화로웠다. 저 멀리 늑대 무리를 보긴 했지만 해가 저물 무렵 영지 경계가 있는 산으로 들어갈 때까지도 딱히 다른 이벤트는 없었다.

험한 산길을 1시간 정도 나아가자 관문을 겸하는 요새에 도착했다. 그 동안 다른 사람이나 마차와 마주치는 일은 없었다.

요새 문은 닫혀 있었지만, 문 위 누각에 병사가 보이기에 가까이 다가갔다.

"거기 있는 마차! 요새에 무슨 용건이냐?!"

"저희들은 무노 남작령을 통과해서 오유고크 공작령으로 가는 행상인입니다."

"……저주 받은 영지를 통과하겠다고?"

정중하게 목적을 전하자, 질문을 했던 병사가 의문스런 표정을 지었다.

"저 영지가 마물이나 무법자들이 날뛰는 위험지대란 것을 알고는 있나?"

"네. 때문에 충분히 준비를 했습니다."

"그럼 좋다. 그러나 야간에 관문을 통과시킬 수는 없다―."

병사의 말에 따르면 저녁부터 야간의 영지 경계 계곡에는 독충이나 흡혈박쥐가 안개처럼 득시글거리기 때문에, 안전을 위해 통행을 제한하고 있다고 한다. 특히 말이 위험하다고 했다.

가까운 마을에서 밤을 넘기고 오라고 했지만, 길 중간에 적당한 장소가 있어 그곳에서 야영하기로 했다.

"주인님. 부탁이 있어요."

루루가 야영지에서 진지한 표정으로 말했다.

듣자니 맛있는 스테이크 굽는 법을 가르쳐달라고 해서, 일단 안 좋은 부분이 있나 보려고 루루에게 한 번 구워보라고 했다.

"아, 그게 아니야. 루루, 스테이크를 구울 때는 여러 번 뒤집거나 뒤집개로 누르면 안돼."

"그런가요? 구울 때 좋은 냄새가 나기에 이 정도면 될 거라고 생각했어요……."

낙담하는 루루의 머리를 쓰다듬어주고 이유를 가르쳐주었다.

"스테이크의 맛있는 성분이 흘러나와서 익으니까 좋은 냄새가 나는 거야. 그러니까 스테이크 안에서 맛있는 성분이 도망치지 못하게 딱 한 번만 뒤집어야 돼."

이런 이론적인 부분은 옛날에 인터넷에서 본 걸 그대로 말해봤다.

실제로는 조리 스킬이 여러 번 뒤집으면 안 좋다고 가르쳐준 거지만, 루루가 납득할 수 있을만한 이유를 그럴 듯하게 말해줬다. 아마 그렇게 틀리지도 않을 거다.

이번에는 순서대로 굽는 법을 가르쳤다.

"귀를 기울여봐. 맛있는 타이밍은 소리가 알려주니까."

"아, 넷!"

지방이 타오르는 소리가 프라이팬의 온도를 알려준다.

가르치느라 거리가 가까워졌는지, 루루가 귀까지 새빨개지며 부끄러워했다. 그 모습이 귀엽다 보니 요령을 가르쳐줄 때마다 귓가에 속삭이게 되었다.

"손질이 끝난 고기를 프라이팬에 올리고 표면에 육즙이 나올 때까지 꾹 참고 기다려야 돼."

"네……네에. 차, 참을게요!"

루루가 당황하여 목소리가 갈라졌다.

아차, 좀 지나쳤군. 성희롱을 하면 안 되니까 적당히 거리를 벌렸다. 그랬더니 루루의 표정이 실망스런 느낌으로 변했다. 사춘기 소녀는 다루기 어렵군.

나는 루루의 진지한 옆모습을 흐뭇하게 감상하며 스테이크 굽는 법을 가르쳤다.

루루는 몇 번 도전한 끝에 요령을 깨달았다. 그때부터는 내가 잔뜩 구워서, 루루의 실패작을 포함하여 전부 접시에 담았다. 그것을 내가 육즙과 간장으로 만든 일본풍 소스에 찍어 먹었다.

실패작이 마지막까지 남으면 내가 책임지고 먹을 생각이었지만 아인 소녀들의 위장 앞에서는 괜한 걱정이었다.

식사 뒷정리는 다른 애들에게 맡기고 마차 뒤에서 마법도구의 재료를 준비하여 난방기구 제작을 시작했다.

지금 만들려는 건 마차 안에서 쓸 난방기구였다. 잘 때도 쓸 수 있으려면 바닥 난방이 좋겠지?

손난로를 만들 때 쓴 노하우를 살려봐야지.

나무로 프레임을 만들고, 안쪽에 난방회로가 들어간 금속관을 배치할 생각이었다.

지금 가진 자료에 배터리 역할을 하는 회로는 없지만 손난로를 만들 때 배터리 비슷한 걸 만들어 냈다. 마력의 순환회로와 마법약 병에 쓰이는 마력 확산 방지용 약액, 그리고 마법진을 활용해 봤다. 이번에도 그걸 써야지.

성능은 마력을 가득 충전해도 세 시간밖에 안 가지만, 불침번 교대할 때마다 재충전을 하면 되니까 문제없었다.

세담 시에서 널빤지나 금속 기구를 대량으로 구입한 덕분에 작업은 술술 진행되었다.

물론 여러 가지 스킬이 지원을 안 해주면 마차 한 대에 쓸 수 있는 바닥 난방 마법도구를 한 시간에 만드는 기괴한 짓은 못했을 것이다.

나는 완성된 마법 도구를 일단 스토리지에 수납하고, 마차 바닥에 꺼내서 고정했다.

마력을 충전하고 드러누워 봤는데 딱히 너무 뜨겁지도 않고, 은근하게 따스함이 올라왔다.

마차 틈으로 바람이 들어오니까 나중에 다 함께 틈새 막이 작업을 해야지.

"뭐하고 있어~?"

"난방기구 만들었다."

아리사가 마차 뒤에서 얼굴을 내밀고 물었다.

"따뜻해."

"이런 마법 도구도 있군요. 주인님, 굉장하세요!"

아리사에 이어 나타난 미아와 루루도 바닥을 만져보고 감상을 말했다.

"설마 이 세계에서 바닥 난방을 만날 줄은 몰랐어."

바닥에 착 드러누워서 따스함을 만끽한 아리사가 갑자기 눈을 번쩍 뜨더니 나한테 달려들었다.

"코, 코타츠! 다음은 코타츠[#2]만들어줘!"

"마차에는 바닥 난방만 있으면 충분하지 않니?"

"으, 에에엥~. 그러지 말고, 코타츠! 다음에는 꼭 코타츠를 만들어 주옵소서~."

아리사가 필사적으로 호소하자 조금 기세에 눌렸다.

"아리사도 참. 주인님이 곤란해 하시잖아."

루루가 아리사를 부드럽게 타일렀다.

이런 부분은 참 자매답다니까.

"우우윽. 코타츠는 좋은 거야아. 그건 꼭 이세계에 퍼뜨려야 될 일본문화라고 생각해."

표현이 좀 거창하다고 생각은 하지만, 괜한 말은 말자.

아리사가 눈물이 그렁그렁한 눈으로 올려다보기에 고개를 끄덕였다.

"알았어, 알았어. 틈 나면 만들어 줄 테니까 코타츠용 이불은 직접 만들어라."

"이얏호오~!"

아리사가 마차 안에서 방방 뛰며 기뻐했다. 스커트가 배꼽까지 말려올라 갔지만 그런 건 신경 쓰지도 않는 모양이다.

"코타츠, 좋아."

기뻐하는 아리사 옆에서 미아가 고개를 끄덕거리며 조용히 말했다.

#2 코타츠 일본의 난방기구. 탁자 아래쪽에 열원을 설치하고 탁자 옆면을 이불로 막은 뒤 그 위에 다시 판을 덮는다. 이불 안에 하반신을 넣어서 몸을 녹인다.

그러고 보니 엘프 마을에는 몇 백 년 전에 찾아온 용사가 일본 문화 일부를 전했다고 했었다.

아리사가 루루에게 코타츠의 형상이나 어떻게 좋은 것인지 뜨겁게 설파하고 있었다.

코타츠 다음에는 귤이나 떡을 요구할 것 같았다. 오유고크 공작령에는 쌀이 있으니 쌀떡을 구할 수도 있을 것 같은데, 귤은 짚이는 데가 없네.

교역이 왕성한 도시에 도착하면 찾아봐야지.

그건 그렇다 치고, 기왕 만들었으니 다른 애들한테도 바닥 난방을 선보였는데—

"이 온기는 근사합니다. 목욕탕의 따스함에는 미치지 못해도, 이 또한 실로 좋습니다."

—리자가 보기 드물게 뜨거운 어조로 절찬했다.

물론 다른 아이들도 대호평이었다.

마력 지속시간은 제작하기 전에 예상했던 것처럼 3시간 정도였지만 3시간 유지되면 충분했다.

추워져서 불침번을 3교대로 줄일 예정이지만 내가 반드시 심야 불침번을 설 생각이다. 시작하고 끝낼 때 마력을 충전하면 아침까지 따뜻한 상태를 유지할 수 있겠지.

불침번은 타마랑 포치에 나처럼 적 탐색 능력이 높은 사람 한 명을 시간마다 반드시 넣고, 다른 멤버는 교대를 시켜야지.

바닥 난방을 깔고 틈새를 막는 콤보를 실행해서 찬 바람도 안 들고 따뜻하니 떨지 않고 잘 수 있겠다.

그날 밤, 아리사와 함께 신이 나서 그림책 낭독을 했더니 「연기」, 「복화술」 스킬에 「엉터리 배우」란 호칭을 얻었다.

칭호를 주는 게 누군지는 모르겠지만 악의적인 칭호는 좀 그만 두시지?

심야 불침번을 함께 서는 아리사가 밤바람에 몸을 떨기에 세담 시에서 산 마법의 두루마리로 익힌, 「방어벽」이란 술리 마법을 바람막이로 써봤다.

메뉴의 마법란에서 「방어벽」을 사용하자, 반경 3미터쯤 되는 투명한 돔이 우리를 감쌌다.

"오옷, 안 추워. 이거 세담 시에서 익힌 마법?"

"그래— 아차 실수했네."

바람은 막을 수 있었지만, 모닥불의 연기가 투명한 돔의 꼭대기 주변에 모여있었다.

방어마법이라서 그런지 안팎의 공기 흐름이 막히는 모양이군.

"어머나, 정말. 모르고 잠들었다간 질식사하겠어."

"그러게 말이다. 일단 해제하자."

나는 「방어벽」 마법을 해제하고 연기를 하늘로 날렸다.

"굴뚝이라도 만들면 되지 않아?"

"그렇네. 시험해 보자."

나는 격납 가방에서 꺼낸 막대 세 개를 땅에 꽂아놓고 그걸 천으로 감싸 높이 1미터쯤 되는 간단한 대롱 같은 걸 만들었다.

그 대롱 중간쯤에 겹치도록 「방어벽」을 만들었다.

대롱은 그대로 있었다. 우지직 구겨지거나 「방어벽」이랑 겹친 부분이 잘려나가지는 않았다.

천이랑 막대를 회수하자, 대롱이 있던 부분의 「방어벽」에 구멍이 뚫렸다.

「방패」 마법이랑 달리 만든 장소에서 움직일 수는 없으니 이동하면서 쓸 수는 없지만, 「이글루」 같은 모양을 잡고 출입구를 뚫어놓으면 불침번 설 때 활약해줄 것 같군.

이 마법의 효과시간은 세 시간 고정이었다. 메뉴의 마법란으로 사용해도 변함이 없었다. 아마 안에 있는 사람이 질식하지 않도록 배려한 건가 본데?

두루마리로 쓸 때보다 벽의 강도가 강화되긴 하는 것 같았지만, 둘 다 펀치 한 방에 부서져서 어느 정도나 강화된 건지 알 수가 없었다. 나중에 아인 소녀들의 도움을 받아서 강도 시험을 해봐야겠다.

참고로 세담 시에 머무르며 구한 새로운 마법의 두루마리는 「방어벽」말고도 있었다.

슐리 마법 「짧은 기절탄」, 「마법의 화살」, 그리고 흙 마법인 「함정 파기」가 있다.

두루마리를 구한 날 늦은 밤에, 세담 시 근처 폐촌에 가서 사용해보고 두루마리에 적힌 주문을 마법란에서 사용할 수 있게 해두었다.

두루마리로 썼을 때는 「불씨 탄환」과 마찬가지로 효과가 너무 약했지만, 메뉴의 마법란에서 쓰면 말도 안 되게 성능이 올라갔다.

공격계 마법 두 종류는 발사 수를 최대 120발까지 임의로 조절할 수 있었고, 비살상계 마법인 「짧은 기절탄」조차 거목이 부러질 정도의 공격마법으로 변해 버렸다.

소비 마력은 둘 다 공통적으로 기본 10포인트, 발사 수가 2 늘어날 때마다 1포인트가 더 필요했다.

마력 10포인트로 암벽을 용암으로 만들어 버리는 「불씨 탄환^{파이어 샷}」의 효율에는 못 미치지만, 마물을 상대할 때 쓰는 마법총보다는 사용법의 폭이 넓었다.

마지막으로 「함정 파기^{피트}」는 반경 10센티미터에 깊이 10센티미터의 구멍을 파는 마법이었는데, 마법란에서 쓰면 최대 반경 12미터, 깊이 12미터의 구멍을 만들 수 있었다.

이 사이즈는 10센티미터 단위로 변경할 수 있어서, 본래 용도와 다르지만 편리하게 쓰고 있었다. 주로 화장실이나 쓰레기를 버리는 구멍을 만든다.

다만 만든 구멍을 메울 방법이 없다는 점이 조금 곤란했다.

이 「함정 파기^{피트}」는 구멍을 만들 때 흙이 어디론가 사라진다. 구멍의 측면이나 바닥의 흙이 돌처럼 단단하긴 하지만, 단순히 압축한 거라면 더 딱딱해질 테니까 태반은 어디론가 사라진다고 추측할 수 있었다.

다소 흥미롭지만, 일부러 연구할 정도도 아니라서 흙 마법의 대가나 연구가를 만나면 물어보기로 했다.

아리사와 둘이서 그런 마법의 부조리한 점을 화제로 잡담을 했더니 금세 교대 시간이 되었다.

◆

다음날 동틀 녘부터 출발 준비를 갖추고, 해가 떠오르는 것과 동시에 요새로 출발했다.

"어제 왔던 녀석이군. 요즘에는 무노 남작령의 도적이 이쪽에 원정을 올 정도로 영지 안이 곤궁한 모양이다. 도적이나 병사뿐 아니라 평범한 마을 사람이라도 방심하지 말도록."

"네. 충고 감사 드립니다."

—어이쿠야. 자연스럽게 무노 남작령의 병사와 도적을 한데 묶어 취급해 버리시는데요?

나는 마음 속으로 태클을 걸면서, 친절한 병사에게 감사의 말을 건넸다.

관문을 넘어가는데 통행수수료 같은 건 없나 보다.

그러긴커녕—.

"만약 저쪽 요새에서 무슨 억지를 부리면 있는 힘껏 도망쳐 와라. 영지 경계를 넘기만 하면 우리 병사들이 구하러 갈 수 있다."

"마음 써 주셔서 감사 합니다. 만약 무슨 일이 있으면 베풀어 주신 친절에 의지하도록 하겠습니다."

병사에게 감사의 말을 하고서, 무노 남작령을 향해 출발했다.

나는 마차를 몰면서 세담 시에서 들은 무노 남작령의 소문을 돌이켜 보았다.

본래 가난한 영지인 데다가 치안이 나빴는데, 요 3년쯤 이어지는 기근 때문에 노예가 되거나 도적질에 손을 대는 영민이 끊이질 않는다고 했다.

더욱이 관리들은 상습적으로 부정이나 횡령을 저지르고, 병사들이 게을러서 가도에는 마물이나 도적이 넘친다.

이제부터 가게 될 영지 경계의 요새도 예외가 아니라서, 관세 랍시고 짐을 빼앗거나 가까운 마을에서 여자들을 납치해 오는 등 도적보다도 질이 나쁘다고 한다.

우리가 아침 일찍 무노 남작령으로 가는 건 그런 불량병사들을 피하기 위해서였다.

불성실한 놈들이 아침부터 일을 할 리도 없고, 무노 남작령 쪽에는 관문이 없다는 것도 확인했다.

뇌물 삼아 술을 준비하긴 했지만, 괜한 시비를 걸면 아리사의 정신 마법으로 재워 버리고 돌파할 생각이었다.

불성실한 병사들이 낮잠을 자는 건 흔한 일이잖아?

크하노우 백작령 요새를 통과한지 얼마 안 되어, 깎아지른 듯한 벼랑 사이에 협곡 같은 가는 길이 나타났다. 마차 한 대가 간신히 통과할 수 있는 넓이라서 시야가 좋지 않았다.

그 길을 10분쯤 나아가자 영지 경계 최대의 난관에 이르렀다.

폭 30미터에 깊이 100미터쯤 되는 계곡이 있는데, 그곳에 마차 한 대가 아슬아슬하게 지나갈 수 있는 구름다리가 있었다.

그 반대쪽이 무노 남작령이다.

"리자, 나나, 돌아와. 다 함께 여기서 기다려라."

말을 몰아 먼저 건너려는 리자와 나나를 불러들여서 다 함께 대기하라고 지시했다.

"건너편이 안전한지 잠깐 확인하고 오마. 내가 저쪽에서 도망치라고 소리치면 날 기다리지 말고 도망쳐야 된다?"

"네잉!"

"네, 인 거예요!"

"……아, 네."

내 말에 순순히 대답한 건 포치, 타마, 루루 셋뿐이었다.

"사토."

"또 혼자서 무모한 짓을 할 생각은 아니겠지!"

미아랑 아리사가 걱정하면서 나를 붙들었다.

"괜찮아. 요새가 어떤지 확인한 다음에 금방 돌아온다니까."

나는 두 사람의 머리를 순서대로 쓰다듬어주고, 루루에게 마부를 맡긴 뒤 마차에서 내렸다.

"마스터, 수행을 희망합니다."

"주인님, 외람되오나 저를 호위로 데려가 주십시오."

나나와 리자가 말했지만, 둘은 많은 것 같아서 리자만 데리고 가기로 했다. 리자라면 무슨 일이 있어도 자기 앞가림정도는 할 수 있을 테니까.

"알았어. 리자는 따라와. 나나는 여기서 대기."

"네!"

"알겠습니다라고 대답합니다."

나는 나나 대신 말을 타고 리자와 함께 무사히 구름다리를 건넜다.

반대쪽에는 마차를 몇 대 세울 수 있는 넓이의 광장이 있었고, 높이 50미터쯤 되는 암석지대가 시야를 가리고 있었다.

그럼 일단 정보수집을 해야지.

메뉴의 마법란에서 「모든 맵 탐사」를 사용해 무노 남작령의 지도를 비롯한 정보를 얻었다.

사전 정보로 알고는 있었지만 이 영지는 쓸데없이 넓다. 형태가 일그러져 있지만 면적이 홋카이도에 맞먹지 않을까? 물론 홋카이도의 정확한 사이즈를 기억 못하니까 대강 내 감각에 따른 거다.

전체적으로 평지가 많고, 무노 시 북서쪽에는 영지의 30퍼센트 정도를 차지하는 대삼림이 있었다. 하천은 대삼림 중앙에 있는 호수에 모였다가 무노 시 앞을 지나 오유고크 공작령 쪽으로 흘러가고 있었다.

크하노우 백작령과 오유고크 공작령을 잇는 가도 근처는 대부분 평지였지만, 띄엄띄엄 고도가 낮은 산이 있었다.

한편으로 영지 경계 부근에는 제법 높은 산들이 이어지고 있었다.

또 크하노우 백작령과 마찬가지로 군데군데 크고 작은 공백지대가 있었는데, 가장 커다란 공백지대는 대삼림 안쪽에 있었다.

어디 지리 파악은 이쯤 해두고 적을 확인해야지.

맵의 검색 정보를 필터링해서 조사했다.

아리사처럼 「스킬 불명」인 전생자가 있는가— 없음.

레벨 50을 넘는 강자가 있는가— 없음.

우리 애들에게 위협이 될만한 레벨 30이상인 자가 있는가—
있음.

마지막 검색은 제법 다수가 걸렸다. 거기다 가장 가까이 있는
게 요 앞의 요새였다.

나머지는 멀리 있어서 일단 적 탐색을 중지하고 리자와 함께
확인하러 갔다.

가도를 따라서 암석지대를 빠져나가자 경사가 있는 황무지가
나타났다.

황무지 중간쯤에는 요새가 있었는데, 웬 히드라가 그 요새를
반쯤 깔아 뭉갠 채 자리 잡고 있었다. 히드라는 요새 잔해 틈으
로 4개의 머리를 집어넣고 있었다.

메마르고 차가운 바람을 타고, 우드득우드득 **무언가**를 씹는
소리가 들렸다.

맵으로 확인했더니 요새 주변에 생존자는 없었다.

"리자, 말을 부탁할게."

나는 리자에게 말을 맡기고 경사를 걸었다.

히드라가 있는 요새까지 직선거리 300미터쯤 된다.

이 히드라의 레벨은 44. 세류 백작령과 크하노우 백작령 사

이에서 본 녀석보다 두 사이즈 정도는 더 컸다.

"주, 주인님, 외람되지만 피하셔야 합니다."

리자의 안색이 안 좋았다. 괴수 영화에나 나올 법한 히드라를 봤으니 당연하겠지.

"괜찮아. 금세 끝나니까 잠깐 기다려."

나는 조금 생각해보고, 리자의 걱정을 해소하기 위해 실력을 일부 보여주기로 했다. 리자는 신중하고 입이 무거우니까 조금 실력을 보여줘도 괜찮겠지.

리자와 충분히 떨어진 다음 메뉴의 마법란에서 「마법의 화살^{매직 애로우}」을 선택했다.

여기는 황무지니까 「불씨 탄환^{파이어 샷}」을 써도 불이 번질 염려는 없었지만, 불씨 탄환은 시속 90킬로미터쯤 되는 저속이라서 이 거리에서는 히드라가 피할 가능성이 있었다.

그래서 조금이라도 빠른 「마법의 화살」을 선택했다.

마법을 발동하자 화살 개수를 선택하는 표시가 떴다. 1부터 120까지 고를 수 있었는데, 나는 망설임 없이 최대치인 120으로 결정했다.

시야에 들어오는 히드라에게 AR표시로 작은 빨간 점이 표시됐다. 마치 공중전 시뮬레이터의 타깃 마크 같았다.

근데 히드라가 머리를 감추는 자세라서 치명상이 안 될지도 모르겠네.

나는 일부러 발치의 돌을 차서 소리로 히드라의 주의를 끌었다.

히드라가 4개의 목을 치켜들고 이쪽을 내려다보더니, 박쥐처럼 날개를 펼치고 위압하는 자세를 취했다.

내가 히드라의 목 4개를 노리겠다고 생각하자, AR표시가 시간차 없이 반응해서 4개의 목으로 타깃 마크가 이동했다.

—발사.

마음 속의 방아쇠를 당겼다.

소비한 마력은 70포인트.

내 앞에 단창 같은 크기의 「마법의 화살」이 차례차례 나타나더니 공기를 가르는 소리를 남기고 차례차례 히드라의 목으로 쇄도했다.

레벨 때문에 각 능력치가 높은 탓인지, 아니면 무슨 스킬의 영향인지는 모르겠지만 시간의 흐름이 프레임 단위 재생처럼 느껴졌다.

첫 번째 「마법의 화살」이 히드라의 몸 표면에 생긴 붉은 막에 막혀서 튕겨 나갔다. 「마법의 화살」이 두 발 세 발 명중하더니, 네 발째에 붉은 막이 부서지고 다섯 발째가 히드라의 머리를 파헤쳤다.

목이 관성에 끌려가기도 전에 여섯 발째, 일곱 발째가 히드라의 머리를 고깃덩어리로 바꿔 버렸다.

여덟 발째부터는 산산이 흩어진 고깃덩어리를 날려버리는 역할밖에 못하는군.

히드라의 머리를 관통한 「마법의 화살」이 똑바로 날아가서 뒤에 있던 산에 명중하자, 고목과 흙과 바위가 분쇄되며 지형이 바뀌었다.

마치 대구경 기관포를 일제히 발사한 것처럼 압도적인 폭력이었다.

「마법의 화살」 120개가 히드라의 머리 네 개와 뒤쪽 산을 파괴하고 나서야, 간신히 시간 흐름이 평소와 같은 속도로 느껴졌다.

고막이 터질까 염려하여 귀를 손으로 막고 히드라의 죽음을 로그로 확인했다.

모든 머리를 잃은 히드라가 관성에 이끌려 뒤로 넘어가더니, 요새의 나머지 반을 뭉개 잔해로 만들었다. 진동이 온몸에 울려서 히드라의 중량을 알려주었다.

바람을 타고 오는 흙먼지에서 목을 지키려고 입가에 천을 둘렀다.

리자가 있는 곳으로 돌아가 말을 잃은 그녀에게 말했다.

"끝났다."

"주인님. 아까 어리석은 발언을 한 것을 용서해 주십시오. 주인님께서 강하신 것은 알고 있었습니다만, 설마 이 정도일 줄은……."

뭐 그렇게 거창하게 놀라니. 나는 가벼운 어조로 입막음을 했다.

"미안하지만 방금 본 마법은 다른 애들한테 비밀이다."

"네. 목숨을 바쳐서라도!"

그렇게 무겁게 생각하면 곤란하지.

"아니, 목숨이 걸렸을 때는 말해도 돼."

나는 리자에게 고삐를 받아서 말을 몰아 히드라의 시체 쪽으로 다가갔다.

이렇게 가까이서 보니 크기가 압권이었다. 본래 세계에서 만났다면 도망쳐야 된다는 생각을 하기도 전에 저항도 못하고 잡아 먹혔겠지.

다갈색 얼룩이 묻은 잔해가 널려있는 곳에 지독하게 훼손된 시체나 부서진 무구가 굴러 다니고 있었다.

못된 놈들 소굴이라고 듣기는 했지만 이렇게 심한 꼴로 죽어 있으니 동정이 생겼다.

굳이 시체를 묻어줘야겠다는 생각까지는 안 들어도, 여기를 뜨기 전에 추도 정도는 해줘야겠다.

찰박거리는 소리가 나는 땅을 지나 히드라의 묘비가 된 요새 앞에 이르러 말에서 내렸다.

땅에 내려서자 아까 전까지 희미하게 나던 쇳내가 강해졌다.

리자에게 마핵 회수를 부탁하고, 발치에 떨어진 검을 하나 주워서 묘비 대신 땅에 꽂았다.

스토리지의 술병 하나를 추도에 쓰려고 꺼냈다. 요새를 통과할 때 뇌물로 쓰려던 거였다.

나는 용도가 바뀐 술을 검에 뿌리고 그들의 명복을 빌었다.

자 그럼, 리자가 마핵을 회수하는 동안 무노 남작령의 조사를 계속해야지.

아까 적을 검색하다가 멈췄는데 레벨 30이 넘는 마물은 나름대로 많았다.

서남서의 산악지대에 방금 전 쓰러뜨린 것과 비슷한 히드라가 있었다. 검색으로 발견한 녀석은 레벨 37짜리 하나였지만, 주변에 레벨 29와 레벨 14인 히드라도 있었다.

지금 위치를 따져보면 영지의 끝과 끝이다. 방금 저 히드라는 저기서 여기까지 원정을 온 건가? 한 번에 얼마나 되는 거리를 이동하는지는 알 수 없지만 날아다니는 마물은 성가시네.

—뭐 지금이야 대공 마법이 있으니까 대처할 수 있긴 하지만.

대부분은 가도나 생활권에서 떨어진 깊은 산속에 있으니 마주칠 일은 없겠다.

그리고 검색 리스트 속에서 마족 하나를 발견했다. 게다가 장소가 무노 시에 있는 영주의 성이었다. 아무래도 이 영지가 황폐해지는 건 마족이 무슨 나쁜 짓을 하는 탓일 가능성이 높았다.

마족의 세부정보를 확인했다. 레벨은 35, 전에 세류 시에서 본 눈알 마족이랑 같은 하급 마족이었다. 종족 고유능력으로 「비행」, 「변신」, 「분신」, 「하급마법 내성」이 있고 통상 스킬로 「정신 마법」, 「사령(死靈) 마법」이 있었다.

이번에는 마족으로 맵 검색을 해봤더니 그밖에 셋이 더 걸렸다. 레벨은 모두 1이었고, 칭호가 「분체」였다. 아까 걸린 하급 마족이 「분신」으로 만들어낸 모양이네.

이 분체들은 「분신」만 빼고 나머지 세 개의 종족 고유능력을 가졌고, 통상 스킬은 「정신 마법」이나 「사령 마법」 둘 중 하나만 가졌다.

하나는 무노 시에 있고, 나머지 둘은 다른 도시에 있었다. 개중에서 무노 시에 잠입한 하나는 집정관으로 둔갑하고 있나 본데―. 이건 주의해야겠다.

그러고 보니 세류 시에 있던 마족은 인간에게 씌어 있었지.

만약을 위해서 맵 검색으로 상태가 「빙의」인 사람을 찾아봤더니 무노 성에 있는 기사 둘이 「빙의」 상태였다.

성에 있는 기사들 중에 그 두 사람보다 레벨이 높은 기사도 있었지만, 여러모로 비교한 결과 상벌에 죄가 새겨진 사람을 골랐다는 걸 알 수 있었다. 그러고 보니 세류 시에서 빙의된 것도 나쁜 놈이었지.

우리 애들을 위험한 곳에 방치해두고 이쪽에서 적극적으로 토벌하러 갈 생각은 안 들지만, 아까 그 히드라처럼 앞길을 막아선다면 이야기가 달라진다. 그때는 전력으로 퇴치해야지.

세류 시의 미궁 발생사건 때처럼 상급 마족을 소환하면 귀찮아지니까, 마족이나 빙의된 사람들 모두에게 마커를 달아서 수상한 움직임을 보이면 감지할 수 있게 해둬야지.

무노 남작령에 머무르는 동안에는 최소한 아침저녁 두 번 정도 맵으로 상황을 확인해야겠다.

위험한 조짐을 느끼면 이쪽에서 나서면 되겠지.

물론 우리 애들 안전이 최우선이었다.

마물들의 정보 수집을 다 끝냈을 무렵에 리자가 돌아왔다.

"주인님, 마핵을 회수해 왔습니다."

"그래, 고마워."

마핵은 말 안장에서 꺼낸 주머니에 넣었다. 소프트볼보다 두 사이즈 정도 커다랗고 새빨간 마핵이었다. 등급을 조사해보니 주9나 되는 고품질 마핵이었다.

"나는 잠깐 쉴 테니까 다들 불러올래?"

"네. 금방 다녀오겠습니다."

리자에게 지시한 다음 요새 잔해에 반쯤 묻힌 히드라의 몸이 생각났다.

"다들 걱정할 테니까 이 마물은 비밀로 하고."

"알겠습니다."

리자가 정색을 하며 끄덕이더니 말을 타고 애들을 부르러 갔다.

나는 그것을 배웅하고서 정보 수집을 재개했다.

이번에는 「환상의 숲」에 사는 늙은 마녀에게 부탁 받은 편지를 전해야 할 곳을 조사해봐야지.

거인으로 검색했더니 딱 한 개의 대상이 발견됐다. 대삼림 안쪽의 공백지대 가까운 곳에 있는 걸 보니 그들의 거주지가 그 공백지대 안에 있을 가능성이 높았다.

늙은 마녀의 탑도 크하노우 백작령의 공백지대에 있었고 말이지.

중간까지는 마차로 가면 될 것 같은데, 대삼림 안쪽으로 가는 길은 말에 나눠서 타고 가야 할 것 같았다. 맵의 3D 표시로도 확인했으니 틀림 없다. 거리는 12일쯤 걸리겠군.

이어서 사람의 분포를 확인했다.

인구가 이상하게 적었다. 토지는 훨씬 넓은데 세류 백작령보다 인구가 적었다. 1만을 넘는 도시는 무노 시뿐이고, 다른 도시나 소도시는 수천 명 수준이었다.

가도나 영지 도로에는 마을이 많았지만, 대부분이 인구 50명쯤이었다.

그리고 미리 입수한 정보를 뒷받침하듯 수많은 영민들의 상태가 「기아」였다.

이 무노 남작령은 아인 차별이 철저한 건지 무노 시에는 인간족밖에 없고, 다른 도시나 마을도 인간족과 아인이 섞여 있는 곳은 없었다.

가도에서 떨어진 산간 지방에나 같은 종족의 아인들만 백여 명쯤 모여 사는 마을이 띄엄띄엄 있었다.

또한 서북서쪽 영지 경계 근방 산을 따라서 「폐광도시」란 곳이 있었는데, 그곳은 코볼트들이 점거하고 있었다. 크하노우 백작령의 은산을 공격한 코볼트도 이 도시에 있는 것과 같은 씨족이었다. 양쪽의 거리가 직선으로 50킬로미터쯤 떨어져 있는데 용케 원정 갈 생각을 했네.

그건 그렇고 기근이 생각보다 심각하다.

이 히드라를 식량으로 쓸 수 있다면 전후 식량난 시대의 고래처럼 상당히 많은 사람을 구할 수도 있을 것 같은데…….

혹시 먹을 수 있을까? 개구리 마물이나 분사 늑대도 맛있었으니까 조리법을 아는 사람을 만날지도 모른다.

말의 몸통만한 히드라 목의 일부를 성검 엑스칼리버로 1미터쯤 잘라내 스토리지에 수납했다.

물론 남은 본체도 스토리지에 수납했다.

문득 히드라가 먹고 있던 것을 떠올리고 스토리지에 수납한 히드라의 상세 항목을 체크하자, 위 속의 내용물을 따로 꺼낼 수 있었다.

나는 「함정 파기」 마법으로 직경 5미터, 깊이 5미터의 구멍을 만들었다.

그리고 히드라 위 속의 내용물— 요새의 희생자들 시체를 구멍 안으로 꺼냈다. 눈뜨고 못 볼 몰골일 것을 예상했기 때문에 눈길을 돌리고 보지 않았다.

나는 구멍 속이 보이지 않는 위치까지 물러나서, 다시 한 번 희생자들에게 묵도를 하고 요새를 벗어났다.

〉칭호 「무덤 파기」를 얻었다.

요새 앞의 경사를 내려가서, 10미터쯤 떨어진 가도에 이르러 말에서 내리고 일행을 기다렸다.

메마른 공기를 한껏 들이쉬고, 녹슬어버린 듯한 기분과 함께 내뱉었다.

이세계에 온 뒤로 사람의 죽음과 마주치는 것에는 익숙해졌다고 생각했지만, 역시 기분이 좋질 않네.

마부석에서 크게 손을 흔드는 루루와 아리사에게 손을 흔들어주며, 마음을 다잡고 마차로 다가갔다.

43

◆

일행과 합류한 다음에 나나에게 말을 돌려주고, 루루가 모는 마차의 짐칸에서 아이들과 수제 트럼프를 사용한 도둑잡기를 하면서 마음의 피로를 치유했다.

그리고 요새 앞을 출발하여 두 시간쯤 지났을 무렵, 앞서가던 리자와 나나가 돌아왔다.

"주인님. 이 앞 가도 옆에 몇 명의 남녀가 주저앉아 있습니다."

"마스터. 적의는 없어 보였다고 보고합니다."

두 사람이 발견한 사람은 그 마을의 촌장과 손녀, 그리고 농노 아가씨 둘이었다.

위험한 생물이나 도적이 없다는 건 맵으로 확인했지만, 이 네 사람의 목적을 알 수가 없어서 둘에게 보고 오라고 했다.

"무슨 일일까?"

"마침 좋은 기회야. 영민들의 생생한 목소리를 들어보자."

아리사의 의문에 대답해주고서 스토리지의 식량 재고를 체크했다. 정보제공의 답례는 불량재고인 곰이나 다갈색 늑대가 좋겠다.

루루와 교대하여 마차를 몰아 촌장이 기다리고 있는 갈래길과 가도가 만나는 지점으로 이동했다.

마차가 시야에 들어오자, 촌장으로 보이는 남자가 일어서서 「어~이」하고 외치며 손을 흔들었다.

레이더에는 그의 손녀도 있었지만 시야에는 안 보였다. 아무래도 어디 숨어있나 보다.

"무슨 용건이신가요?"

"나는 이 앞에 있는 마을의 촌장일세. 당신 행상인 아닌가?"

촌장과 인사를 나누면서 그들의 상태를 확인했다.

촌장은 AR표시로 보니 43세였지만, 겉보기에는 60대처럼 보였다. 상태가 「기아」라서 그런지 빼빼 말랐고 안색도 안 좋았다.

이렇게 추운데 지저분한 튜닉 위에 외투도 입지 않았다.

가도 옆에 앉아 있는 20세 전후의 농노 아가씨들 의상은 더 추워 보였다. 대강 만든 홑옷 하나밖에 안 입은 데다 맨발이었다. 게다가 옷자락이 짧아서 평범하게 걷기만 해도 속옷이 보일 정도였다.

신기하게도 농노 아가씨들이 촌장보다 영양상태가 좋아 보였다. 마르긴 했지만 상태가 「기아」가 아니었다.

서로 자기소개와 인사치레를 마친 다음에야 본론으로 들어갔다.

"당신에게 팔고 싶은 것이 있다네."

"저 농노 아가씨들 말인가?"

내가 묻자 촌장은 고개를 옆으로 저으며 부정했다.

"아니, 아닐세. 이리 와라."

"응."

가도 옆의 움푹 들어간 곳에서 그의 손녀가 기어 나왔다. 역시 빼빼 말랐다.

그녀는 촌장의 것으로 보이는 외투를 껴입고 있어 자락을 바닥에 끌면서 걸어왔다.

"내 손녀인데 이 애를 팔고 싶네. 아직 어리지만 마을에서 제일 미인이었던 내 딸을 닮아서 장래에는 미인이—."

나는 그의 말을 가로막고 확인했다.

"자기 손녀를 노예로, 판단 말인가?"

"이 마을에 남아도 굶어 죽든가, 요새의 병사들에게 노리개가 되어 살해당하는 게……."

촌장이 비통한 표정으로 말했다.

크하노우 백작령에서 들은 이야기가 그냥 소문이 아니었군.

"그럴 바에야 당신처럼 사람 좋아 보이는 상인에게 팔리는 게 훨씬 행복해질 수 있을 게야."

가난해도 가족이랑 같이 지내는 편이 좋을 거라고 생각하는데, 나는 죽을 만큼 굶어본 적이 없으니 말이지…….

촌장이 마차에서 얼굴을 내민 아이들의 건강한 얼굴을 눈부신 듯 보았다.

"상인님, 저를 사주세요."

촌장의 손녀가 어린애치고는 또박또박한 말투로 말했다. 표정이 아주 진지하고, 내가 주춤할 정도로 필사적이었다.

"부탁해요! 내가 팔린 돈으로 식량을 사면 어린애들 몇 명이 겨울을 날 수 있어요."

촌장의 손녀가 얼굴 앞에 손을 맞잡고 애원했다.

아리사가 조마조마한 시선으로 이쪽을 보고 있지만 얘를 살 생각은 없었다.

"—미안하지만, 노예는 이미 충분해."

물론 우리 애들은 노예라기보다 가족 같은 느낌이지만.

내가 교섭의 여지가 없는 태도를 취하자, 촌장의 손녀가 절망한 표정으로 고개를 숙였다.

그것을 흥미롭게 보고 있던 농노 아가씨들이 일어섰다.

"촌장. 이제 교섭해도 돼?"

"……그래."

농노 두 사람이 낡은 옷을 벗고서 나신을 드러냈다. 야하다기보다 너무 말라서 보기 안쓰러웠다.

"우웅, 파렴치."

"자, 잠깐만!"

아리사와 미아가 마차 안에서 튀어나와 내 눈을 가렸다.

"추, 추워."

"오늘은 한층 더 춥네."

농노 둘이 한 순간 몸을 움츠리면서 추위에 몸을 떠는 모습이 아리사와 미아의 손가락 사이로 보였다.

그야 한겨울 바깥에서 발가벗었으니까 춥겠지.

"상인님, 봄을 살 생각 없어?"

연상인 농노 아가씨가 이상한 포즈를 취하면서 말했다.

"대금은 동화 1닢이나 이 주머니 가득 곡물이나 감자 같은 걸 주면 돼."

"아, 물론 고기도 대환영! 토끼나 새 같은 사치는 안 부릴 테니까 쥐든 마물이든, 고기라면 뭐든지 좋아."

연상 아가씨의 말을 보충하듯 연하 아가씨가 말을 이었다.

마물 고기라…….

마침 잘 됐다. 어떤 종류의 고기를 먹을 수 있는지 물어봐야지.

"마물 고기 말이니?"

"응. 벌레 마물은 대부분 맛없지만 메뚜기나 귀뚜라미 마물 다리는 맛있어ー."

"이 주변은 식량이 부족하다네. 농노에게 억지로 먹이는 게 아닐세."

촌장이 젊은 아가씨의 말에 끼어들어서 변명을 했다.

"세류 시에서도 와이번을 먹었고, 나도 먹어본 적이 있으니까 편견은 없어."

내가 말하자 촌장이 가슴을 쓸어 내렸다.

다 함께 분사 늑대 고기를 먹기 전이었다면 얼굴을 찌푸렸을 지도 모르지만.

"봄도 노예도 필요 없지만 다른 건 살 수 있지."

"다른 것 말인가? 이런 변변찮은 마을에는 그밖에 팔만한 것이…….”

"나는 정보를 사고 싶어."

"정보?"

촌장이 의문스레 말했다.

"무노 남작령의 정세 같은 걸 아는 범위에서 가르쳐줘."

"나는 하잘것없는 농민일세. 우리 마을과 교류가 있는 마을정도밖에 모른다네."

"그 정도면 충분해. 정보의 대가로 다갈색 늑대 고기를 줄게."

내 말에 농노 아가씨들이 얼싸안고 기뻐하는 것이 아리사와 미아의 손가락 사이로 보였다.

너희들은 감기 걸리기 전에 이제 그만 옷을 좀 입어.

촌장에게 들은 마을 주변 정보는 상당히 심각했다.

흉작이 3년이나 이어진 탓에 마을 주변의 들풀이나 나무 열매도 다 떨어졌고, 그 탓에 짐승들도 깊은 산으로 이동해 버렸다. 채취범위를 넓히고 싶어도 마물이 나와서 희생자만 늘어나고 있었다.

이 주변 마물들 레벨은 10 이상이니 농기구로 사냥하기에는 상대가 너무 강한 거로군.

"그래도 가을로 접어들 때 마을 여자애들 몇 명을 노예상인에게 판 돈으로 겨울 날 준비는 간신히 마쳤었네만……."

"도적이라도 나왔어?"

촌장이 말을 흐렸으니 남작 쪽 이유일 거라고 짐작했지만 뒷이야기를 하기 쉽도록 그렇게 말했다.

"아니, 이 부근 도적들은 본래 먹을 것이 없는 근처 촌락 젊은 이들일세. 겨울을 나려고 준비한 것들을 훔치러 올만큼 비정하지는 않아."

"그렇지~. 우리 손님은 그 도적들인걸."

"요새의 병사들이랑 달라서 **한** 다음에 밥도 주는걸."

그렇군. 이 애들이 「기아」 상태가 아닌 이유는 그거군.

"이쪽에는 훔칠 상대가 없으니까 이웃 영지에 원정을 간다고 했어."

"요즘에는 은산에서 전쟁을 하니까 먼 도시까지 갔다고 했어."

여러 가지 가르쳐준 농노 아가씨들에게 감사인사를 하고 촌장과 이야기를 재개했다.

"그럼 마물이라도 나왔나?"

"그렇다면 체념할 수도 있지. 남작의 딸이 시집갈 축하금을 거둔다면서 세금 징수 관리가 겨울 식량을 3할 정도 가져갔다네."

촌장이 묵직한 한숨을 쉬었다.

60명쯤 되는 마을 사람이 겨울 나려고 모은 식량의 30퍼센트라니, 축하금 수준이 아닌걸. 징수 관리가 제멋대로 자기 몫을 보태서 가져갔겠지.

"진정을 내지는 않았고?"

"그런 짓을 하면 마을이 통째로 농노가 된다네."

"설마."

"정말일세. 톤자 마을이라고 했었나? 마을 사람이 죄다 농노가 돼서 지금은 아무도 안 살지."

시험 삼아서 촌장한테 들은 마을 이름으로 맵 검색을 했더니, 마을 사람이었던 주민들 모두가 무노 시 근처에 있는 도시에 노예가 되어 있었다. 실화였나 보다.

마족이 암약하고 있다고 쳐도 좀 심한데…….

약간 호기심이 생겨서 덤으로 물어봤다.

"남작영애가 시집가는 상대가 누군지는 알고 있어?"

"징수 관리 놈 말로는 용사님이라던데……."

―용사?

영지를 맵으로 검색했지만 용사 칭호를 가진 사람은 없었다. 아무래도 가짜 같은데.

"있잖아, 촌장님. 남작 딸은 몇 살쯤 됐어?"

조용히 이야기를 듣고 있던 아리사가 몸을 내밀며 대화에 끼어들었다.

"19세와 24세의 딸이 있을 게야."

"그렇구나. 고마워. 이야기 방해해서 미안해요."

아리사는 촌장의 대답에 만족했는지 마차 안으로 들어갔다.

"도무지 믿기 어렵지만 징수 관리가 그렇게 말한 건 정말일세. 뭣하면 옆 마을 촌장에게도 물어보겠나."

"그렇구나. 고마워. 사례를 준비할 테니까 잠깐 기다려."

나는 마차의 짐칸으로 들어가서 격납 가방을 경유해 스토리지의 늑대 고기를 꺼냈다. 물론 생고기를 그냥 만지면 손이 더러워지니까 안쪽에 밀랍을 칠한 방수 주머니에 담아서 꺼냈다.

마을 사람이 60명 정도 되니까 60킬로그램 정도 있으면 충분하겠지?

쌀 포대 두 개쯤 되는 주머니를 꺼내서 촌장 앞에 놓았다.

"오옷! 이, 이렇게나 많이……."

자루 안을 들여다보고 놀라는 촌장 곁에서 농노 아가씨들이

「와~아」하면서 순수하게 기뻐했다. 촌장의 손녀딸은 너무 놀라서 손을 휘적휘적 흔들며 기괴한 움직임으로 기쁨을 표현했다.

그곳에 같은 사이즈의 자루를 두 개 더 쌓아주었다.

촌장은 너무 놀라서 엉덩방아를 찧었다.

정보료치고는 조금 많을 지도 모르겠지만, 재고 처분 같은 거니까 뭐 괜찮겠지.

출발한 다음, 루루에게 마차를 맡기고 짐칸에 있는 아리사에게 말을 걸었다. 다른 애들이 조용하다 싶더라니 셋이 달라붙어서 자고 있었다.

"아까 영애의 나이를 물어본 이유는 뭐니?"

"그거? 용사가 진짜인가 확인하고 싶었어."

아리사가 대답하자 나는 고개를 갸웃거렸다.

"그 질문으로 어떻게 진짜를 알 수 있는데?"

"전에 내가 용사를 만난 적 있다고 한 거 기억나?"

나는 그 말에 수긍하면서, 그날 일을 떠올리고 얼굴을 찌푸렸다.

발가벗은 소녀에게 농락당한 흑역사를 뇌리에서 떨쳐냈다.

"표정이 왜 그래?"

"그건 됐고 이야기나 계속해봐라."

내가 퉁명스레 재촉하자, 아리사는 내 앞으로 와서 살포시 앉았다.

"그 용사 말인데, 유녀취향^{로리콤}이야."

"—엥?"

뜻밖의 말을 듣고 아리사의 얼굴을 가까이 들여다보았다.

그러자 아리사가 눈을 감고서 키스를 조르는 포즈를 하기에 코를 붙잡아주고 이야기를 재촉했다.

"푸하! 에잇. 살짝 해주면 좋잖아! 그러니까. 조국의 성에서 용사 하야토 마사키를 만났을 때 말인데. 나를 보자마자 『YES! 로리타, NO! 터치』라고 괴성을 질러서 옆에 있던 종자 여성한테 얻어 맞았어."

아리사가 기겁하는 표정으로 말했다.

—너도 동류^{쇼타} 아니냐?

라고 말할 뻔 했지만, 본론에서 빗나가기 때문에 참았다.

"그렇군. 그래서 아까 들은 용사가 가짜라고 판단한 거구나."

"그렇지. 용사에 대해서 더 말해줘?"

"아니, 다음에 듣자."

이 영지에 용사가 없는 걸 알았으니, 별난 놈의 정보는 미치도록 한가할 때나 들어야지.

◆

저녁 때까지 가는 길에 있던 두 마을에서 처음 마을과 같은 정보 수집을 하고 식량을 제공했다.

새로운 정보는 없지만, 처음 마을 촌장의 이야기와 비슷한 이야기를 듣고서 그 이야기에 신빙성이 높아졌으니 좋다고 쳐야겠다.

다갈색 늑대나 곰 고기 재고는 아직 있었지만, 이래서는 금세 없어지겠다.

처음 마을의 농노 아가씨가 마물 고기를 먹는다고 했으니, 저녁 먹기 전에 아침에 퇴치한 히드라 고기를 시식해보기로 했다.

스토리지에 있는 썰어둔 히드라 고기를 격납 가방 경유로 꺼내 접이식 테이블 위에 놓았다.

야영 준비를 하고 있던 애들이 그 소리를 듣고 돌아보았다.

특히 타마와 포치가 기대에 찬 표정으로 고기 덩어리를 보고 있었다.

"주인님. 이건 혹시……."

표면의 색을 보고 히드라 고기라는 걸 눈치챈 리자가 아연한 표정으로 물었다.

"먹을 수 있는 건지 모르겠지만, 한 번 시식해 보려고."

감정으로 독이 없는 걸 확인했으니 괜찮을 것 같긴 하다. 일단 피를 씻어낸 다음에 조리하면 괜찮겠지.

리자가 조리하기 쉬운 사이즈로 자른다고 하기에 맡겼는데 나이프를 손에 들고 고전하고 있었다.

"단단하니?"

"네. 일단 상처를 낼 수는 있지만 이 외피는 상당히 베기 어렵습니다."

오호라. 그렇다면 이 가죽으로 방어구 같은 걸 만들면 괜찮겠네.

나는 옆에서 견학하고 있던 루루에게 식칼을 받아서 고기를 해체했다. 평범한 식칼로 외피를 억지로 자르려고 하면 날이 나갈 것 같아서 식도 쪽 공간을 이용해 안쪽에서 고기를 잘라내 시식할 분량을 확보했다.

덤으로 농노 아가씨가 맛있다고 했던 메뚜기 계열 마물의 다리 부분도 시식 대상으로 골랐다. 이건 「요람」 사건 때 핼버드로 살육한 마물의 일부였다.

다리 껍데기는 게의 갑각을 더 단단하게 만든 느낌이라서, 격납 가방에 있던 강철제 한손 도끼를 꺼내 10센티미터 폭으로 절단했다.

거기다 세로로 갈라서 좀 더 먹기 쉽게 가공했다. 살은 검은 바탕에 녹색 줄기가 드문드문 들어간 섬유질이었다. 색이 하얗다면 게 같았을 텐데.

히드라 고기 조각과 벌레 다리에 소금을 뿌리고, 철망 위에 배치하여 불에 올렸다. 무슨 맛 고기일지 알 수가 없어서 밑간은 최소한으로 했다.

루루가 조리 과정을 놓치지 않으려고 내 옆에 와서 진지한 표정으로 보고 있었다. 연구를 열심히 하는 모습이 기특하군.

루루가 보기 쉽도록 주의하면서 조리를 했다.

다들 지켜보는 가운데 익은 고기를 금속제 집게로 접시에 옮겼다. 이 집게는 세담 시에서 장만한 것이었다.

일단 히드라 고기의 작은 조각부터 먹어봐야지.

포치와 타마가 입을 쩍 벌리고 멍하니 올려다보고 있어서 먹기 힘들었다.

그러나 안전한지 확인한 다음이 아니면 줄 수 없거든.

나는 조금 켕기는 기분을 느끼면서도 입에 넣은 히드라 고기를 씹었다.

—뜻밖에 맛있네.

토끼고기와 닭고기의 중간쯤 되는 맛이었다. 닭고기처럼 담백한 맛이지만, 예상했던 장어나 미꾸라지 같은 계통의 담백함이 아니라 육지 짐승 같은 느낌의 담백함이었다.

분사 늑대 고기가 더 취향에 맞았지만, 조리법이나 소스를 확립하면 더 맛있게 먹을 수 있겠다.

로그를 확인했더니 딱히 이상한 점은 감지되지 않았다.

이어서 벌레 다리를 철망에서 집어 올렸다. 보기에는 구운 게랑 색만 다른 것 같았지만 냄새가 풋풋하다. 막 뽑아낸 파를 구운 것 같은 냄새다.

나이프로 안쪽 살을 긁어내 게맛살 크기로 떼어냈다. 구운 탓에 더욱 검게 변한 고기를 모닥불에 비추어 검토했다. 이걸 먹으려니 좀 용기가 필요하군.

마음을 먹고 입 안에 넣었다. —식감이 고무 같네.

맛 자체는 나쁘지 않았지만 좋다고 하기도 어려웠다. 녹색 줄기 부분을 먹으면 이상하게 구역질이 나니까 조리할 때 제거하는 편이 좋겠네.

일단 식량으로 쓰기에는 충분할 것 같지만, 늘상 먹고 싶진 않았다.

만약을 위해서 로그를 확인했지만 이 고기도 안전했다.

"다들 먹어볼래?"

사실 물어볼 필요도 없다고 생각했다. 애들이 폭우처럼 YES 라고 대답하는 걸 보고서 다 함께 시식하도록 했다.

아리사는 눈을 가늘게 뜨고, 타마는 귀와 꼬리를 빳빳하게 세우고, 포치는 손과 꼬리를 붕붕 흔들었다.

"맛있어. 무슨 고긴지 물어보기 무섭지만 맛있으니까 용서할게."

"엄맛~."

"고기는 역시 최강인 거예요."

아리사, 타마, 포치 세 사람은 히드라 고기를 다 먹은 감상을 나누었다. 타마는 아리사에게 배운 이상한 말을 했다. 아마도 「엄청 맛있어」가 아닐까 싶은데.

"참으로 맛있습니다. 조리법은 뭐가 좋을까요?"

"하아…… 맛있어. 토끼하고 비슷하니까 역시 스튜가 어떨까요?"

"꼬치구이도 좋다고 제안합니다."

"스튜도 좋지만, 커다란 고기였으니 안쪽에 야채를 넣어서 찜구이를 하는 것도 맛있을듯합니다."

"그건 조금 화려하지 않을까요? 축제 같아요."

리자, 루루, 나나는 히드라 고기에 혀를 내두른 다음 조리법에 대한 의견을 즐겁게 내놓았다.

리자가 제안한 찜구이는 맛있을 것 같군. 재료는 팔아도 될

만큼 많으니까 꼭 한 번 만들어주면 좋겠다. 나중에 은근슬쩍 요청해야지.

지금은 혼자 고기를 먹지 못해서 기분이 틀어진 미아를 상대해야 하거든.

좋고 싫고의 문제가 아니라, 종족적인 특성으로 고기를 못 먹는 게 가엾다니까.

"우웅."

"그렇게 볼을 부풀리고 있으면 원래대로 안 돌아간다?"

"사토."

빵빵하게 부푼 미아의 볼을 콕콕 찌르고는 손수건으로 감싼 드라이 후르츠를 내밀었다.

세담 시에서 사들인 과일로 만든 것이었다.

루루가 친해진 여관의 시종 아줌마한테 배워서 만들었다.

"맛있어."

"이건 뭐에 쓰면 맛있을까?"

"어려워."

미아는 드라이 후르츠를 두 손으로 들고 하나씩 소중하게 오물오물 먹으면서, 눈썹을 찌푸리고 생각하기 시작했다.

나는 드라이 후르츠를 먹는 습관이 없어서 그냥 그대로 먹든가 요구르트나 시리얼에 넣는 것밖에 떠오르지 않았다. 그래서 먹는방법은 미아에게 맡겼다.

그런 식으로 시식이 이어지고, 벌레 다리의 경우―.

"으그냐우~?"

"이, 고기 아저씨는 **먼먼찮은** 거예요!"

"씹는 맛은 좋습니다. 이 역한 부분을 잘 처리하면 훨씬 맛있을듯합니다."

아인 소녀들에게는 「씹는 맛이 좋다」는 부분을 괜찮다고 말한 것 외에는 미묘한 평가가 나왔다.

"이 딱딱한 건 힘줄을 잘라내든가, 훨씬 얇게 저미는 수밖에 없겠어요."

"으엑 맛없어. 갈아버리면 좀 나아질 것 같지만 그렇게 수고를 들여서 먹고 싶은 맛은 아냐."

루루는 맛이 없는 걸 참으면서 조리방법을 검토했다. 아리사도 얼굴을 찌푸리며 루루에게 개선책을 제시했다.

"마스터, 입가심을 희망합니다."

나나는 역한 맛을 어지간히 싫어하는지 울상이 되어 내 팔에 매달렸다.

나는 물이 든 컵을 주면서 달랬다.

"이제 곧 저녁 먹을 거니까 그때까지만 기다려."

"네. 명령을 수락합니다."

벌레 다리는 실패했지만 승률 50퍼센트면 괜찮은 편이네. 히드라 고기는 상당히 맛있었으니, 내일 배탈 나는 사람이 없으면 하루 한끼 정도는 여러 마물 고기를 시식해봐야겠다.

그리고 오늘 저녁은 세담 시에서 사둔 토끼 고기와 야채를 듬뿍 쓴 스튜가 메인이었다.

오늘 밤 조리담당은 루루였는데, 이미 조리 스킬을 가진 리자보다 맛있는 요리를 만들고 있었다. 장래가 기대되는군.

식사 뒷정리를 맡기고 맵을 열어 야영지 부근의 상황을 확인했다.

아까 식사를 하고 있는데 레이더에 불사의 마물이 출현한^{언데드} 것을 발견했기 때문에^{POP} 그걸 자세히 확인하고 있었다.

낮에는 없었으니 밤이 되면 나타나는 건가?

가도를 비롯해서 폐촌 같은 장소 몇 군데에 레벨 한자리의 해골 마물이나^{스켈레톤} 레벨 10 전후의 유령이나^{고스트} 레벨 20대의 원령 등^{레이스}이 배회하고 있었다.

평소에는 취침 시간이 되어야 쓰던 마물 퇴치 가루를 모닥불에 넣었다.

불사의 마물도^{언데드} 마물 퇴치 가루가 피우는 연기는 거북한지 레이더에 비치던 유령이^{고스트} 일정한 거리까지 떨어졌다. 그 다음에도 이쪽으로 올 기색은 없었다.

안전을 확인했으니 정리를 도와볼까 하고 고개를 들었더니 마침 끝나있던 참이었다.

"주인님. 무슨 용건이 있으십니까?"

리자가 대표로 물었다.

"딱히 없으니까 이제 자유시간으로 하자."

아인 소녀들에 나나를 더한 전위 팀은 야영 장소 근처의 초원에서 목검이나 목창을 써서 훈련을 시작했고, 미아와 아리사는 모닥불 앞에서 마주 앉아 다음에 나에게 만들어달라고 할 것의 아이디어를 내는데 여념이 없었다.

루루는 바지로 갈아입고 모닥불 근처 돗자리 위에서 아리사에게 배웠다는 요가 같은 체조를 시작했다.

마차 여행을 하다 보면 운동할 기회가 줄어드니까 스트레칭을 하는 것은 몸에도 좋을듯하다. 운동부족인 아리사나 미아도 시키고 싶네.

다들 할 일을 하는 걸 확인한 다음에 나는 돗자리 구석에 앉아서 마법도구 제작용 기구를 늘어놓기 시작했다.

아리사가 요청한 코타츠를 만들 셈이었다.

여덟 명이 다 들어가는 코타츠는 격납 가방에 넣고 뺄 수가 없으니까 2인용 코타츠를 네 개 만들어서 연결할 수 있게 해봐야지.

세담 시에서 산 목재를 사용해 테이블 부분을 척척 만들었다.

바닥 난방의 틀보다는 어려웠지만 목공 스킬이 보조해준 덕분인지 뜻밖에 어떻게든 되었다.

다리 부분과 코타츠의 발열 부분이 탈착 가능하도록 설계했다.

발열 부분의 안전성을 확보하는 게 제법 어려웠다. 옷자락이 들어가지 않도록 금속 망으로 막고, 그 금속 망에 닿지 않도록 바깥쪽에 나무틀을 붙였다.

금속 망은 생선이나 고기를 구울 때 쓰려고 산 게 대량으로 있으니 그걸 썼다.

이러면 어지간해서는 안 다치려나? 나무틀에 발을 부딪치는 아리사나 포치의 모습이 뇌리를 스치기에 나무틀을 둥글게 깎아서 발을 부딪치더라도 괜찮도록 처리했다.

이어서 코타츠용 발열회로를 척척 만들었다. 마력을 공급할 때 코타츠 안으로 얼굴을 집어넣어야 했지만, 케이블을 외부로 빼는 게 귀찮아서 그 부분의 연구는 생략했다. 다음에 커다란 도시에 들르면 케이블로 쓸 수 있을 만한 물건을 사들여야지.

다음은 위에 올릴 판인데…….

마차 너머에 직경 1미터 반쯤 되는 바위가 있어서 성검 엑스칼리버로 슬라이스 해 두께 5밀리미터의 돌판 네 장을 획득했다.

역시나 성검. 돌판 절단면이 연마한 것처럼 매끄러웠다. 이 상태로는 격납 가방에 수납할 수 없으니 코타츠 크기로 컷팅.

테이블도 분해해서 격납 할 수 있도록 가공했다. 고정용 나사를 공구가 필요 없도록 만드는 게 좀 귀찮군.

"아리사, 완성됐다."

"어? 벌써 만들었어? 아직 두 시간도 안 지났는데?"

"처음부터 다 새로 만든 게 아니라 원래 있던 걸 활용했으니까."

아리사가 놀라자 내심 조금 기분이 좋았다.

돗자리 위에 코타츠를 설치했다. 그리고 같이 들고 온 격납 가방 안에서, 아리사가 어제 만든 코타츠용 이불을 꺼내 본체와 돌판 사이에 끼워 완성했다.

내가 코타츠 내부의 발열 회로에 마력을 주입하자 코타츠 안에 따끈하고 훈훈한 열이 발생했다.

들어가도 된다고 하자 아리사와 미아가 곧장 코타츠에 발을 집어넣었다.

"우와하~. 역시 겨울에는 코타츠야~."

"응. 귤 먹고 싶어."

엘프 마을에는 귤이 있나 보군. 미아를 배웅할 때 잊지 말고 나눠달라고 해야지.

"이게 코타츠인가요?"

그때 요가를 마친 루루가 땀을 닦으며 흥미로운 듯 물었다. 땀 때문에 머리칼이 달라붙어서 조금 요염하군. 어른이 되면 정말 위험한 매력을 뿜을 것 같다.

"그래. 루루도 들어가 봐."

내가 권하자 루루가 조심스레 코타츠에 발을 넣고는 기뻐했다.

이번에는 전위 팀도 전투 훈련을 중단하더니 흥미를 품고 다가왔다.

"이것도 주인님이 만든 마법 도구인가요? 멋집니다. 불침번이 기대됩니다."

"코타츠~?"

"안이 따뜻한 거예요."

타마와 포치가 옆에서 머리를 집어넣더니, 흥미로운 듯 냄새를 맡거나 손으로 만지작거리며 코타츠 안을 확인했다.

"마스터. 모두 들어가기에는 작지 않을까요? 라고 묻습니다."

"같은 게 세 개 더 있다."

나나가 묻길래 조금 떨어진 곳에 있는 해체 상태의 코타츠를

가리켰다.

전위 팀의 훈련이 중지되고 내 지도에 따라서 코타츠의 조립 및 해체 연습을 하게 되었다.

그것이 문제없이 끝난 다음에는 마력 충전도 시켜보았는데, 아인 소녀나 루루 네 사람은 서툴렀다.

루루나 리자는 점화 지팡이를 써본 적은 있지만, 그건 스위치를 누르면 자동적으로 마력을 빨아들이는 타입이라 요령이 달랐다.

"괜찮아. 좀 지나면 할 수 있을 거야."

나는 못하는 애들을 위로한 다음 불침번 순서를 재조정했다.

마력 충전을 못하는 애들만 있으면 난방이 멈춰서 추우니까.

그 날은 나나와 함께 심야 불침번을 섰다.

해가 될 법한 짐승이나 마물이 주위에 없어서 좀처럼 기회를 찾지 못했던 실험에 착수했다. 만약을 위해서 나나에게 「탐지」의 이술로 주변 경계를 부탁했다.

나는 이글루형 방어벽 바깥으로 나와서 작업준비를 시작했다.

이번에는 세담 시에서 입수한 「성검」의 레시피에 도전해보자.

아리사의 힌트로 암호문을 해독했더니 「성검」 제작에 필수적인 특수한 회로액 — 자료에는 「청액」이라고 적혀 있었다 — 을 만드는 법과, 「청액」을 사용해서 주조로[#3] 성검을 만드는 방법이

#3 주조 금속 기구를 만드는 방법 중 하나. 뜨겁게 가열하여 녹인 금속을 거푸집에 부어서 모양을 잡는 방법.

적혀 있었다.

이 「청액」은 어떻게든 만들 수 있을 것 같은데, 주조 성검은 주조 설비나 여러 가지 마법의 달인에게 협력을 받는 게 필수라서 당분간은 만들기 힘들어 보였다.

다만 토라자유야 씨가 남긴 자료에 있는 주조 마검을 만드는 법과 상당히 비슷해서 「청액」 자체는 다른 마법 도구에도 쓸 수 있을 것 같았다.

그래서 토라자유야 씨의 자료를 뒤져서 성비(聖碑) 만드는 법을 픽업했다.

이건 마물에게서 마을을 지키는 결계주의 엘프판 같은 것인데, 마물이 얼씬거리지 못하는 효과가 있었다. 효과 반경은 결계주의 절반쯤이라고 써 있었다.

성비의 레시피는 몇 종류 있었는데, 마력이 통할 때만 효과가 유지되는 가장 간단한 것을 골랐다.

스토리지를 검색해서 지금 가진 재료로도 충분히 만들 수 있음을 다시 확인했다.

—좋아. 이걸로 만들어 봐야지.

일단 「청액」^{블루}부터.

평범하게 마법 도구를 만들 때 쓰는 일반적인 회로액— 마액^{서킷 리퀴드   리퀴드}과 비슷한 소재지만 「청액」은 안정제로 보석과 황금 분말을 쓰고, 마핵 가루 대신 용린분^{드래곤 파우더}을 쓴다.

특히 용린분은 희귀한 재료인지, 레시피를 보고 세담 시의 마법 도구점이나 연금술 가게를 확인해 봤지만 파는 곳이 없었다.

다행히 아인 소녀들과 세류 시의 미궁을 탐색하다가 발견한 용린분이 약간 있어서, 용의 계곡 전리품 속에 있는 비늘에는 손대지 않아도 되었다.

나는 레시피 순서에 따라 조합과 연성을 시작했다.

생각보다 난이도가 높았다. 약간만 긴장을 풀어도 용린분이 분리되려는 듯 이상하게 진동하기 시작하니까 주의 깊게 마력의 흐름을 조정해야 한다.

―집중해라. 사토!

그리고 대단히 긴 수십 초를 거쳐서 「청액」이 완성됐다.

〉「정밀 마력 조작」 스킬을 얻었다.

기합을 넣고 집중한 덕분에 스킬이 생겼다. 완성된 「청액」이 열화 되면 안 되니까 일단 스토리지로 피난시켰다.

다음은 성비 마법회로를 새길 얇은 석판을 준비했다. 이 석판은 코타츠를 만들고 남은 부분이었다.

석판에 날카로운 금속 막대로 회로도 같은 선을 새기고, 천으로 닦아서 표면의 먼지나 지저분한 것을 닦아냈다.

스토리지 안에서 정밀 각인 막대에 「청액」을 충전했다.

이 정밀 각인 막대는 가는 홈이 나 있는 펜인데, 석판의 홈에 회로액을 주입하며 세밀한 마법회로를 그리기 위한 도구였다.

스토리지 안에서 품질이 변하지 않는 특성을 살려서 완성 직후의 품질을 유지시킨 「청액」으로 회로를 그렸다.

이 「청액」은 보통 「마액」보다 빨리 굳는다. 덕분에 세밀한 회로를 그리기 쉽지만, 나처럼 스토리지가 없으면 난이도가 얼마나 높아질지 모르겠다.

완성된 마법회로에 마력을 흘려보았다.

이번에는 회로가 세밀한 거라서 아주 조심스럽고 섬세하게 마력을 주입했다.

방금 전에 입수한 정밀 마력 조작 스킬을 써서 1포인트 미만의 마력, 소수점 이하 두 자리 수준의 정밀도로 마력을 주입하자 회로에서 희미하게 파란 빛이 흐르기 시작했다.

어쩐지 성검이 내뿜는 파란 빛과 닮았다.

「청액」(블루)이란 이름의 유래는 아마 이 색 때문이겠지.

평범한 마법회로는 빨간색 계통의 빛을 내니까 구별하기는 쉬웠다.

딱 1포인트 정도 되는 마력을 주입했을 때 즈음 성비의 마법회로가 작동하기 시작했다. 마력 공급량을 조금씩 늘려 5포인트에서 끝냈다.

마법회로를 중심으로 직경 1미터, 높이 6미터쯤 되는 파란 빛기둥이 생겼다.

언뜻 그냥 빛기둥처럼 보였지만 자세히 보면 마법진이 보인다. 여러 각도에서 영사기로 비춘 듯 몇 겹으로 겹쳐 있었다.

그때 주변을 경계하고 있던 나나가 이글루형 방어벽에서 나왔다.

"마스터, 『탐지』(소나) 마법에 감지되던 마물들이 갑자기 소멸했다고 보고합니다."

나는 시야 구석에 축소 표시한 레이더를 보았다.

분명히 레이더 구석 부근에 비치던 마물이 사라졌다.

"이 빛기둥에는 마물 퇴치 효과가 있거든."

"마스터, 저의 정보 라이브러리에는 파란 마법광을 뿜는 것은 성검밖에 없다고 기술되어 있습니다."

나나가 빛기둥을 보면서 무표정하게 고개를 갸웃거렸다.

"그래. 성검이랑 같은 소재를 썼거든."

"그렇습니까……. 예쁩니다."

나나가 고개를 끄덕거리더니 빛기둥에서 시선을 떼지 못했다. 어쩐지 홀려버린 듯한 분위기다.

일단 나나는 내버려두고 빛기둥의 성능을 확인했다.

맵을 확인해 보니 500미터 이내의 마물이 사라졌다. 500미터 거리를 경계로 성비의 효과범위에서 도망친 마물들이 고리 모양을 이루고 있었다.

로그를 확인했더니 성비를 발동시켜서 유령계열 마물 몇을 소멸시켜 버렸다. 벌레 계열 마물은 쓰러뜨리지 못했고 실체를 가진 해골(스켈레톤) 마물은 소수밖에 쓰러지지 않았으니, 실체가 없는 불사(언데드)의 마물에게 특히 효과가 큰 모양이었다.

—과연 성검용 레시피로군.

그리고 「청액」을 사용한 성비의 효과범위를 보았다. 보통 결계주의 효과범위가 반경 100미터도 안 되는 점을 감안해 보았을 때, 그 절반이라는 평범한 성비의 열 배 이상 넓었다.

늘 쓰고 있던 마물 퇴치 가루의 효과범위가 바람의 정도에 따라 매번 달라졌기 때문에, 성비의 효과범위는 넓어서 기쁘기는 했다. 하지만 문제는 이 빛기둥이 너무 눈에 띄는군.

빛기둥이 이렇게 높으면 근처 마을에서도 보일 것만 같았다.

이번에는 마력 조작을 사용해서 성비의 마력을 빼낼 수 있는지 시험해 봤다.

나나에게 마력을 순환시킬 때의 요령을 응용해서, 나 자신도 회로의 일부가 된 느낌으로 마력을 순환시키며 조금씩 마력을 빼냈다.

일단 모든 마력을 빼낸 다음에 다시 주입해보려고 했는데⋯⋯.

"마스터, 빛이 사라졌다고 보고합니다."

나나가 여전히 무표정하지만, 어쩐지 풀이 죽은 느낌으로 보고했다.

"나나가 마력을 공급해볼래?"

"예스, 마스터."

권해봤더니 의욕이 가득한 목소리로 대답하고는 마력을 흘려 넣기 시작했다.

난방회로보다 훨씬 섬세하기 때문에 마력을 흘려 넣기가 어려운지 나나의 이마에 땀이 맺혔다.

이윽고 요령을 터득한 듯 성비의 마법회로가 희미한 파란 빛을 뿜기 시작했다. 그리고 2미터쯤 되는 높이에서 빛기둥의 성장이 멎었다.

"그 정도면 되겠다."

"네."

조금 가쁘게 숨을 쉬는 나나에게 손수건을 건네 땀을 닦도록 했다.

나나의 마력을 확인해 보니 30퍼센트 정도 줄어 있었다.

전에 아리사에게 들은 정보로 추측해 보면 나나의 마력 총량은 70포인트쯤 될 테니까 적어도 나보다 2배 가까운 마력을 소비했다. 빛기둥의 사이즈를 생각하면 훨씬 차이가 클 것 같았다.

아무래도 내 마력 공급 효율은 다른 사람과는 상당히 다른 모양이었다.

손실 없이 공급할 수 있는 거라 쳐도 배율이 너무 차이 나는데……. 아마 같은 1포인트 마력이라도 밀도 같은 것이 다른 게 아닐까?

마법의 효과가 큰 것까지 생각해 보면 아마 맞을 것 같았다.

그리고 나나가 마력을 공급한 성비는 아침까지 효과가 유지되었다.

불침번을 서는 동안 검증해봤는데, 빛을 가로막거나 방어벽으로 완전히 감싸도 효과는 발휘되었다.

내일부터는 차광 커튼으로 대롱 같은 걸 만들어서 그 안에 성비를 놓고 마물 퇴치에 써야지.

마물 퇴치 가루 재고가 대량으로 생기겠지만 그건 나중에도 쓸 기회가 생기겠지. 거추장스런 것도 아니니까 스토리지 구석에 사장시켜둬야겠다.

자기 전에 맵을 확인했더니 마족 분체가 셋에서 하나로 줄어들었다.

대신 마족 본체의 레벨이 35에서 37로 변했다. 분체를 하나 만들 때마다 레벨이 1 줄고, 분체를 몸으로 되돌리면 레벨 1이 돌아오나 보다.

만약 기사에게 빙의한 것이 이 녀석의 분체라면 마족의 레벨은 최소한 40이라고 생각하는 게 좋겠군.

소년소녀 도적단과 개척마을

"사토입니다. 「가문의 재건을 위한 숨겨진 자금」을 찾는 보물찾기 스토리의 사극을 볼 때마다 당시 세금 내기 참 힘들었겠다라는 엉뚱한 감상을 품었습니다. 물론 요즘도 충분히 세금 내기 힘들지만요."

"타앗, 인 거예요!"

포치의 소검이 도적 두목의 다리를 찔렀다.

"얕보지 마라, 꼬맹이!"

두목이 포치를 내리치려고 도끼를 들어 올렸다.

"우웅."

"에이~."

그때 미아가 단궁으로 쏜 화살과 타마가 던진 돌이 두목의 팔에 명중하여 공격을 중단시켰다.

"으극, 이 정도로, 내가—."

두목이 휘청거리면서도 이쪽을 위협하려고 소리치고 있는 와중에, 아리사가 정신 마법 「정신 충격타」로 기습했다.
_{마인드 블로우}

그러자 의식을 잃은 두목이 실 끊어진 꼭두각시처럼 땅에 쓰러졌다—.

도적들을 아리사의 마법으로 기절시킨 다음, 무장을 빼앗고 밧줄로 묶은 뒤 가도 옆의 풀밭에 모았다.

"그래서, 이 녀석들은 어쩔 거야~?"

"여기서는 보통 어떻게 하는데?"

아리사가 질문하자 이쪽 상식을 물어보았다.

지금까지 만난 도적은 상벌란이 깨끗한 마을 사람들이라서, 적당히 때려눕히고 무장해제를 시킨 후 내 위압 스킬과 아리사의 「공포」 마법으로 겁을 주어 쫓아냈다.

"귀찮은 경우는 목을 베는 것이 보통입니다. 도시의 위병에게 도적의 목을 건네면 도적을 퇴치한 보상금이 나옵니다."

대답은 리자가 했다.

상당히 바이올런스한 대답이 나왔다. 조금 더 온건한 수단은 없니?

"귀찮지 않으면?"

"산 채로 도시에 연행합니다. 그 경우 도적들은 범죄 노예로 노예 상인에게 매각되며, 포박한 자에게 매각액의 절반이 포상금으로 더해져 지급됩니다."

그렇군. 후자의 경우 치안이 좋아지는 데다가 노동력도 확보할 수 있겠네. 계약 스킬에 의한 노예 계약이 있어서 가능한 방법이군.

"그럼 아까 통과한 도시까지 돌아갈 거야?"

"아니, 구멍을 파서 버리고 가자."

그 도시의 위병도 도적과 마찬가지로 성범죄나 살인 등 중죄를 저지른 놈이라 접근하기 싫었다. 왠지 저지르지도 않은 죄를 뒤집어 씌워 마차나 짐을 빼앗고는 우리 애들한테도 못된 짓을 할 것 같았다.

"이 많은 사람들을?"

"그래. 마법으로 금방 할 수 있어."

나는 그걸 증명하듯 「함정 파기」피트 마법을 써서 도적들이 쉽게 탈출하지 못할만한 구멍 바닥에 가뒀다.

안전이 확보됐기 때문에 루루와 마차를 지키고 있던 「방어벽」을 풀었다.

루루에게는 마차와 함께 말들을 부탁했는데 어쩐지 어두운 표정을 짓고 있었다.

"루루, 괜찮니?"

"네, 네에……."

상냥한 아이니까 눈앞에서 벌어진 전투에서 사람이 다치는 걸 보고 충격을 받았을지도 모르겠다.

그때 전리품을 분류하던 타마가 뭔가 발견해서 나한테 가져왔다.

"가보 열매~?"

타마는 주먹만 한 크기의 호박을 빨갛게 칠한 듯한 뿌리채소를 들고 있었다.

분명히 가보 열매는 맛이 없는 대신 영양이 풍부하고 양산할 수 있다고 했으니, 무노 남작령에서 재배하고 있어도 신기할 것은 없었다.

다만 고블린이 굉장히 좋아한다고 해서 도시처럼 외벽이 있는 곳이 아니면 재배할 수 없을 텐데…….

아까 통과한 도시를 검색해보니 대량으로 재배되고 있었다. 재배 장소를 보니 도시의 3분의 2가 밭으로 바뀌어 있었다.

기근이 이어지는 영지니까 별로 신기할 것도 없었지만, 마족이 집정관으로 뒤바뀐 무노 남작령이라면 뭔가 다른 원인이 있을 법한걸.

영지 안에서 고블린을 탐색했더니 무노 시 근처 대삼림에 데미 고블린의 작은 마을이 다섯 개 있었다. 각 마을에는 고블린이 30마리쯤 되고 대삼림에 흩어져 있으니 굳이 번식시키려는 건 아닌가 보다.

그건 그렇고 고블린이 아니라 『데미』 고블린은 또 뭐야?

데미는 분명히 아종이란 의미니까 고블린의 아종이란 거겠지? 마물의 아종이라고 하면 강해 보이는 이미지가 생기는데 레벨 1부터 3에 걸친 잔챙이들이라 다소 강해 봤자 문제 없었다.

데미 고블린이나 가보 열매에 대해서는 이쯤 해두기로 하고―.

우리는 분류가 끝난 전리품을 격납 가방에 담고서 그 자리를 벗어났다.

◆

그리고 이틀 뒤, 무노 남작령에 들어온 지 엿새째의 낮.

우리는 난처한 도적이랑 마주쳐 버렸다.

"이것들이야? 아까 말한 소년소녀 도적단이라는 거 말이야."

"……그래. 그런가 보다."

꼬맹이 여자애들 다섯 명이 가도에 드러누워서 마차가 가는 길을 막고 있었다.

어떻게든 마차를 멈추려는 모양이지만 무모하기 짝이 없네.

"움직이지마! 숲 속에서 사수 열 명이 말을 노리고 있다."

숲 속에서 변성기가 지나지 않은 소년의 목소리가 들려와 우리를 위협했다.

리자가 마차를 지키려고 소년소녀 도적단과 마차 사이로 말을 몰았고, 나나가 마부석에 있는 나와 루루를 지키는 위치에 자리를 잡았다.

물론 소년의 말은 허풍이었다. 맵 검색으로 그들에게 활이나 슬링#4이 없는 것은 확인했다. 투석용 돌을 가지고 있긴 하지만 애들이 던지는 돌 정도라면 요격하기도 쉬울 것이다.

리자랑 나나에게는 위험하지 않으면 굳이 손대지 말라고 지시해뒀다.

"목숨이 아까우면 먹을 걸 놓고 가!"

소년이 한껏 소리 높여 요구를 했지만 그 다음이 맥이 빠졌다.

"고구마 좋아."

"육포를 놓고 가라! 그래야지?"

"빵도 먹고 싶어."

#4 슬링 '투석(投石) 끈이라고도 불리는 무기. 끈 중앙에 탄환을 싸는 가죽이나 천이 있고 그 끝에 끈이 붙어 있는 안대 같은 모양이다.

"잡초만 아니면 뭐든지 좋아."

"바보야. 너네는 좀 가만 있어봐."

"바보라고 그런 사람이 바보랬는데?"

"좀 가만 있으라니까!"

더 어린 애들이 마구 떠들면서 요구를 해대다 보니 죄다 망쳐 버렸다.

식량은 나중에 주기로 하고, 지금은 진로를 확보해야겠다.

"포치 대원, 타마 대원. 길 위의 애들을 치울 것을 명한다. 애들 안 다치게 조심하도록."

"아이아이 서(Aye aye, sir)~."

"라져(Roger)인 거예요."

타마랑 포치가 아리사가 가르친 군대식 비슷한 경례를 하면서 달려들었다.

나도 같이 마차에서 내려 마차의 진로를 막고 있던 작은 아이를 붙잡아 숲 속의 다른 아이가 있는 곳에 다치지 않도록 **부웅** 던졌다.

어린 소녀를 던지자 아이들이 황급히 받아내는 게 보였다.

다음 애한테 시선을 돌리자 치우라고 시킨 타마랑 포치가 애들 옆에 쪼그려 앉아서 얼굴을 들여다보고 있었다.

"배 고파아~?"

"핑핑 도는 거예요."

타마랑 포치가 주머니를 뒤적거리더니 육포랑 과자 조각을 아이들에게 먹이기 시작했다.

"고기다아."

"마시써."

"고마어."

어린 아이들이 작은 소리로 환성을 질렀다.

내 시선을 깨달은 타마랑 포치가 수상쩍게 주위를 두리번거린 다음에 군것질거리를 준 아이들을 급히 들어서 길 옆의 숲 속으로 옮겼다.

길 위에 홀로 남은 여자애가 황급히 두 사람을 쫓아서 숲으로 들어갔다.

"너희들만 치사해!"

"나도 고기 먹고 싶어."

숲 속에서 아이들이 태평하게 다투기 시작해 버렸다.

"사이 좋게~?"

"싸, 싸우면 안 되는 거예요."

아이들이 싸우는 것을 보고 원인을 만든 타마와 포치가 난처한 듯 중재했다.

두 사람을 불러서 마차를 출발시키려고 했는데, 아직 분위기 파악 못하고 땅바닥에 엎드린 소녀가 한 명 남아 있었다.

겉보기에는 중학생쯤으로 보이는데 AR표시로 보니 루루와 같은 나이였다.

"자기 발로 걸어서 숲으로 돌아가는 거랑 들어서 던져 버리는 거랑 어느 쪽이 좋지?"

내가 약간 엄하게 말했지만 소녀는 말없이 땅바닥에 엎드려서 꼼짝도 않을 태세였다.

엎드려서 땅바닥에 달라붙은 소녀의 허리띠를 붙잡고 들어 올렸지만 중간에 멈추었다.

소녀가 가도에서 드러난 나무뿌리를 손으로 붙들고 있었기 때문이다. 억지로 떼어내면 손을 다칠 것 같아서 나무뿌리를 베려고 나이프를 뽑았다.

"토, 토토나를 놔줘!"

리더 격인 소년이 한 손에 곤봉을 들고서 숲에서 뛰쳐나왔다.

나는 신경 쓰지 않고 토토나라고 불린 소녀가 붙잡은 뿌리를 잘라 소녀를 땅에서 떼어내 어깨에 둘러멨다.

리자가 마구잡이로 곤봉을 휘둘러대는 소년에게 가려고 하자, 나는 손을 들어서 그녀를 말렸다.

그리고는 소년이 곤봉을 내리친 타이밍에 그것을 밟아서 빼앗고, 발바닥으로 녀석의 배를 밀어 넘어뜨렸다. 이어서 한 바퀴 굴러 정신을 못 차리는 소년의 허리띠를 붙잡아 숲 속에 있는 동료들에게 던져 버렸다.

토토나란 소녀도 그 위에 던졌다.

마차로 돌아가자, 아리사가 격납 가방에서 꺼낸 식량 세트를 건네기에 길가에 두었다.

애들이지만 습격을 했으니까 무지 맛없는 식량 세트다.

다시 출발했다. 리자가 마차 안에 타마와 포치를 바로 앉히고는 혼내고 있었다.

듣자니 주인 허락 없이 소지품을 다른 사람에게 주는 것은 노예로서 금지사항이라고 한다.

간식 정도는 괜찮지 않나 싶었지만, 두 사람의 교육은 리자에게 맡기고 있으니 잔소리가 루프할 때까지는 그냥 두기로 했다.

리자의 말은 미아가 대신 타고 있었다.

나는 리자의 잔소리를 배경음으로 들으면서 맵을 열어 이 앞의 길을 확인했다.

이 앞에 있는 강을 건너면 대삼림 주변을 따라서 가도가 이어지는데, 서쪽으로 사흘쯤 가면 대삼림 안으로 이어지는 갈래길이 나온다. 마차가 지나가기엔 좁으니 대삼림 근처 도시에서 말을 조달할 필요가 있었다.

하지만 당장의 문제는 이 앞 강가에 있는 수수께끼의 노인무리였다.

가까운 마을에서 어업이라도 하러 왔나 했지만, 그런 것치고는 죄다 노인들밖에 없었다.

"아까 그 애들에 대해서 생각하고 있나 보군요?"

아리사가 내 옆에 앉아서 카운슬러 같은 어조를 꾸미며 물었다.

"아니, 이번에는 수수께끼의 노인무리 때문에 골치가 아파."

"……노인?"

뜻밖의 말이었는지, 아리사가 어리둥절한 표정으로 고개를 갸웃거렸다.

본인에게 말하면 신이 나서 까부니까 말하지는 않았지만, 아리사가 이렇게 겉모습에 걸맞은 동작을 하면 아주 귀여웠다.

"그래. 노인들이야."

나는 다시 한 번 말하고 아리사의 머리칼을 쓱쓱 쓰다듬었다.

◆

소년소녀 도적단을 만나고 마차로 두 시간쯤 달리자 강가에 도착했다.

아까 발견한 수수께끼의 노인무리는 여전히 강가에 모여 있었다.

강에서 고기를 잡는 것도 아니었고, 여덟 명 정도가 그저 모닥불에 모여서 불을 쬐고 있을 뿐이었다.

물론 눈앞의 강은 거의 말라서, 한가운데에 그나마 한줄기 흐르고 있는 정도였으니 고기를 잡는 건 처음부터 무리였다.

강의 폭이 원래는 1급 하천정도는 되어 보였지만 지진이라도 나서 강의 흐름이 변했나 보다.

그들은 우리가 있는 걸 눈치챈듯했으나 딱히 반응을 보이지는 않았다.

언뜻 노숙자들 같아 보였지만 이렇게 위험한 땅에서 무방비하게 노숙하는 건 자살행위다.

흥미가 좀 생겨서 그들이 모닥불을 피운 곳의 길 맞은편에 마차를 세우고, 리자를 호위 삼아서 그들에게 다가갔다.

선물로는 술병 하나와 훈제한 곰 고기를 챙겼다.

세담 시에 머무를 때 아이템 박스의 검증을 겸해서 훈제기를 수납하고 장시간 훈제한 것이었다.

연기를 빼낼 곳이 없어서 고기 대부분은 훈연정도가 지나쳐 이상한 맛과 냄새가 났다. 이 곰 고기는 그 중에서 얼마 안 되는 성공작이었다.

"안녕하세요? 오늘은 햇살이 따뜻하네요."

"어이쿠. 상인님이신가? 이런 늙다리들에게 무슨 용건이라도 있으시오?"

내가 노인무리의 리더에게 말을 걸자, 뜻밖에 정중한 어조로 대답했다.

다른 노인들은 평범했지만 이 노인만큼은 스테이터스가 유독 남달랐다.

레벨이 13이나 되는데다가 「예의범절」, 「계산」, 「베껴 쓰기」 스킬이 있었다. 본래는 귀족을 섬기던 문관이었을지도 모른다.

"방해해서 죄송합니다. 강에서 물을 길으려고 마차를 세웠는데 여러분이 보이기에 인사라도 할까 해서요."

좀 어설픈 변명이었지만 문제는 없겠지.

그러나 리더가 대답하기도 전에 다른 노인무리가 노호 같은 말의 탄막을 쏘아댔다.

"그거 고맙수. 우리는 길가의 돌멩이라고 생각하슈."

"그려. 신이 거둘 때까지 강바닥이나 보는 것 말고 할 일도 없으니 말이지."

"마을로 돌아가도 자식놈들에게 부담이나 주니까."

"손자를 팔 바에야 여기서 신의 곁으로 가는 편이 낫지."

"식량을 베풀어준다면 언제든지 환영이라우?"

"지금 먹으면 또 신에게 거두어지는 게 늦어질 것 아니여."

"그것도 그렇구만."

아무래도 여기는 노인들이 버려져서 죽을 날만 기다리는 강이었던 모양이다.

"그런 표정 안 지어도 된다우."

노파가 나를 배려하듯 속삭였다.

나는 무표정 스킬이 있어 얼굴에 드러내진 않았을 텐데, 그런 분위기라도 내비쳐버렸나?

"그럼. 우리는 입을 줄이려고 스스로 마을에서 나왔어."

"그렇지 그렇지. 늙다리들이 줄어들면 몸을 파는 아가들도 줄어드니까."

"촌장이 요즘에는 노예를 사주는 상인이 안 온다고 그러기도 했으니 말이야."

여자애들을 사는 사람이 없어서 이번에는 노인들이 희생된 거로군.

노인들은 이 강 주변에는 마물이 별로 없으니 여기서 수명이 다하는 걸 조용히 기다리고 있다고 했다. 마물이 안 오는 이유는 알 수 없었다.

맵으로 가볍게 체크해봤는데, 노인들의 등 뒤에 있는 산 정상에 요새 터가 있으니 그게 이유일지도 모르겠다.

"이건 선물입니다—."

나는 선물로 들고 온 술과 훈제 고기를 리더에게 건넸다.

그러자 노인무리가 재빨리 술과 고기를 가로채더니 함박웃음을 지으며 소리를 질렀다.

상태가 「기아」랑 「과로」라고 생각하기 힘들 정도로 팔팔하시네.

"오옷, 술이다 술!"

"냄새가 아주 죽이는구먼."

"이게 몇 년 만인가?"

"오옷, 이 고기도 꽤 좋은걸."

"허허. 상인님과 그쪽 호위 아가씨도 같이 불을 쬐시우."

"죽기 전에 좋은 추억이 되겠구만."

"그 애들이 오기 전에 먹어도 되려나 모르겠다우."

좀 불길한 소리를 하는 사람도 있었지만 대부분 즐거워 보였다.

마지막에 할머니 한 명이 말한 「그 애들」은 아까 마주친 소년 소녀 도적단 아이들이겠지?

"사람이 더 있으면 출발하기 전에 조금 더 나눠드릴게요."

"그거 고맙구먼. 자 한 잔 하시게."

할아버지 한 사람이 내미는 그릇을 받아서 술을 들이켰다.

"오옷. 마실 줄 아는구만."

나는 노인무리와 술을 나누면서 이 근처의 소문 같은 걸 물어봤다.

아까 그 애들은 근처 농촌에서 입을 줄이려고 쫓겨난 농노 애들이라고 한다.

호위는 필요 없을 것 같아서 리자는 마차로 돌아가 야영 준비를 시작하라고 했다. 애당초 강 건너 조금 상류에서 야영할 셈이었으니 여기로 변경해도 문제는 없겠지.

리자에게는 많은 사람들이 만족할만한 양의 힘줄 고기와 토란이 들어간 스튜, 그리고 보리죽을 만들어달라고 부탁했다. 평소에 별로 못 먹었을 테니 소화하기 좋은 보리죽과 만족감을 주는 스튜를 조합했다. 힘줄 고기는 좀처럼 씹어서 자르기 힘드니 만족도가 빼어날 거야.

토란 껍질을 잔뜩 벗겨야 하니 아이들 팀도 껍질 벗기기를 돕고 있었다.

"—때는, 해골 마물에게 둘러싸여서 죽는 줄 알았소이다."

"또 그 얘긴가?"

술 기운에 얼굴이 벌개진 리더의 말을 다른 노인이 막았다.

"여기가 후작령일 때 얘기인가요?"

"아아, 그렇소이다. 그때는 건물 뒤편에서 솟기라도 했는지, 불사의 마물이 끝도 없이 나타났다오."

"용케 무사하셨네요."

"그게 신기하게도 귀족이나, 마물을 공격하는 병사들 말고는 마물들이 공격하질 않더이다."

그렇군. 「불사의 왕」 젠은 사람들을 무차별로 공격한 것은 아니었구나.

"하지만 정말로 위험한 건 그 다음이었소."

"—무슨 일이 있었는데요?"

"후작이 도시째로 마물들을 태워버렸다오."

"……무모한 짓을 했네요."

"그렇소……. 거대한 불꽃 포탄이 수도 없이 도시에 쏟아져서
는 마물이고 시민이고 가리지 않고 통째로 모두 태워버렸다오.
그야말로 세상에 나타난 지옥이란 거였지……."

리더가 떨리는 목소리로 말했다. 이 사람은 그런 재난에서 용
케도 살아남았네.

"그러면 지금 무노 시는 그 다음에 재건된 도시인가요?"

"아니올시다. 내가 있던 곳은 무노 시가 아니었소."

듣자니 젠의 아내를 빼앗은 것은 후작이 아니라 후작의 동생
이었다고 한다. 그리고 젠은 그 후작의 동생이 태수를 맡고 있
던 도시를 공격했다.

"그건 그렇고 도시를 통째로 태워버리다니 굉장한 병기네요."

"무노 후작의 성에 있던 마포는 고대 제국의 유산이오."

"고대 제국 말입니까?!"

이번에는 고대 제국이냐! 오래전에 사라진 중2병이 꿈틀거리
는 키워드로군.

전에 세류 시에서 제나 씨랑 견학했던 항룡탑에 설치된 마력
포하고는 다른 건가?

"어, 어어, 시가 왕국이 생기기 전에—."

리더가 내 기세에 약긴 기겁하면서 설명해준 이야기를 요약
하자면, 고대 제국은 시가 왕국이 건국되기 전에 무노 후작령과
남쪽에 있는 오유고크 공작령까지 펼쳐졌던 오크 제국이었다고
한다.

게다가 마포가 설치된 무노 시는 오크 제국을 지배하고 있던

마왕과 사가 제국의 용사가 싸우던 최전선이었다고 한다.

　……잠깐만. 지금 말이 맞다면 마포는 도시 간 공격이 가능하다는 건데—.

　원천의 힘을 이용한 병기겠지만, 몇 십 킬로미터나 떨어진 도시를 공격하다니, 내 「유성우」 같은 건가?

　"물론 이제는 마포가 남아있지 않다오. 『불사의 왕』이 무노 후작을 죽일 때 함께 부숴 버렸다고 들었소이다."

　리더가 들려주는 흥미로운 옛날이야기는 저녁 해가 긴 그림자를 드리울 무렵까지 이어졌다.

　"할배할멈. 식량 구해 왔어."

　"오늘은 잡초 아냐~."

　온몸에 나뭇잎이나 거미줄을 붙이고 온 소년소녀 도적단 애들이 나랑 노인무리가 모닥불을 쬐고 있던 등 뒤의 수풀에서 튀어 나왔다.

　"아, 아까 그 사람이다."

　"먹을 거 다시 뺏으러 온 거야?"

　"먼저 와 있어!"

　노인들 틈에서 나를 발견한 애들이 불안한 듯 리더 소년 뒤로 숨었다.

　요 녀석들은 이 평화로운 연회 풍경이 안 보이나?

　"주인님. 식사 준비 끝났어~."

　"리자한테 말해서 이쪽으로 가져와. 다 함께 먹자."

노인무리에게는 이미 얘기를 해두었지만 까맣게 모르던 아이들은 상당히 놀랐다.

리자와 나나가 커다란 냄비를 날라서 모닥불 옆에 놓았다.

그릇은 세담 시에 머물 때 잔뜩 만들었으니 충분할 것 같군.

노인들과 우리 애들 먹을 걸 나눠주고 난 다음에도 소년소녀들은 줄을 서지 않았다.

"보리죽 싫어하니?"

가장 앞에 있던 소년은 적의를 잔뜩 드러내고 있어서 옆에 있는 소녀에게 물었다.

"아니, 좋아해."

"그럼 같이 먹자."

내가 권해도 아이들은 경계하며 손을 내밀지 않았다.

"오냐, 너희들도 얼른 먹어라."

"자 얼른 앉아라, 아가."

그러나 노인들이 죽이 든 그릇을 내밀자 참을 수 없었는지 조심조심 식사를 받아먹기 시작했다.

"마, 맛있어."

"잡초 아니야?"

"우와, 좋은 냄새도 나."

"이쪽에 스튜에, 고기 들었어."

"거짓말?"

"정말이다, 고기다~."

미묘하게 이상한 발언도 섞였지만 애들은 기뻐하며 먹기 시작했다.

"꼭꼭 씹어서 안 먹으면 배탈 날 수도 있으니까 조심해서 먹어야 된다."

"옳지 그래. 잘 씹어 먹어라. 이런 식사는 마지막일지도 모른다."

"식사하는데 시답잖은 소리 마라 이눔아."

아리사가 주의하는 말에 이어서 할아버지 한 명이 괜한 소리를 하자, 옆에 있던 할머니가 머리를 쥐어박았다.

그리고 제일 먼저 접시를 비운 포치의 한 마디로 전쟁이 시작됐다.

"한 그릇 더~인 거예요!"

그 한마디를 들은 소년소녀들 사이에 술렁 하는 효과음이 들린 것처럼 긴장감이 생겼다.

냄비 앞에서 식사를 하던 나나가 무표정하게 고개를 끄덕이고 한 그릇을 더 담아주고 있었다.

이미 다 먹은 소년들이 숟가락을 입에 물고서 한 그릇 더 받는 포치를 부러운 듯 보고 있었다.

"꼬맹이들이 뭘 사양하고 있니? 얼마든지 더 먹어."

아리사가 보다 못해서 애들에게 한 마디 했다.

그러자 다 먹은 애들이 우르르 나나에게 몰려들었다.

아직 다 못 먹은 여자애나 조그만 애들의 먹는 속도가 올랐다. 목이 메인 애들이 「잘 씹어 먹어야지」 하고 노인들에게 혼났다.

"아직 잔뜩 있으니까 더 먹고 싶으면 사양하지 말고 먹어."

내가 소리쳐서 달랬다.

아무래도 부족할 분위기라 추가로 음식을 준비하려고 마차 앞의 조리장으로 갔다.

루루랑 리자가 도우러 왔다. 스토리지의 히드라 고기를 격납 가방 경유로 꺼낸 뒤, 셋이 함께 한 입 사이즈로 잘라서 꼬치에 꿰었다.

애들 기세를 보니 한 사람 당 두 개씩은 먹겠네.

"내 도울 일 없수?"

"저, 저도 도울게요."

"도울래애."

노파와 소녀 토토나, 그리고 토토나의 여동생처럼 보이는 어린 아이가 함께 도우러 왔다.

돕는 사람이 셋이나 늘어난 덕분에 꼬치 준비가 예상보다 빨리 끝났다.

기왕이면 갓 구운 걸 먹일까 해서 금속 망과 고기 꼬치 트레이를 들고 모닥불로 돌아갔다.

"와~아."

"꼬치구이인 거예요!"

꼬치를 굽기 시작하자 냄새를 맡은 타마와 포치가 쌍수를 들며 기뻐했다.

믹고 있던 아이들도 손에 든 숟가락을 흘리는 게 아닌가 싶을 만큼 넋이 나가서 루루가 굽는 꼬치를 뚫어져라 쳐다보았다.

적게 먹는 미아는 고기의 연기가 안 미치는 쪽으로 이동해 류트를 연주하기 시작했다.

자리의 분위기에 맞는 즐거운 곡이었다.

갓 구운 꼬치를 깨물어 먹는 아이들의 환성이 곡을 타고서 밤하늘에 흘러갔다.

배가차서 졸린 아이들이 모닥불 옆에 판 구멍으로 파고들었다.

얼마나 깊은가 싶어서 들여다 봤더니 직경 2미터쯤 되고 애들 9명이 꼭 달라붙어 들어갈만한 깊이였다.

이 구멍 위에는 풀로 엮은 돗자리 같은 것을 올려서 바람막이로 쓰고 있었다. 노인들이 자는 구멍은 따로 있었다.

너무 추워 보여서 스토리지에 사장돼 있던 다갈색 늑대랑 곰의 모피를 제공했다.

함께 식사를 한 사이잖아. 이 정도 참견은 괜찮겠지.

"있잖아. 상인 형."

"뭐니?"

곤봉을 들고 토토나를 지키려고 했던 소년이 말을 걸었다. AR표시를 보니 토토나의 동생이었다.

"이거, 먹을 거 답례랑 낮에 공격한 거 사과."

소년은 표면이 매끄러운 목공품을 내밀었다. 5센티미터쯤 되는 길이의 각진 목재 세 개를 각각 한 점에서 수직으로 교차시킨 형상이었다.

소년에게 받은 목공품이 뜻밖에 무거워서 놀랐다.

AR표시를 보니 나무가 아니라 다마스커스 강이라는 금속이었다. 자세히 보니 꼭대기 몇 군데에 접점처럼 빨간 줄이 있었다.

오랜만에 감정 스킬을 써서 조사해보니 「마건(魔鍵) 장치」라는 거였다. 범용으로 쓰는 건가 본데 무엇의 열쇠로 쓰는 장치인지는 알 수 없었다.

"네가 만들었니?"

소년이 만들었을 리는 없을 것 같았지만 대답을 듣기 위해 물어봤다.

"아냐. 산에서 주웠어."

"뭣이라고! 저 산에는 들어가지 말라고 말을 하지 않았는고!"

할아버지 한 사람이 산을 가리키더니 침을 튀겨가며 소년을 나무랐다.

무슨 위험한 생물이라도 있나 싶어서 맵을 확인했다.

낮에는 아무 것도 없었던 요새 터에 원령이나 해골 병사가
레이스   스켈레톤 솔저
30마리 정도 출현했다.
POP

해골 병사는 레벨 10 전후지만 원령은 레벨 25나 되었다.

특히 후자는 「통상무기 무효」나 「마비」, 「공포」, 「권속지배」,
라이프 드레인
「생명 강탈」 같은 종족 고유능력을 가지고 있었다. 더욱이 「얼음 마법」까지 쓰는 모양이다.

밤중에만 나타난다고는 해도, 이렇게 가까운 곳에 위험한 마물이 있는데 용케 노인과 아이들이 무사하군.

그 밖에도 레벨 15나 뇌는 멧돼지가 산을 어슬렁거렸다.

"저 산에 뭐가 있어요?"

내가 소년을 나무라는 노인에게 물었다.

"밤중에 귀족의 원령이 나온다네. 그리고 낮에는 카타메라는 집채만한 멧돼지가 어슬렁거리지."

"커다란 멧돼지라면 제법 먹을만하겠는데요."

"그야 잡을 수 있다면야 그렇겠지. 전에도 병사 출신이었던 사람 셋이서 카타메 사냥을 하러 갔는데 하나만 살아서 돌아왔다네."

노인이 묵직한 한숨을 쉬었다.

산군님 취급을 받는 멧돼지로군.

멧돼지 고기도 보충하고 싶고, 우리 애들 레벨을 올리러 산 위의 요새에 들러봐야겠다.

◆

다음날 우리는 사두마차의 말에 나눠 타고서 요새 터로 가는 산길을 올라갔다. 마차는 산자락에 세워두었다.

오늘의 목적은 멧돼지 사냥과 요새 터의 마물퇴치였다.

위험해 보이는 원령만 내가 마법이나 성검으로 쓰러뜨리고, 다른 잔챙이들은 우리 애들의 경험치로 삼을까 생각 중이다.

참고로 말은 나나와 포치, 리자와 아리사, 미아와 루루, 나와 타마 조합으로 나눠 탔다.

"나무아미~?"

내 앞에 앉은 타마가 계곡 쪽을 향해서 손바닥을 마주대고 말했다.

"왜 그러니?"

"뼈 있어~."

타마가 가리키는 곳을 보자 분명히 계곡 벼랑 중간쯤에 너덜너덜한 천 같은 게 걸려있고, 그 틈으로 하얀 것이 보였다.

그 옆에는 나이프 자루 같은 게 보였다. 가만히 보고 있었더니 「미스릴 단검」이라는 AR 표시가 떴다.

오오, 이런 곳에서 판타지 금속의 대표를 만날 줄은 몰랐는걸.

"타마, 잠깐 고삐 부탁한다."

"네잉!"

나는 말을 타마에게 맡기고 애들에게 잠깐 유품을 회수한다고 말한 뒤, 경사가 급한 계곡의 벼랑을 내려갔다.

툭 튀어나온 곳에 걸려 있는 백골과 유품을 차근차근 스토리지에 회수했다. 만지지 않아도 회수할 수 있으니 참 편하다.

회수한 것 중에는 가방 같은 것이 있었는데, 그 안에는 튼튼한 케이스에 들어 있는 책 몇 권과 어제 소년에게서 받은 것과 같은 재질의 레버 같은 것이 있었다.

책은 꽤나 위험한 타이틀이었다. 「마포『존귀한 혈맥』의 정비 순서」, 「마포『존귀한 혈맥』의 조작 순서」 두 권과 암호표 같은 얇은 책자까지 해서 총 세 권.

아마도 노인무리의 리더가 어제 들려준 옛날이야기에 나온 마포에 관한 것이 틀림없었다.

아까 그 레버도 이름이 마포 조종간이었으니, 소년이 준 「마

건 장치」도 이 사람의 유품이겠지. 아마도 무노 후작과 관련된
귀족 중 하나였을 것이다.

이거 참 중요기밀 같은 자료와 아이템이었지만, 정작 마포는
20년 가까이 옛날에 이미 「불사의 왕」 젠이 파괴해 버렸으니 이
제는 아무런 의미도 없는 수집품이었다.

콜렉터즈 아이템

우리는 오전 중에 산꼭대기의 요새 터에 도착했다. 산자락에
서 2시간쯤 걸렸다.

이 요새 터는 영지 경계의 요새보다 넓었고, 이삼백 명쯤 상
주할 수 있는 산성이었다.

하지만 정문의 격자문이 내려와서 안으로 못 들어가는 상태
였다.

우리 전위 팀 네 사람이 함께 힘을 주어도 들어 올리지 못했다.

하긴 요새 정문이니까 당연하지.

다들 철창에 집중하는 사이, 내가 외벽을 뛰어넘어 안쪽에서
격자문 개폐장치를 조작해 문을 열었다.

외벽을 뛰어넘을 때 무슨 결계 같은 걸 깨부순 듯한 느낌이
들었다.

결계가 있었을 법한 곳을 살펴보았지만 아무 표시도 안 떴다.
크하노우 백작령의 「환상의 숲」에 있던 결계와는 달리 이쪽은
깨지면 완전히 사라지는 종류인 모양이다.

우리는 안뜰에서 따뜻한 수프와 빵으로 가볍게 식사를 한 다
음 요새 본관 바깥쪽을 탐험하기로 했다.

전체적으로 잡초가 지배하고 있었지만, 풀베기 장비를 한 타마와 포치의 활약으로 길을 헤치고 뒤뜰 구역에 도달했다.

오렌지색 새가 무방비하게 먹이를 쪼아먹고 있었다.

"사냥감~?"

"이쪽에는 알이 있는 거예요!"

내가 맨 먼저 뒤뜰부터 온 이유는 맵에서 이 등계(橙鷄)를 발견했기 때문이다.

이 새는 현대 일본의 닭과 마찬가지로 하늘을 날지 못한다.

움직임도 느릿해서 타마랑 포치쯤 되면 간단히 잡을 수 있었다.

등계는 모두 통통하게 살이 올라있었고, 타마가 끌어안으면 얼굴 반쯤까지 가려질 정도의 사이즈였다. 한편 알은 그렇게 크지 않아 보통 계란의 L사이즈 정도였다.

"으엑."

"왜 그래?"

아리사가 지긋지긋하단 소리를 내서 가봤더니 파슬리 군생지대가 있었다.

"파슬리네."

"누가 파슬리야! 이번 생애는 파슬리라고 불릴 생각 없어! 그러니까, 주인님, 성인이 되기 전까지 사실혼이라도 좋으니 색시 삼아줘!"

아리사가 맹견처럼 「으르릉」 짖어대며 눈을 삼각형으로 부릅뜨고 달려들었다.

아리사랑 같이 있던 루루는 그녀의 행동에 놀라 눈을 동그랗

97

게 떴다.

파슬리는 분명히 연인이 없는 독신여성을 말하는 거였지? 정말로 말하는 사람 본 적은 없지만 무슨 순정만화에서 그런 장면을 본 것 같은데…….

"응! 루루랑 같이 자매 덮—."

"그래 그래. 10년 뒤에도 독신이면 생각해볼게."

아리사가 말도 안 되는 발언을 하려고 들어서 황급히 막았다.

"정말이지! 꼭이야."

아자앗~. 하고 아리사는 소녀답지 않게 호쾌하게 주먹 쥔 포즈를 취하더니 달려가 버렸다.

"……좋겠다아."

엿듣기 스킬 덕분에 루루가 작게 중얼거리는 소리가 들렸다.

시선을 내리자 루루의 끝 모를 미소녀 얼굴이 보였다.

그렇게 경성(傾城)의 미모로 바라보시면 로리콤의 길로 훌쩍 들어가 버릴 것 같습니다.

—그래서 그랬을까?

"주인님, 저도……."

"그야 물론이지. 루루가 10년 지나도 독신이면 아리사랑 같이 색시 삼아줄게."

"네에!"

분위기에 휩쓸려서 무책임한 말을 해 버렸다.

루루가 함박웃음을 짓자 조금 죄책감이 들었다.

이 나라는 중혼이 허가되긴 하지만 5년 뒤, 10년 뒤에도 이

세계에 있을지는 알 수 없었다.

꿈을 꾸듯 갑자기 이 세계에 나타났으니, 꿈이 깨버리듯 갑자기 본래 세계로 돌아가 버릴지도 모른다.

그리고 본래 세계에 미련이 없는 것도 아니었다. 이쪽에서 계속 산다 쳐도 본래 세계의 가족이나 지인에게 편지 정도는 보내고 싶으니, 애들 앞날이 안정되면 사가 제국에 실례할 생각이었다.

―뭐 그렇게까지 심각할 것은 없으려나?

소환이나 송환 마법이 존재하니까 10년 있으면 본래 세계를 자유롭게 왕래할 수 있는 마법 정도는 개발할 수 있겠지.

애당초 10년 뒤에도 아리사랑 루루가 독신이라는 것도 있을 수 없는 일이고…….

내 속마음을 모르는 루루가 두 손으로 볼을 감싸고 말했다.

"에헤헤……. 주인님의 색시……."

루루 씨, 단 둘이 있을 때 미소녀 얼굴로 그렇게 살살 녹는 미소를 짓지 말아 주세요.

욕정에 질 뻔했지만 이성의 힘을 총동원해서 겨우 버텨냈다.

"주인님. 괜찮으시면 이쪽을 봐 주십시오."

루루가 뿜어내는 핑크빛 분위기에 휩쓸릴뻔한 나를 리자의 목소리가 구해냈다.

나는 루루를 데리고 리자가 손짓하는 곳으로 다가갔다.

말라 죽은 장미 아치를 지나자 잡초의 바다에서 분수가 고개를 내밀고 있었다.

"함정이 있을지도 모르니 아무도 못 들어가게 했습니다."

"신중한 건 좋은 거야."

나는 리자의 행동을 칭찬한 다음 분수 앞을 자세히 확인했다.

함정 감지 스킬에는 반응이 없었고 맵으로 조사해도 함정 같은 구조는 없었다.

"—괜찮은 것 같다."

내가 말하자 리자가 열병식 선두의 병사처럼 창을 들고 분수까지 나아갔다.

"풀 베기 부대 등장~?"

"힘내는 거예요!"

그리고 타마랑 포치가 나타나서 분수 앞 광장에 난 잡초를 베었다. 유능한 애들이야.

"사토."

아치 너머에서 미아가 양손에 한 가득 야채를 들고 총총히 걸어왔다.

"브로콜리랑 셀러리구나?"

"응."

일본에서 본 거랑 품종이 다르지만, 브로콜리랑 셀러리의 근연종(近緣種)이 틀림없었다.

파슬리가 나 있던 곳 한쪽에 같이 자라고 있었다고 한다.

"저녁에는 브로콜리를 써서 스튜를 만들자."

"기대돼."

미아가 기뻐하며 고개를 끄덕였다.

거기다 아인 소녀들이 분수 너머에 있던 염소 세 마리를 잡아왔다.

나나는 등계의 **병아리**를 손 위에 올려놓고 좋아죽고 있었다.

뒤뜰에는 감나무랑 매실나무까지 있었다. 감은 아직 떫었지만 곶감을 만들 수 있으니 떨어진 열매를 모았다.

정말이지, 불사의 마물^{언데드} 소굴인데 참 평화로운 곳이네.

절그럭 절그럭 소리가 울렸다.

우리는 완전 무장한 리자를 선두에 세우고 요새의 현관 홀에 들어섰다.

리자 뒤에는 타마와 포치, 두 사람 뒤에는 나나. 그리고 아리사, 미아, 루루 세 사람이 이어지고 맨 뒤에는 내가 있었다.

현관 홀은 2층까지 트여 있었고, 2층 부분에 있는 창에서는 빛이 들었다. 홀 안은 작게나마 무도회를 열 수 있을 정도로 넓었다.

불사의 마물^{언데드}들은 밤중에 출현하기 때문에, 우리는 해가 진 뒤에 실행할 본격적인 퇴치에 앞서 요새 내부를 조사하려고 왔다.

현관 홀에는 백골이 된 병사들 시체가 몇 구정도 굴러다녔다.

아마도 밤이 되면 움직이겠지?

해가 있을 때 스토리지에 회수하여 화장하고 묻어줘야지.

문득 보니 루루가 불안한 표정을 짓고 있었다. 아리사랑 미아도 긴장한 기색이었다.

"그렇게 걱정 안 해도 낮에는 괜찮―."

세 사람을 안심시키려고 말을 하는데, 갑자기 문이 닫히는 커다란 소리가 가로막았다.

동시에 창문이 검은 반점처럼 물들더니 머지않아 바깥에서 들어오던 빛이 사라졌다.

미아와 루루가 비명을 지르며 내 품을 정면으로 파고들었다.

밝은 눈 스킬의 보조 덕분에, 어둠속에서도 방심하지 않고 주위를 경계하는 전위 팀의 모습이 보였다.

나는 스토리지에서 마등을 꺼내 마력을 주입해 불을 밝혔다.

"크케케케케. 무노 후작가 부흥의 비밀 거점에 발을 들이다니, 주제도 모르는 어리석은 도굴꾼 놈들."

목소리의 주인은 보이지 않았다. 레이더에도 우리밖에 없었다.

맵으로 확인했더니 적은 어제 발견한 레이스. 위치는 요새의 지하 3층이었다. 이 요새에 도착했을 때는 맵에 없었는데 언제 솟았지?

아마 음성 전달관이나 오컬틱한 수단으로 이 방에 목소리를 보내고 있는듯했다.

"내 충실한 병사들에게 후작가의 부흥을 지탱하는 초석이 되거라!"

내 예상대로 원령이 외치자 바닥에 널브러져 있던 해골 병사들이 일어섰다.

이 방에는 셋밖에 없었지만 다른 방에 있는 해골 병사들도 접근하고 있었다.

"상대는 강하다. 둘이 한 조를 짜서 하나씩 쓰러뜨려. 나머지 하나는 내가 맡으마."

"알겠습니다!"

"네잉!"

"네! 인 거예요."

"명령 수락. 전투인형 모드로 이행."

내가 지시를 내리자 전위 네 명이 행동을 개시했다.

근데 전투인형 모드라는 건 처음 듣는데요?

아마 내 옆에서 싱글거리며 웃고 있는 아리사가 나나한테 이상한 말을 가르쳐준 게 분명하다. 실제로 나나의 스테이터스에 딱히 변화도 없고 말이지.

나는 스토리지에서 꺼낸 돌로 내가 담당하기로 한 녀석을 맞춰 할당량을 달성한 다음 전위 팀의 전투를 지켜보았다.

해골 병사는 움직임이 뚝뚝 끊어졌지만 검을 휘두르는 직선적인 동작은 빨랐다.

방심하면 일격으로 싹둑 베여서 죽는다.

포치가 무거운 검의 일격을 방패로 막아 흘리고, 타마가 소검으로 해골 병사의 다리 관절을 노렸다.

타마의 공격은 가볍기 때문에 명중해도 일격으로 파괴할 수는 없었다. 그렇지만 몇 번이고 공격을 거듭하여 네 번째 공격으로 드디어 관절을 부쉈다.

두 사람은 밸런스가 무너져 쓰러지는 해골 병사를 두들겨 패서 마무리를 지었다.

그 옆에서는 커다란 도끼를 휘두르는 해골 병사의 공격을 나나가 둥근 방패로 막아 흘려내는 중이다. 신체강화 이술을 함께 쓴 덕분에 아슬아슬하게 상대의 움직임을 따라잡은 느낌이었다.

그리고 리자의 창이 푹푹 찔러서 뼈를 부쉈다. 칼날이 아니라 자루 끝을 쓰고 있었다.

열심히 싸운 끝에 방에 있던 해골 병사를 쓰러뜨렸다.

방패 역할을 맡은 두 사람의 체력 게이지가 약간 줄었지만 눈에 띄는 상처는 없었다.

다른 방의 해골 병사가 이쪽으로 오고 있으니 치료는 나중에 해도 되겠지.

이번 전투에서 아인 소녀들 레벨이 모두 올라 14가 되었다. 아인 소녀들에게 늘어난 새로운 스킬은 리자가 「강타」, 포치가 「찌르기」, 타마가 「적 탐색」이었다.

물론 이 스킬을 자유롭게 쓰려면 제대로 휴식을 취해서 스킬이 몸에 익어야 한다.

그건 그렇고 생각보다 접전이었으니 조금 더 편히 싸울 수 있도록 전장을 정비하는 편이 좋겠다.

나는 바리케이드를 설치하기로 했다.

천을 늘어뜨린 막대와 「방어벽」 마법을 써서 방어용 격자를 만들었다. 입구가 있는 장소에는 돔을 만들고, 돔에 공격용 구멍을 몇 군데 뚫어놨다.

이제 후위진의 안전을 확보하면서 싸울 수 있다.

다음으로 조명을 마련해야지.

뒤에서 마등을 비추면 자기 몸의 그림자가 방해되어 싸우기 힘들어 보였다.

"미아, 조명 부탁해."

"응."

미아가 새로운 주문을 읊었다.

"…… ■ ■ ^{버블 라이트} 반딧불 방울."

희미하게 빛나는 비누방울 같은 구체가 몇 개 생겼다. 빛 마법의 주문 코드를 쓴 탓에 마력 코스트가 조금 높은 게 옥의 티다.

희미한 빛이 비추는 일행을 확인하자, 루루가 어쩐지 절박하고 어두운 표정을 짓고 있었다.

해골이 공격하는 걸 보고 무서워졌나?

"주, 주인님. 저, 저도 뭐 할 수 있는 일이 없을까요?"

루루가 가슴 앞에 손을 쥐고서 떨리는 목소리로 호소했다.

그러고 보니 전에 도적 떼를 퇴치했을 때도 무슨 말을 하고 싶은 기색이었다.

내성적인 루루가 자주적으로 뭔가 하고 싶다고 말하는 건 기뻤지만, 아무 훈련도 안 받은 루루를 전선에 내보낼 수는 없었다.

내가 어떻게 설득할까 생각하는데 루루가 다시 애원했다.

"저도 뭔가 도움이 되고 싶어요!"

"걱정 안 해도 루루는 충분히 도움 되는데?"

이건 사실이었다. 충분히 도움이 된다고 잘라 말할 수 있다.

적재적소라는 게 있다고 설득하려고 했지만, 뒤에서 아리사가 내 소매를 끌어당겨 돌아보았다.

"주인님. 전에 쓰던 마법총, 루루가 쓸 수 없을까?"

"아아, 그게 있었지."

나는 아리사의 제안을 받아 들이기로 했다. 그걸 쓰면 후방에서 전투에 참가할 수 있겠네.

나는 마등을 바닥에 두고 스토리지에서 예비 마법총을 꺼내 루루에게 건네주었다. 오발이 무서우니 위력은 최소한으로 조정했다.

"이쪽을 마물에게 겨누고, 이 돌기가 방아쇠라는 건데 이걸 당기면 이 통의 끝부분에서 마법탄이 나올거야."

"네, 넷."

긴장한 루루에게 마법총을 쥐어주고 적당한 기둥을 향해 쏘아보도록 했다.

처음 한 발은 크게 빗나갔다.

"루루, 그렇게 힘 안 줘도 돼. 긴장 풀고."

나는 루루를 뒤에서 껴안는 자세로 총에 손을 대고 방아쇠 당기는 세기를 알려주었다.

"이런 느낌으로 부드럽게. 알겠니?"

"네, 네네네네네에에에에."

어라? 루루가 괜히 더 새빨개지며 허둥대는데.

아차. 요즘에는 평범하게 반응해서 잊고 있었는데 루루는 원래 남성을 거북해하지…….

"미안 미안. 너무 가까웠는걸."

내가 몸을 떼자, 루루가 「앗」하며 애절한 소리를 냈다.

만약 내가 겉모습 그대로 한창 사춘기 소년이었다면 지금 그 소리를 듣고 사랑에 빠졌을지도 몰랐다.

그러나 알맹이가 서른 줄인 내가 중학생 나이의 루루에게 느끼는 감정은 보호욕구가 강했다.

루루가 촉촉하고 묘하게 요염한 눈동자로 올려다봤지만, 나는 되도록 성실한 분위기를 유지하며 시험 사격을 시켰다.

루루는 생각보다 마법총과 상성이 좋아서 몇 번 해보고 나니 금방 요령을 터득했다.

물론 두 번 정도 쏘니 루루의 마력이 떨어진 탓에 몇 번이고 마력 회복약 신세를 지게 되었다.

아리사랑 미아도 마법총을 써보고 싶다고 하기에 루루가 쉬는 동안 연습을 시켜보았다.

진지를 정비하고 나니 전투가 한결 편했다.

루루, 아리사, 미아 세 사람이 순서대로 마법총을 들고 해골 병사를 쏜다. 그 다음에 투석이나 창으로 마무리. 긴 자루 무기를 가진 해골 병사는 내가 접근해서 억지로 무기를 빼앗았다.

게임처럼 긴장감 없는 전투가 3세트째가 되었을 때 리자의 창에서 붉은 빛이 흘러나왔다.

마침 강타가 성공한 순간이었으니 스킬 발동 이펙트인가?

리자의 마력^{MP} 게이지가 조금 줄어든 것을 보니 마력이 연관된 것 같은데―.

다음 적이 오는 동안 시간이 남아서 나는 「방어벽」을 한 번 부수고 다시 쳤다.

어디 다음 적이 오기 전에 리자의 기술을 다시 한 번 봐야지.

"리자. 아까 마지막에 쓴 찌르기를 한 번 더 보여줄래?"

"아까 말입니까?"

리자가 곤혹스런 표정으로 찌르기를 보여줬지만 아까 전처럼 빨간 빛은 흘러나오지 않았다.

나는 격납 가방을 거쳐서 스토리지에 있는 강철 창을 꺼냈다. 이건 「요람」 사건 때 얻은 창으로, 나나가 쓰는 세검과 같은 디자인의 무기였다.

나는 아까 리자가 쓴 창의 움직임을 재현해 보았다.

붉은 빛이 흘러나오지 않는 건 당연했지만, 리자처럼 박력 있는 소리는 안 났다.

앞발을 구르면서 바닥을 파헤치지 않도록 주의하기 때문일지도 모르지만, 「후웅」은커녕 「휘릭」하는 소리도 안 나니 참으로 쓸쓸했다.

"멋진 찌르기입니다."

리자가 칭찬했지만 내가 생각해도 그다지 박력 없는 찌르기라서 칭찬을 들으니 조금 부끄러웠다.

"주인님. 실례하겠습니다."

몇 번 시험해보고서 고개를 갸웃거리는 나를 못 봐주겠는지, 리자가 뒤에서 끌어안는 자세로 창을 잡고 설명했다.

"찌르기를 할 때는 이렇게, 내지르는 순간에 손목을 틀어 창을 반회전시킵니다. 쥔 손은 의식해서 느슨하게 들고 있다가 찌르는 순간에 움켜쥡니다. 천천히 해볼 테니 제 손가락과 손목 움직임을 느껴보세요."

리자가 내 손 위에 자기 손을 겹치고 직접 타이밍을 알려주었다.

오호라. 이래서야 입으로만 설명을 들어선 알기 어렵겠는걸.

리자가 떨어진 다음에 직접 해보았다.

응. 괜찮은데?

"과연 주인님이십니다. 단번에 정수를 깨우치셨습니다."

"리자가 잘 가르쳐서 그래."

가르치는 법이 좋은 것도 사실이지만, 한 번에 깨우친 건 창 스킬 레벨이 최대라서 그렇겠지.

몇 번 더 시험해보며 감각을 익혔다.

리자의 찌르기 재현도는 아까보다 올라갔지만 내 창에서는 붉은 빛이 흘러나오질 않았다.

역시 스킬이 필요한 거겠지?

해골 병사 둘이 방 너머에서부터 덜그럭거리는 소리를 내면서 오기에, 모두가 경험치를 얻을 수 있도록 한 번씩 공격한 다음 내가 마무리를 지었다.

한 녀석의 두개골, 흉골, 등골을 3연속으로 찔렀다.

〉「찌르기」 스킬을 얻었다.

〉「강타」 스킬을 얻었다.

〉「관통」 스킬을 얻었다.

〉「연속 공격」 스킬을 얻었다.

한 번에 스킬 여러 개를 얻었다.

이번에는 스킬에 포인트를 분배하고 유효화시킨 다음에 또 하나를 쓰러뜨렸다.
_{액티베이트}

유감스럽게도 창에서 빛은 나지 않았다.

리자가 아직 스킬로 얻지 못한 무슨 새로운 기술인가?

리자의 마력 게이지도 줄었고, 마법 도구에 마력을 흘릴 때도 보통 빨간 빛이 흐르니 마력이 연관된 건 틀림 없었다.

"주인님, 새로운 적이 옵니다."

"나는 됐으니까 아까랑 같은 순서로 쓰러뜨려 버려."

"알겠습니다."

리자에게 전투 지휘를 맡기고 강철 창에 마력을 흘려보았다.

이상한 감촉이네. 말로 표현하자면 점토가 가득 찬 구멍투성이 수도관에 물을 흘려 넣는 느낌이 제일 가까웠다.

마력이 잘 안 통하고, 통하더라도 모두 구멍으로 새어나가는 느낌이었다.

그러고 보니 마법 도구 책에 철은 마력이 확산되기 쉽다고 쓰여 있었지?

억지로 마력을 흘렸더니 한 순간 빨간 빛이 흐르긴 했지만, 다음 순간에 빠직 하고 거친 소리를 내며 강철제 칼날이 갈라져 버렸다.

타마 말고는 해골 병사와 전투하는 소리 때문에 눈치채지 못한듯해서, 스토리지 안에 있는 같은 모양의 창과 교환해 아무 일 없다는 듯 꾸몄다.
_{스켈레톤 솔저}

타마에게는 몸동작으로 「비밀이다」라고 했다.

타마는 「알았음」을 표현하는 수신호로 대답했다.

그리고 전투가 끝난 뒤에 리자의 창을 빌려서 아까 실험을 다시 한 번 해봤다.

"리자, 잠깐 창 좀 빌려줄래?"

"알겠습니다."

나는 리자가 두 손으로 공손히 건네주는 창을 받아 가볍게 마력을 흘려봤다.

만에 하나 마력을 너무 흘려서 창이 망가지면 안되니 신중하게 다루었다.

아까의 강철 창에 비해서 훨씬 마력이 잘 통하고, 창의 접합 부분에서 희미하게 붉은 빛이 흘렀다.

마력을 조금 더 흘렸다. 아주 약간 걸리는 감촉이 있었다. 처음에 나나의 마력 충전을 했을 때와 비슷한 느낌이었다.

그 때의 감각을 떠올리며 마력 흐름의 강약을 조절해 마력경로를 청소하자, 나나의 몸과 마찬가지로 마력 흐름이 좋아졌다.

〉「마법 도구 조율」 스킬을 얻었다.
〉칭호 「조율사」를 얻었다.

그 조정이 성공해서 그런지 마력을 1포인트밖에 안 썼는데도 날 끝이나 마디에서 희미한 빛이 흐르게 되었다.

그 상태에서 창을 휘두르니 붉은 궤적이 흘러서 참 예뻤다.

〉「연무」 스킬을 얻었다.
〉칭호 「무도가」를 얻었다.

상대에게 창의 간격이나 궤도를 읽히니까 실전에서는 못 쓸 것 같지만 연무할 때는 보기 좋겠네.

"호, 혹시 마인(魔刃)?"

"이것이 마인인가요? 과연 주인님. 무술의 달인이 오랜 수행 끝에 터득하는 오의를 사용하실 수 있는 줄은 몰랐습니다."

아리사가 중얼거리자 리자가 거창한 말로 찬사를 보냈다.

"유명한 기술이야?"

"그렇네. 각 영지에 두세 명 정도는 쓸 수 있을 거야. 시가 왕국처럼 대국은 왕도에 가면 수십 명 정도 쓸 수 있지 않을까?"

뭐야. 리자가 거창하게 말하길래 굉장한 기술로 착각했는데 그렇게 희귀한 스킬도 아니구나.

―어, 아니다. 영지 단위로 그 정도면 「보물 창고」나 「감정」보다 희귀하군.

"그럼 남들 앞에서는 안 쓰는 게 좋겠네."

"그러게. 마인을 쓸 수 있는 기사를 보유하는 건 귀족 사회에서 자랑 거리니까, 평민이 쓸 수 있다는 걸 알면 여기저기서 끌어가려고 난리가 날 거야."

그렇군. 남들 앞에서는 봉인이 결정됐다.

리자에게 인사를 하면서 창을 돌려주고, 다시 한 번 강철 창으로 마인을 시험해 봤지만 스킬이 없어서 그런지 잘 안 됐다.

마물의 부위를 쓴 무기는 마인이랑 궁합이 좋은가 보네.

스토리지에 있는 성검이나 신검이라면 더욱 궁합이 좋겠지만, 여기서 실험하는 건 참았다.

스무 번째 해골 병사를 쓰러뜨리자 공세가 끝났다. 이번에는 우리가 공격할 차례였다.

하지만 여기서 일단 한 번 물러날까 고민할만한 사안이 생겼다.

―루루의 몸이 안 좋아졌다.

"루루, 괜찮아?"

아리사가 주저앉은 루루 곁에서 걱정스레 말했다.

"걱정 안 해도 돼."

나는 아리사를 안심시키기 위해 말을 계속했다.

"아마, 루루는 레벨 업 멀미를 하는 거다."

"이게 그거야?! ……괴담이 아니었구나."

놀라는 아리사에게 고개를 끄덕여 주었다.

루루는 해골 병사와 싸우면서 레벨이 2에서 6으로 오르고 「영창」, 「사격」, 「마차 조종」, 「조리」 네 개의 스킬을 얻었다. 다른 애들은 레벨 업이 없었다.

루루의 영창 스킬은 아리사와 마법을 연습했던 영향이라고 한다. 부럽기 짝이 없군.

조금 의논한 결과 내가 업고 가기로 했다. 혼자 두고 가는 것도 위험하고, 내가 옆에 있는 편이 안전하니까.

이걸로 한 가지 알게 됐다.

만난 지 얼마 안 됐는데 루루의 가슴 사이즈가 올랐다. B에 한없이 가까운 A컵이었는데 지금은 확실하게 B컵 사이즈로 성장했다.

과연 성장기로군. 이대로 기특하게 성장해주면 좋겠다.

마음 속으로 루루를 응원하면서, 우리는 순조롭게 지하 3층의 원령이 있는 방 앞에 도착했다.

여기까지 오는 동안 지하에 못 가게 하려는 해골 병사를 여섯 정도 쓰러뜨렸다. 지상에서 쓰러뜨린 해골 병사보다 약간 강했다는 것 말고는 별 것 없었다.

이 앞에 있는 원령은 「마비」 공격을 하기 때문에 보험 삼아서 마비 해제약을 만들기로 했다.

제법 간단한 레시피라서 이름을 공란으로 하고 척척 만들었다.

좋아. 이걸로 준비완료.

"드디어 보스구나!"

"보스는 얼음 마법을 쓰니까 내가 먼저 들어가서 놈을 처리할게. 너희들은 조금 나중에 들어와. 그 녀석 말고도 좀 강한 해골 병사가 넷 있으니까 그쪽을 맡기마."

"알겠습니다."

"잠깐, 리자 씨? 혼자서 보내면 안 되지."

"마스터라면 원령쯤은 문제가 안 된다고 아리사에게 보고합니다."

내 작전에 아리사만 반대했다.

"괜찮다니까. 걱정할 거라면 상대가 상급 마족 이상일 때부터 해."

"상급이라니……."

나는 농담처럼 말하고서, 다들 문에서 떨어진 곳까지 피난시켰다.

"주인님. 하다못해 이 창을 써 주십시오."

리자가 자신의 창을 내게 내밀었다.

"주인님이 가진 창은 마인을 쓰기 어려운 것 같습니다. 본래는 제가 함께 가야겠지만, 제 힘이 부족한 것은 알고 있습니다. 그렇다면 하다못해 이 창만이라도 함께—."

"알았다. 잠깐 빌릴게."

나는 리자의 창을 받고, 대신 내가 들고 있던 강철 창을 리자에게 건네주었다.

안으로 들어가면 성검을 써서 마인 스킬을 얻을 셈이었지만 리자의 마음을 생각해서 고맙게 빌리기로 했다.

"크케케케케, 스스로 죽으러 오는 어리석은 도굴꾼 놈들. 위대한 무노 후작 가문의—."

내가 방으로 들어가자 원령^{레이스}이 무슨 말을 떠벌리기 시작했는데 딱히 흥미가 없어서 흘려들었다.

그곳은 알현실처럼 길쭉한 방이었는데, 옥좌가 있는 곳에는 너덜너덜한 귀족 옷을 입은 백골 시체가 있었다.

원령은 그 백골에 겹치듯 존재하고 있었는데, 반투명하고 낯빛이 창백했지만 생전과 같은 모습이었다.

그리고 원령 옆에는 금속 갑옷을 장비한 기사 같은 해골 병사^{풀 플레이트 메일} 넷이 지키고 있었다.

나는 원령의 연설을 무시하고 성큼성큼 걸어가면서 리자의 창에 마력을 충전했다. 혹시라도 부서지지 않도록 마력량에 주의했다.

"—그리고, 이 땅에 후작 가문을 정점으로—."

5미터정도밖에 떨어지지 않은 지점까지 접근했는데도 원령은 아직도 연설을 하고 있었다.

역시 원령이 됐을 때 품은 망집에 지배당하고 있는 거겠지?

마인 스킬을 얻으면 성검으로 정화시켜주자. 신검은 정화가 아니라 소멸할 것 같단 말이지.

텅하고 발을 디디면서 빨간 잔광을 이끌고 한 순간에 간격을 좁혔다.

기세를 죽이지 않고 강타 스킬과 찌르기 스킬을 발동하여, 허공을 향해 연설하는 원령의 어깨를 노리고 혼신의 찌르기를 가했다.

붉게 빛나는 창날이 원령에게 닿은 순간, 물에 검은 물감 한 방울을 흘린 것처럼 파문을 남기며 원령이 사라져 버렸다.

〉「마인」 스킬을 얻었다.

—어라? 너무 셌나?

그 시점에 긴장을 푼 게 안 좋았는지 불필요한 스킬을 같이 쓴

게 안 좋았는지, 리자의 창이 불규칙하게 진동하기 시작했다.

―위험한데.

리자의 창에 한계가 온 건지, 갈라지는 전조 같은 붉은 줄기가 검은 창 표면에 생기기 시작했다.

나는 황급히 창에서 마력을 빨아들였다.

이때 한 번에 다 빨아들이지 않게 주의했다.

뜨거운 컵을 급속하게 식혔을 때처럼 갈라지면 곤란하잖아.

아직 창은 마력을 띠고 있었지만 이상한 진동은 사라졌다. 몇 번 휘둘러봤지만 창의 밸런스는 변하지 않았고, 창의 표면에 떠오른 붉은 줄기도 상처나 금이 간 게 아니었다.

이 붉은 줄기는 마법 도구를 만들 때 쓰는 마액^{리퀴드}이 굳어진 것과 아주 비슷해 보였다.

마물의 신체 부위를 소재로 쓴 창이니 마핵과 같은 성분이 노출됐거나 결정화된 걸지도 모르겠다.

감정해보니 창의 성능이 명백하게 올랐다.

본래 성능을 정확하게 기억하진 못하지만, 본래는 강철 창과 비슷한 수준이었는데 지금은 일곱 배 가까이 성능이 올랐다.

내가 가진 성검이랑은 비교가 안 되지만 그래도 범상치 않게 성능이 올랐다.

거기다 이름도 「곱등이 검은 창」에서 「마창 도우마#5」로 바뀌었다. 명명 기준이 뭔지 참 궁금하군.

변화하기 전이랑 다른 아이템으로 취급하는지 제작자가 공란

#5 도우마 일본어로 곱등이를 뜻하는 '카마도우마'에서 뒷 세 글자를 따서 붙인 이름.

으로 변했다.

아까 마비 해제약을 만들 때 이름을 공란으로 하고서 되돌리는 걸 깜빡 했구나.

〉칭호「마창 제작자」를 얻었다.
〉「마력 부여」 스킬을 얻었다.
〉「무기 강화」 스킬을 얻었다.

방 입구에서 리자를 선두로 우리 애들이 들어왔다.

"어머나? 벌써 끝났어?"

"아아, 그런가 봐."

아리사의 말을 듣고서 갑옷을 입은 해골이 바닥에 넘어져 흩어진 것을 깨달았다.

아마 주인을 멸했으니 부하들도 사라진 모양이었다.

"리자, 미안하다. 창의 모습이 변해 버렸어."

"―이건 금이 간 것이 아니라 무늬입니까?"

리자가 놀라면서「마창 도우마」를 받아 표면을 쓰다듬었다.

차분하게 몇 번 휘둘러보며 이것저것 확인했다.

"기분 탓일까요? 전보다도 창 날 끝과 신경이 이어진 것처럼 신기한 감각이 느껴집니다."

리자가 그렇게 말하더니, 기합을 넣어서 강타를 써봤다. 붉은 줄기에서 빛이 흘렀다.

"혹여 이것은, 마인을 습득할 수 있도록 개조해주신 거로군요!"

오해라고 말하고 싶었지만, 리자가 너무 기뻐서 차마 진실을 말할 수 없었다.

하마터면 리자의 창을 부술뻔했다고 솔직히 사과한 것은 다음날 아침이었다.

"잠깐만~. 여기에 숨겨진 문이 있어!"

아리사가 옥좌 뒤의 태피스트리를 걷어보더니 손짓하여 불렀다.

감정에 따르면 이 태피스트리의 문장은 무노 후작 가문의 것이었다.

함정 발견 스킬에 반응이 있길래 아리사를 물리고 함정을 해제했다.

내가 먼저 숨겨진 방 안으로 들어갔다. 숨겨진 방 구석에 어째선지 슬라임 두 마리가 있길래 슥삭 처리하고 시체를 스토리지로 회수했다.

그밖에는 위험이 없는 것을 확인한 다음에 다들 숨겨진 방으로 불렀다.

"굉장해~?"

"빤짝빤짝하는 거예요!"

"이건 굉장하군요."

"우와하, 이게 뭐니!"

다들 방 안의 **금은보화**를 보고 놀라서 소리를 질렀다.

방 안에는 1만닢쯤 되는 시가 왕국 금화의 산이랑 귀금속제 조각상이나 장식품이 보란 듯이 전시돼 있었다.

방의 벽에는 무기와 방어구 종류가 든 상자가 쌓여 있었다. 미스릴 합금제 무기도 있었는데 그건 예쁘게 장식대에 올려늘어놓았다. 기름종이 같은 걸로 감싸놓은 건 그림 종류겠지.

이 방 안에는 먼지 한 톨도 없었고 녹슨 무구도 없었다.

아마도 아까 그 슬라임들은 청소나 녹을 없애려고 길렀나보다. 죽이지 말고 붙잡아둘걸 그랬네.

내가 좋아하는 것을 보러 가도 된다고 하자 각각 방의 탐색을 시작했다.

타마와 포치는 금화의 산 주위를 빙글빙글 달려 다녔다. 리자는 내 허가를 받고서 무기를 검토하기 시작했고, 미아는 은제 악기류를 고민스런 표정으로 체크했다. 아리사는 「금화 목욕할 수 있겠다」고 하면서 금화를 들고 싱글거리고 있었다.

─다들 아주 즐거워 보이네.

나는 나무 상자 구석에서 기름종이에 싸인 숨겨진 마법의 가방을 발견했다. 격납 가방과 같은 종류였다.

안에는 대량의 나무와 서류가 들어 있었다. 대부분이 영지의 세금이나 광산 후보지의 정보를 쓴 것이었는데, 중급이나 상급 마법서 같은 것도 들어 있었다. 유감스럽게도 두루마리는 없었다.

이 마법 가방은 내 격납 가방과 같은 크기였지만, 수용력은 훨씬 적었다. 그래도 체적으로 300리터나 들어가니까 충분히 굉장했다.

열화 격납 가방을 스토리지에 회수했을 때 루루를 업은 나나가 입구에서 나타났다.

"굉장해요."

"보물창고인가요라고 묻습니다."

"그런 것 같아."

여기에 있는 건 무노 후작 일족이 재건을 위해서 숨겨둔 재물 같았다.

지금까지 들은 이야기에 따르면 무노 후작 일족은 안 남았을 테니까 우리가 마음대로 써도 문제없겠지?

원령퇴치 보수라고 치면 되겠네.

뭐 가지고 싶은 게 있으면 말하라고 한 다음에, 나도 아이템 체크에 참가했다.

>칭호「**무덤 도둑**」을 얻었다.
그레이브 루터

>칭호「**보물 발굴자**」를 얻었다.
트레저 헌터

실례되는 칭호가 붙었지만 딱히 신경 쓰지 않고 전리품 물색 에 참가했다.

"주인님."

안쪽으로 이어진 방에서 리자가 손짓했다.

그쪽으로 가니 소형 트럭 사이즈의 새 알 같은 것이 있었다.

AR표시를 보니「마포『존귀한 혈맥』」이라고 나왔다. 노인무리의 옛날이야기에 나온 대량파괴병기의 이름이었다.

만약 산 속에 있던 시체가 살아서 이 요새에 도착했더라면 새로운 대량학살이 실행됐을지도 모르겠군.

"이건 뭘까요?"

"무슨 마법 도구겠지. 여기는 됐으니까 아까 봤던 무기들 중에서 쓸만한 게 있는지 확인해봐."

"알겠습니다."

리자가 건너편 방으로 간 걸 확인한 다음에 「마포」를 스토리지에 회수하고 「마포 관련」 폴더를 새로 만들어서 연관된 아이템과 자료를 한군데 모아놨다.

이런 섬뜩한 물건은 사장시켜 버려야지. 내 스토리지에 넣어두면 누가 악용할 수도 없을 거야.

◆

원령을 토벌한지 사흘째, 무노 남작령에 온지 열흘째 되는 아침.

우리는 아직 요새 터에 있었다.

"여기를 노인이나 아이들 주거지로 삼을 수 없을까?"

아리사가 그렇게 말했기에 노인무리와 아이들을 불러 요새 터 정비를 시작했던 것이다.

그다지 의욕은 없었지만, 막상 시작해 보니 어렸을 때 놀았던 비밀기지를 만드는 것 같아서 어느 틈엔가 동심으로 돌아가 즐기고 있었다.

부서진 우물을 수리하고 병사 숙소 하나를 살 수 있도록 정비한 다음, 노파들에게 이불이나 모피를 제공해서 추워 보이는 옷을 개선시켰다.

봄부터 식량을 만들 수 있도록 요새 안뜰에 밭을 만들었다. 작물은 키우기 쉬운 가보 열매를 노인 리더에게 건넸다. 요전에 도적들에게서 빼앗은 것이다.

그리고 아이들에게 먹을 수 있는 식재료를 배워서, 아인 소녀들과 멧돼지 사냥을 하며 덤으로 그것들을 모으기도 했다.

산나물 같은 것들뿐 아니라, 동과처럼 생긴 박 열매를 대량으로 채취했다. 생으로 먹기는 어려웠지만, 야채 볶음이나 스튜의 건더기로는 잘 맞아서 미아가 기뻐했다.

모두 협력해서 당장 먹을 식량으로 훈제와 말린 고기를 양산했다. 마물은 스토리지에서 꺼냈지만 그들에게는 산에서 사냥했다고 말했다.

또 안전을 위해서 평범한 레시피로 만든 성비를 요새 중심 부근에 설치했다. 노인무리의 리더는 레벨도 높으니 마력 충전은 할 수 있겠지.

성비가 본래 요새에 있던 시설처럼 보이도록 폐자재로 껍데기를 만들었더니, 「위장」이나 「증거인멸」 같은 섬뜩한 스킬을 얻어 버렸다.

우리는 사흘정도 머무르는 동안 불사의 마물이 부활하지 않는 걸 확인했으니, 이만 요새 터를 떠나기로 했다.

헤어지기 전에 노인이나 아이들과 함께 요새 터나 산에서 발견한 인골의 명복을 빌었다. 망자를 추도한 이유는 두 번 다시 나오지 말라는 의미에서였다.

그리고 요새 터에서 헤어지기 직전에 아이들이 불러 세웠다.

"저기 상인 오빠야. 이거 우리가 주는 답례야."

소녀 토토나의 여동생이 나에게 작은 주머니를 건네주었다.

안에는 강가에서 주운 예쁜 돌이 들어있었다. 아이들의 보물이라고 했는데, 개중에는 진짜 보석 원석도 섞여 있었다.

나는 그 중에서 하나만 받고 나머지는 돌려주었다.

"이것만 받을게. 나머지는 네가 소중히 간직하렴."

"응."

소녀가 부끄러운 듯 토토나 뒤로 숨었다.

우리는 노인무리와 아이들에게 인사를 받으며 산을 내려왔다.

조금 오래 머물렀지만 딱히 서두르는 여행도 아니라 문제없었다.

마차는 노인무리가 야영하던 강가를 지나서 돌로 만든 튼튼한 다리를 건넜다. 그리고 강 건너에 있는 가도의 분기점에서 메마른 강을 따르는 길로 방향을 틀었다.

나는 마차의 따뜻한 바닥에 앉아서 아까 받은 작은 돌을 손 위에서 만지작거렸다.

"더 예쁜 보석 같은 것도 있었는데 왜 이렇게 수수한 걸 골랐어?"

"내게는 보물이라오."

작은 돌을 보고 고개를 갸웃거리는 아리사에게 조금 연극조로 대답했다.

이 불투명한 빨간 돌은 「사혈석(蛇血石)」이라는 건데 연금술의 소재로 쓸 수 있었다.

세류 시에서 대량으로 사들인 용백석(龍白石)과 마찬가지로 「해독약: 만능」을 만드는 재료 중 하나였다. 그 밖에도 부족한 재료가 있으니 당장은 못 만들지만, 가지고 있어서 손해 볼 것 없었다.

토토나의 여동생은 이 돌을 가도 옆에 흐르는 메마른 강에서 채취했다고 한다.

맵을 열어서 범위를 좁혀 「사혈석」을 검색했더니 메마른 강에 대량으로 있는 걸 발견했다.

잠깐 들러서 열심히 「사혈석」을 채취하고, 그대로 강가에서 캠핑을 했다.

강가에서 먹는 멧돼지 고기 바비큐는 각별하게 맛있었다.

거인의 숲

"사토입니다. 29년을 살았지만 사람을 구하는 존재가 되고 싶다고 생각한 적은 없습니다. 용사를 지망하거나 구세주가 되고 싶다는 것과는 인연이 없는 삶을 살았는데 이세계에서는 그럴 수도 없는 것 같아요."

요새를 출발한지 나흘째, 무노 남작령에 온지 14일째.

나흘 동안 여러 가지 일이 있었다.

먹을 게 궁한 마을 사람들의 습격이 3회. 이건 평소처럼 대처했으니 딱히 별 다를 것 없었다.

직업 도적의 습격이 1회. 이 도적단은 전에 기사를 습격하기라도 했는지, 리더 급 둘이 쓸데없이 어엿한 전신 갑옷과 무구를 장비하고 군마를 타고 있었다.

대삼림으로 빠지는 길에 말이 필요했는데, 퇴치하는 김에 말을 보충할 수 있어서 운이 좋았다.

또 하루는 메말랐던 강도 상류의 물은 풍부했다.

강가에서 야영했을 때 이빨 날치나 말머리 물고기라는 마물이 공격해오기도 했지만 위험한 것은 마물뿐이 아니었다. 강에서 물을 긷고 있던 포치가 피라니아 같은 생선에게 꼬리를 물리는 사고가 나고 말았다.

독 같은 것도 없고 마물이 아니라 대처가 늦어 버렸다.

마법약으로 금세 치료했지만, 포치가 한동안 물가를 무서워했다.

무노 시의 마족 조사도 계속하고 있었지만, 마족은 분체의 수^{스플리터}를 1~8개의 범위로 변화시키면서 영지 안의 도시를 얼쩡거리고 있었다.

가끔 마족 본체가 성 지하에 있는 맵의 공백지대에 들어가려는지 얼쩡거렸지만, 스태미나랑 마력을 소모하고 맵 안으로 다시 돌아왔다.

아마도 그 공백지대는 도시 핵^{시티 코어}이 있는 방일 테니까 도시 핵을 장악하려다가 실패한 거겠지.

관찰하다가 깨달은 사실이 있는데, 마족은 성가시게도 분체와 본체를 순식간에 교환할 수 있다는 걸 알았다. 마력을 대량으로 소비하는지 자주 쓰지는 못하는 게 그나마 다행이었다. 본체를 쓰러뜨릴 때 분체부터 처리하는 걸 잊지 말아야지.

그밖에 특별한 것은 전에 발견한 아종 고블린^{데미}이었다.

처음에 조사했을 때는 마을 몇 개정도가 다였는데 점점 마을의 수가 늘어나더니 이틀 전에 확인했을 때는 개체 수가 열 배 이상 늘어나 있었다.

물론 거의 다 레벨 1이라서 주위의 마물이나 짐승에게 잡아먹히고, 현재는 최대일 때의 절반 정도로 줄었다. 이대로 가면 최종적으로는 영지군의 위협이 되지 않는 수로 안정될 것 같았다.

그리고 현재, 우리는 대삼림으로 이어지는 갈래길과 가도의 합류 지점 가까운 강가에서 점심 식사를 하고 있었다.

리자와 나나는 조리장을 준비하고, 미아와 아리사는 돗자리와 코타츠를 설치, 루루는 내가 길어온 강물로 야채를 씻고 있었다.

타마랑 포치는 나와 함께 수가 늘어난 말들을 돌보고 있었다.

날씨가 부쩍 추워졌으니 오늘 점심 식사는 전골이었다. 건더기는 중간에 공격해온 쌍두조(雙頭鳥)와 버섯 한 가득, 그리고 **배추**였다.

오늘 아침에 들른 마을에서 배추를 재배하고 있어서 가지고 있던 식량과 교환하여 구했다.

일본에서 먹던 것보다는 조금 작고 누르스름했지만, AR표시로는 「배추」라고 나왔으니 확실했다.

말들을 다 봐준 다음에, 피 빼기가 끝난 쌍두조 두 마리의 깃털 뽑기를 타마와 포치에게 맡겼다.

깃털이 날리지 않도록 새를 커다란 주머니에 넣고서 진지한 표정으로 깃털을 뽑았다. 이 쌍두조는 포치랑 타마보다 커다랬기 때문에 꽤 힘든 작업이었다.

코타츠 설치를 끝낸 미아는 야채 손질을 도우러 갔고, 아리사는 코타츠에 마력을 공급하며 나와 전골에 대해서 의논했다.

"맛은 된장으로 낸다 치고, 육수를 뭘로 낼 지가 문제다."

"다시마나 가다랑어도 없으니까."

된장이랑 간장은 세류 시의 고급 식료품 가게에서 사둔 게 있으니까 문제없었다.

오히려 그때 쌀을 안 사둔 게 후회된다. 평소에는 그렇지도 않지만, 전골에는 밥이 있으면 좋잖아?

오유고크 공작령까지 가면 쌀이 있다고 하니까 그때 잊지 말고 사재기를 해둬야지.

리자가 우리 두 사람을 보고 고개를 갸웃거렸다.

"주인님. 그 쌍두조의 머리로 육수를 내지 않으실 겁니까?"

—아, 그러게. 평소에 리자가 만드는 스튜는 뼈로 육수를 냈었지?

전골이니까 육수는 일본풍으로 내야 된다고만 생각했었네.

"그거 좋네. 이번에는 그렇게 하자."

나는 다 알고 있었다는 표정으로 리자의 말에 수긍했다.

아리사가 뭐라고 말하고 싶은 표정이었지만 깔끔하게 무시했다.

"완료~?"

"주인님, 깃털 다 뽑은 거예요!"

타마랑 포치가 털 다 뽑힌 새를 자랑스레 보여주었다.

"깨끗하게 뽑았네. 잘했어."

"네잉~."

"네, 인 거예요."

포치는 머리를 쓰다듬어주니 꼬리를 찢어질 듯이 흔들면서, 간지러운 듯 몸을 꼬았다.

타마는 꼬리를 빳빳하게 세우고 쓰다듬는 내 손을 밀어낼 듯이 머리를 밀어 붙였다.

그런 식으로 스킨십을 즐기는 동안 리자가 새를 손질해서 고기와 뼈, 내장으로 나누었다.

이 새의 내장은 스태미나 회복계 마법약의 재료가 되기 때문에 먹지 않고 보관하기로 했다.

나는 냄비에 물을 담아 불에 올리고, 리자가 해체한 새의 뼈를 투입해서 육수를 냈다. 그리고 중간에 비린내가 신경 쓰여서 냄새를 지우는데 쓰는 향초를 투입했다.

뼈에서 떨어진 고기조각이나 거품을 꾸준히 걷어내는 건 반복작업을 잘하는 나나에게 맡겼다. 무표정해서 감정을 읽을 수는 없었지만 어쩐지 즐거워 보였다.

스토리지에 장기 보존할 수 있으니까 육수는 큰 냄비 두 개에 가득 만들었다.

그때 아리사가 「저요! 저요!」 하고 손을 들며 주장했다.

"완자! 완자도 먹고 싶어."

완자라. 전골의 정석이로군.

"좋은데. 그런데 완자 만드는 법 아니?"

"어? 고기를 다지고 뭐랑 섞어서 반죽하면 되지 않아?"

……그 뭐랑을 알고 싶은 거라고.

리퀘스트하는 건 좋지만 가능하면 만드는 법도 알면 좋잖아.

여행을 떠난 뒤에 경험한 걸 종합해 보면 밀가루나 달걀 같은 것을 쓰면 되려나?

진지하게 버섯을 얇게 썰고 있는 미아 옆에서, 다진 고기에 밀가루와 요새 터에서 구한 등계의 알을 섞어서 반죽해봤다.

조리 스킬이 지원해 준 덕분에 그럴 듯한 완자 페이스트를 만들었다. 스킬 만세다.

완자를 양산하는 건 아리사에게 맡겼다. 자기가 말을 꺼냈으니 그 정도는 자기가 해야지. 스푼으로 떠서 곧장 투입하는 것도 괜찮겠지만 우리 집에서는 먼저 완자 모양으로 만들어 놓고 먹었다.

루루랑 리자가 새고기를 전골에 넣을 것과 오늘 밤 이후에 먹을 것으로 나누었다. 한 번에 먹기에는 양이 조금 많았다.

질냄비가 없어서 풍류가 좀 부족했지만, 평소에 쓰는 스튜용 냄비에 육수를 넣고 오래 익혀야 되는 것부터 순서대로 넣었다.

마지막으로 오리 고기와 비슷한 쌍두조의 고기를 넣고 뚜껑을 닫았다.

다 익기만 하면 끝날 참인데 레이더에 일반인을 가리키는 광점이 나타났다.

맵으로 확인해보니 19세 여성, 레벨 2, 스킬은 없음. 상태는 「공복」이었다. 「기아」 직전이네.

산나물이라도 따러 왔다가 길을 잃었나— 아니, 그녀의 이름을 보고 그 예상이 틀린 것을 깨달았다.

그녀의 이름은 카리나 **무노**. 이 무노 남작령 영주의 딸이었다.

야수나 마물이 판을 치는 숲에서 호위도 없이 뭘 하는 거지?

어쩌면 가짜 용사랑 혼약하는 게 싫어서 도망쳤을지도 모른다.

귀찮은 일의 냄새가 나서 내버려두고 싶었지만, 숲 속에서 길 잃은 소녀를 방치하자니 조금 마음이 찔렸다.

이를, 어찌할꼬……?

"보글보글~?"

"좋은 냄새인 거에요."

타마랑 포치는 내가 고민하는 것도 모르고, 냄비 앞에 앉아서 건더기가 익는 냄새를 맡으며 눈을 가늘게 뜨고 있었다.

다 익으려면 시간이 좀 걸리겠네.

레이더의 광점을 확인하자, 어느샌가 움직임이 정지한 데다 상태에 「혼절」이 늘었다.

다치지는 않은 것 같았지만, 카리나 양의 마력과 스태미나가 고갈상태였다. 마법 계열 스킬을 가진 것도 아닌데 마력은 어디 다 쓴 거지?

내버려두자니 안쓰럽군. 하는 수 없지. 구조하러 가자.

"일이 하나 늘었다. 잠깐 다녀와야겠어. 미안하지만 타마랑 포치도 따라와라."

"아이아이 서~?"

"라져인 거에요."

둘이 내 말을 듣더니 흐르던 침을 닦고 경례 포즈를 취했다. 「척!」 포즈라고 한다.

"주인님. 마물 토벌이라면 저도 함께 가겠습니다."

"마스터, 출진 허가를."

리자랑 나나도 무기에 손을 뻗었지만 그럴 필요는 없었다.

"아니, 싸우러 가는 게 아냐. 조난자가 있어서 구하러 다녀오마."

그 둘에게 대답하고서 타마랑 포치를 데리고 숲에 들어갔다.

이 숲은 지금까지 본 숲과는 달라서 정글처럼 울창한 생태를 보였다.

걷기 힘들고, 나무가 몰려 있는 탓에 시야도 안 좋았다.

이쪽이 바람 불어오는 방향이라 뒤에서 냄비 냄새가 흘러와 코를 간질였다.

그 탓에 애들 둘의 배에서 짐승이 으르렁거리는 듯한 꾸르르륵 소리가 나면서 배고프다고 호소하는 합창이 들렸다.

"배고파~?"

"뱃속 벌레 아저씨는 참을성이 없는 거예요."

"돌아갈 때쯤 다 익었을 테니까 기대하고 있어라."

"네잉네잉~."

"지금부터 기대되는 거예요!"

대화를 나누는 동안 여성이 기절해 있는 장소에 도착했다.

"뭔가 있어~?"

"빛나는 거예요!"

포치 말처럼 희미하게 백색으로 빛나는 고치 같은 방어벽이 여성을 지키고 있었다. 자세히 보니 손바닥 사이즈의 빛나는 비늘 같은 것이 모인 듯 보였다.

딱히 스킬은 없었으니 그녀의 손목에서 파란 빛을 내는 아이템이 방어벽을 만든 거겠지.

여성은 도시에서나 입을 법한 얇은 외투에 승마할 때 신을 법한 가죽 장화를 신고 있었다. 외투에 가려 보이지는 않지만 그 안쪽은 귀족 여성이 입을 법한 드레스였다.

후드에서는 진한 금색 머리칼이 흘러내렸고, 그 금발 사이로 프랑스 영화에 나올 법한 미모를 엿볼 수 있었다.

루루에 미치지는 못해도 아리사나 미아에 필적하는 단정한 생김새였다. 터놓고 말해 미인이었다.

"애들아. 위험할 지도 모르니까 만지면 안 된다."

"라져~."

"네, 인 거예요."

가지를 주워서 방어벽을 콕콕 찌르는 애들에게 주의를 주었다.

마법으로 보호 중이면 구조할 수가 없는데. 이를 어쩐다―.

고민하면서 방어벽을 만졌더니 만진 부분이 「딸그락」하고 시원스런 소리를 내면서 비늘처럼 벗겨졌다.

"보기에만 단단한 건가?"

"단단해~?"

"딱딱한 거예요."

내 말을 타마와 포치가 부정했다. 둘은 만지면 안 된다고 한 탓인지 단검을 칼집째로 들어서 방어벽을 캉캉 리드미컬하게 두드려댔다.

나는 그걸 말리고 안쪽의 여성을 꺼낼 만큼 방어벽을 파괴했다.

『귀공은 누구인가?』

갑자기 에코가 들어간 그윽한 남성의 목소리가 미녀의 입가에서 들렸다.

한순간 양성인인가 싶어 놀랐지만 미녀의 섹시한 입술은 꼼짝도 하지 않았다.

방금 들은 목소리는 그녀의 몸 아래쪽에서 들렸다.

나는 미녀의 몸 아래로 손을 넣어 그녀를 뒤집어서 눕혔다.

─마(魔).

있을 수 없는 것이 보였다.

『내 방어를 손쉽게 부수다니. 범상한 자는 아닐 것이다.』

아까랑 같은 목소리가 들렸다.

─마(魔).

그것이 현실에 존재하다니. 두 눈으로 직접 보고 있지만 믿기 어려웠다.

『다시 한 번 묻노라. 귀공은 누구인가?』

그렇다. 그것은 2차원에만 존재하는 것.

─마(魔).

「마유(魔乳)」— 그것은 폭유를 넘어선 존재 — 중력 따위 모른다는 듯 로켓 모양으로 튀어 오른 말도 안 되는 두 개의 언덕에 눈길을 사로잡혔다.

『내 말에 대답하라, 소년!』

약간 짜증난 남성의 목소리가 귓가를 때렸다.

—아차. 창작물 속에서만 보았던 사이즈의 가슴에 의식을 빼^{픽션}앗겨 버렸군.

그녀의 가슴팍에서 파란 보석을 끼운 은색 펜던트가 깜빡이고 있었다.

이 펜던트가 아까부터 나에게 말을 걸고 있는 게 틀림없었다. AR표시를 보니 마법 도구의 일종이라고 나왔다. 게임 같은데 등장하는 「지성이 있는 마법 도구」라고 불리는 거겠지.

그런 생각을 하면서 파랗게 깜빡이는 펜던트에게 대답했다.

"아아, 실례. 말하는 기물을 처음 보는 거라 놀랐습니다."

『그렇다면 좋다. 내 이름은 라카. 나에게 존대를 할 필요는 없다. 강한 자여, 내 주인의 보호를 의뢰하고 싶다.』

이 라카는 「마족 간파」, 「악의 간파」, 「강자 간파」, 「초강화 부여」, 「고통내성 부여」의 다섯 가지 기능이 있었다. 전설급의 비보로 분류되는 종류였다.

말할 때마다 파란 빛이 나오는 걸 보니 성검에 쓰는 청액을 써서 만들었을 것이다.

"이런 숲 속에서 만난 사람한테 맡겨도 돼?"

『나는 간파라는 기능이 있다. 귀공에게 악의는 없다. 나는 마력 축적을 위해서 얼마간 잠들어야 한다. 카리나 님을 부탁한다.』

"그래. 맡겨줘."

내가 힘차게 끄덕이자, 펜던트의 파란 빛이 안심한 듯 사라졌다.

"그럼 돌아가자."

"네잉~."

"냄비가 기다리고 있는 거예요!"

신기한 표정으로 카리나 양의 가슴을 찔러대는 타마와 포치에게 말하고, 카리나 양의 등과 다리에 손을 받쳐 들어 올렸다. 이른바 공주님 안기란 것이다.

키는 나보다 약간 큰데 생각보다 무거웠다. 가슴 쪽에 하중이 몰려 있어서 그럴지도 모르겠다.

밸런스를 확인하면서 안아 들자, 로켓 모양이 내 가슴을 때렸다.

나는 **천천히** 걸어서 야영지로 돌아왔다. 물론 기절한 그녀의 몸을 배려했기 때문이다. **다른 뜻**은 없었다.

"어서 오세요~."

"다녀 왔어."

수풀을 헤치고 야영지로 돌아오자 아리사가 마중을 나왔다.

코타츠 위에 식기를 늘어놓는 다른 애들도 손길을 멈추고 이쪽으로 달려왔다.

"그게 조난자—또, 여자아~?"

"우웅."

카리나 양의 미모 혹은 어엿한 가슴을 보더니 아리사와 미아가 기분이 틀어졌다.

나는 가슴팍의 상실감을 견디면서 리자랑 나나가 깔아준 모피 위에 카리나 양을 눕혔다.

"엄청난 가슴이네. 가짜?"

"진짜라고 보고합니다."

"요 녀석, 나나. 여자끼리라도 실례잖아."

망설이지도 않고 카리나 양의 가슴을 주물러대는 나나의 머리에 주먹을 콩 쥐어박아서 그만두게했다.

루루가 후드를 벗기고 앞머리에 붙은 나뭇잎을 떼어낸 다음 얼굴을 닦아 주었다.

"빙글빙글~?"

"돌돌 말린 거예요."

이번에는 타마랑 포치가 후드에서 나와 있는 카리나 양의 머리카락을 건드렸다.

"거유에다가 이번에는 금발 세로 롤이라고오~? 캐릭터가 너무 확고해. 이런 데다가 츤데레라면 내 정실 자리가 위험하잖아!"

"우웅. 위험."

아리사의 망언에 미아가 진지한 표정으로 고개를 끄덕였다.

……누가 정실이야.

그런 건 10년 지난 다음에 말해라.

"이 사람은 얼마간 안 일어날 것 같으니 먼저 식사하자."

내가 제안하자 입을 여는 것보다 먼저 배에서 꼬르르륵 하는 소리가 대답했다.

부끄러워하는 애들을 재촉하여 자리를 잡고, 코타츠 중앙에 있는 간이 버너 같은 마법 도구에 마력을 주입해 기동하고 그 위에 냄비를 올렸다. 냄비는 두 개였다. 하나만 놓으면 손이 안 닿는 애들도 생기니까.

냄비 뚜껑을 열자 오리 전골 같은 향기가 퍼졌다.

으~음. 냄새 좋고.

하지만 냄새를 즐기는 것도 적당히 해야지. 타마랑 포치 입에서 침이 떨어져 버리니까.

어째선지 내가 모두에게 덜어주는 역할을 맡게 됐다. 야채나 완자, 새 고기 등을 다채롭게 모아서 덜었다. 미아 것만은 오로지 야채뿐이다.

평소처럼 아리사가 잘 먹겠습니다하는 걸 신호 삼아 다들 먹기 시작했다.

"더 먹고 싶으면 각자 맘대로 냄비에서 덜어도 된다."

"아뜨뜨~."

"완자가 반격한 거예요."

타마랑 포치가 완자를 먹더니, 안에서 뜨거운 국물이 나오자 눈을 동그랗게 뜨고는 「하우하우」거리며 몸부림쳤다.

"맛있습니다."

리자는 뼈가 달린 새 고기를 깨물고는 만족스럽게 고개를 끄덕였다.

"건더기가 모두 맛있다고 마스터에게 찬사를 보냅니다."

"이 배추란 야채도 육수가 스며들어서 맛있어요. 역시 주인님의 요리는 굉장하네요."

나나랑 루루가 여러 가지 건더기를 먹을 때마다 거창하게 찬사를 보냈다.

하지만 굉장한 건 조리 스킬이지 내가 아니거든.

"박 열매."

미아가 두부처럼 생긴 박 열매를 젓가락으로 들더니 한 입 깨물고서 표정이 부드러워졌다.

요즘 미아가 좋아하는 음식이다.

본래 세계에서 먹은 동과와는 맛이 전혀 달랐다.

배추도 내가 아는 것보다 와일드한 맛이 나니까 이쪽 야채가 본래 세계 거랑 완전히 같다고 생각하면 안 되겠다. 여러 가지 요리를 통해서 식재료의 특징을 파악해야겠군.

"맛있어."

미아가 행복한 듯 말하자, 괜히 싫다고 박을 안 먹던 다른 애들도 손을 대기 시작했다.

"완자는 한 사람당 열 개까지야!"

아리사가 아인 소녀들에게 딱 잘라 선언했다.

냄비에서 완자를 집으려던 타마와 포치의 손이 멎었다. 아마도 열한 개째였겠지.

나는 내가 먹으려고 확보한 것 중에서 두 개를 살며시 애들 그릇에 놓아주었다.

"와~아."

"고맙습니다인 거예요!"

"참 물러 터졌어."

아리사가 엄마처럼 말하기에 쓴웃음을 지어주고, 완자 대신 먹기 좋은 버섯을 먹었다.

"좋은 냄새가 나는걸요……."

카리나 양이 잠꼬대처럼 말하는 소리가 들렸다.

나는 접시를 놓고서 그녀 곁으로 갔다.

"정신이 드셨습니까?"

"—나, 남자?!"

잠에 취한 카리나 양이 벌떡 일어나더니 돌려차기를 했다.

……보통은 뒤로 물러나거나 뺨을 때리지 않나요?

돌려차기는 피할 필요도 없었다. 배가 고파 쓰러진 사람이 갑자기 그런 짓을 하면 어떻게 되는지 명백하니까.

"세, 세상이 돌고 있답니다아아~~."

나는 빈혈로 쓰러지려는 카리나 양을 안아 들고 식탁으로 옮겼다.

카리나 양은 내 품 안에서 버둥거렸지만 힘이 별로 없는 사람이라 간단히 억눌렀다.

"……놔, 놔줘요."

카리나 양이 아까 전이랑 완전히 다른 사람처럼, 새빨간 얼굴로 내 품 안에서 떨고 있었다.

이 사람 남성공포증인가?

"안심하세요. 라카에게 부탁 받아서 당신을 보호했습니다."

"—라카 씨가?"

라카의 이름을 듣자 그녀가 저항을 멈추었다.

그건 그렇고 자기 장비품을 **씨**라고 부르는 구나.

"네. 저는 행상인 사토라고 합니다."

"저, 저는 카리나. 무노 남작의 차녀, 카리나 무노, 라고 하옵니다."

카리나 양은 긴장해서 그런지 낯을 가리는 건지, 자기 소개를 하면서도 말을 살짝 더듬었다.

그건 그렇고 영지 정세가 이런 상황에서 남작영애라는 걸 밝히는 건 문제가 있지 않을까 싶은데, 무슨 의도가 있나?

"카리나 님은 귀족이셨군요."

카리나 양을 코타츠로 안내하고, 나나랑 루루 사이에 자리를 권했다. 카리나 양이 앉는 도중에 타마랑 포치를 보더니 우뚝 멈추었다.

수인이랑 동석하는 걸 꺼리는 건가 했는데 그건 아닌 모양이다.

"귀 종족이네요……. 당신은 용사님이신 건가요?"

카리나 양이 나를 돌아보더니 어린애처럼 들뜬 목소리로 물었다.

"아까도 말씀 드렸지만 저는 행상인입니다."

나는 대답하면서 그녀가 놀란 이유를 추측해봤다.

귀 종족은 포치의 강아지 귀 종족이나 타마의 고양이 귀 종족을 통괄해서 분류하는 것이었다.

그러고 보니 초대 용사가 귀 종족을 종자로 데리고 다녔다고 그랬지? 세류 시의 해결사 나디 씨한테 들었다.

카리나 양은 아마 그것 때문에 혹시 내가 용사인 건가라고 생각했겠지.

그때 카리나 양의 배가 꼬르르륵 소리를 내기에 접시에 건더기를 담아서 그녀에게 내밀었다. 젓가락을 못 쓸 테니 포크와 스푼을 건넸다.

"고귀한 분 입에 맞으실지 모르겠지만, 일단 식사를 하시죠."

"좋은 냄새……. 못 보던 요리인걸요."

내가 권하자 새 고기를 한 입 사이즈로 잘라서 입에 넣었다.

과연 남작영애라 그런지 먹는 법이 어쩐지 고상하다.

하지만 곧 놀라서 눈이 커지더니, 입가를 손으로 가리고 열심히 씹기 시작했다. 입에 맞는 모양이군.

그녀는 꿀꺽 삼킨 다음에야 입을 열었다.

"대, 대단히 맛있답니다!"

"입에 맞아서 다행입니다. 잔뜩 있으니까 마음껏 드세요."

내가 말하자 그녀는 볼을 살짝 붉히며 고개를 끄덕인 다음 기쁜 기색으로 식사를 계속했다.

카리나 양이 먹는 것을 보더니 아리사와 루루도 고상한 방식으로 먹기 시작했다. 새삼스럽지만 내버려두지 뭐.

전골의 마무리는 면이나 쌀죽이었지만, 면도 쌀도 없어서 국물을 이용한 보리죽을 만들어 다 함께 먹었다.

"행~보~캐~."

"대만족, 인 거예요."

배가 꽉 찬 타마와 포치가 뒤로 눕더니 행복한 한숨을 흘렸다.

하지만 리자가 가차 없이 지시를 내렸다.

"그러면 정리를 시작합니다."

"라져~."

"네, 인 거예요."

둘이 뿅 일어나더니 다른 애들과 함께 식기를 날랐다.

나는 그 동안 카리나 양에게 조난당한 사정을 듣기로 했다.

루루가 차를 타서 카리나 양에게 건넸다.

"차 드세요."

"어머나. 청홍차로군요!"

카리나 양이 기뻐하며 컵을 받았다.

함께 식사를 한 덕분인지 평범하게 대화가 가능할 정도가 되었다.

"청홍차는 2년만이랍니다."

2년만?

수입이 완전히 끊어진 것도 아닌데 어째서지?

"맛있어요……. 식사도 굉장히 맛있었답니다. 당신은 유복한 분이로군요."

"그런가요?"

유복한 건 사실이지만, 식재료는 거의 현지 조달한 거라 도시의 서민들 식사랑 비슷한 가격밖에 안 들었는데…….

"네. 성의 식사보다 훨씬 호화로웠답니다."

"딱히 귀중한 식재료는 안 썼는데요?"

세류 백작의 성에서 먹은 내객용 식사는 훨씬 호화로웠는데 말이다.

"우리 영토는 한창 기근에 시달리고 있답니다. 영주가 사치를 부려서야 영민을 볼 낯이 없어요. 그래서 성의 식사는 콩 수프와 뿌리채소 요리가 다였답니다."

그런 식사를 하면서 용케 이런 가슴으로 자라는구나 싶었지만, 그녀가 거짓말을 하는 것 같지는 않았다.

위에 청빈한 영주가 있는데 관료나 병사들이 이만큼 썩어 있다면, 역시 마족이 암약하고 있다고 생각해야 하나?

"그런데 어째서 숲 속에 쓰러져 있던 건가요?"

내가 질문하자, 카리나 양이 조금 부끄러운 듯 입을 열었다.

"숲 안쪽에 사는 거인의 힘을 빌리러 여행을 떠났는데, 길을 잃었답니다. 나무 위를 뿅뿅 뛰어서 가면 된다고 생각했는데……."

라카의 기능에 있는 「초강화 부여」란 거겠지.

지도도 지리감각도 없이 뛰쳐나오다니 태평한 사람이네.

"어째서 거인을?"

"마족을 쓰러뜨리는데 도움을 받기 위해서랍니다."

내가 질문하자 카리나 양이 딱 잘라 대답했다.

"마족이 둔갑한 집정관과 가짜 용사에게 아버님과 언니가 속고 있어요. 그러니 마족을 쓰러뜨릴 수 있는 거인을 만나기 위해서 라카 씨와 함께 숲으로 가고 있었답니다."

이 사람아. 알지도 못하는 사람한테 그런 것까지 말하면 쓰나.

거짓말을 못하는 사람이랄까? 완전히 온실에서 자란 아가씨로군.

『카리나 님, 너무 말했다네.』

라카가 카리나에게 쓴 소리를 했다.

"라카 씨, 눈을 떴군요."

『송구하지만 지금 들은 이야기는 비밀로 해주게.』

"그래. 말할 생각 없어."

나는 라카의 부탁을 승낙했다.

『고맙네. 강한 자여.』

라카가 아까도 그랬던 것처럼 나를 「강한 자」라고 불렀다. 아마 「강자 간파」로 내가 강한 걸 알고 있는 거겠지만, 어느 정도로 정확하게 아는 거지?

"강한 자?"

『그렇고말고. 귀공은 강하지. 어느 정도 레벨인지는 알 수 없지만 내 힘으로 「초강화」를 한 카리나 님이 이길 수 없을 정도로 강한 것은 알아.』

"그렇다면, 이 분에게 부탁하면 마족도—."

『카리나 님, 무리한 부탁을 하면 안 되네. 이 인물이 강하다고 해도 사람의 범주일 터. 마족을 쓰러뜨릴 정도의 힘을 가진 것은 용사나 상식에서 벗어난 극소수뿐이지.』

나는 라카의 말에 무표정으로 만든 웃음을 짓고는, 내심 고개를 갸웃거렸다.

이 영지에 있는 건 추정 레벨 40의 하급 마족일 텐데?

전에 본 거인도 레벨 30은 넘었고, 그렇게까지 거창하게 표현할 정도는 아닌 것 같은데…….

혹시 마족 간파로 알 수 있는 건 마족인지 아닌지 정도고, 상급인지 하급인지의 계급까지는 모르는 건가?

강함을 판단하는 정도도 카리나 양을 기준으로 상대치 같은 것인가 본데.

『사토 공. 행상인이라면 거인의 마을이 어디 있는지 알고 있으신가?』

"가본 적은 없지만, 대강의 길은 알아."

"그, 그렇다면 안내해주실 수 있으신지요?"

몸 앞에 손을 맞잡고 「부탁」하는 포즈를 취하자, 카리나 양의 마유가 어마어마한 매료 효과를 뿜었다.

무심코 고개를 끄덕일뻔했지만, 아리사가 불쑥 끼어들었다.

"—성의."

"그거야 당연히 사례를 할 거랍니다."

카리나 양이 말뜻을 착각하자, 아리사의 눈초리가 쭉 올라갔다.

"아냐. 아직 길 가다 쓰러진 걸 구해준 감사의 말을 주인님한테 안 했잖아?"

"아……."

아리사가 말하자 카리나 양이 말을 잃었다.

역시 그냥 잊고 있었군.

"죄, 죄송해요. 사, —당신의 도움에 감사를 표합니다."

자세를 바로 잡은 카리나 양이 귀족 아가씨답게 스커트 끝을 붙잡고 인사를 했다.

카리나 양의 뒤에서 타마랑 포치가 옷자락 끝을 잡으며 흉내를 내고 있었다.

아리사도 팔짱을 낀 상태로 잘난 체하며 고개를 끄덕끄덕 했다. 성장하면 좋은 엄마가 될 거야.

"아뇨. 천만에요."

나도 일어나서 옛날 영화에서 본 귀공자 포즈를 취하며 답례를 했다.

〉「예의범절」 스킬을 얻었다.

"그리고 아까 한 이야기기 말인데요. 우리도 거인의 마을로 가고 있었으니 같이 가시겠어요?"

"괜찮을까요?"

"네. 한 사람 늘어나는 것 정도는 문제없습니다."

멋대로 정했지만 우리 애들은 딱히 부정적인 반응은 보이지 않았다.

카리나 양의 가슴둘레에 위기감을 느낀 사람이 일부 있었지만, 동행 자체는 흔쾌히 허락했다.

◆

"꺄아아아아아아아아!"

카리나 양이 비명을 지르며 날아갔다. 그리고 땅바닥을 구른 다음 나무에 격돌해 멈췄다.

신참 개그맨도 새파랗게 질릴 만큼 화려하게 굴렀는데도, 라카가 만든 비늘 마법벽의 수호 덕분에 상처 하나 없었다.

평소처럼 식후 훈련을 시작하는 전위 팀을 보더니 카리나 양도 참가하고 싶다고 했다. 그런데 라카가 강화해준 힘을 제대로 사용 못해서 아까부터 계속 자폭하고 있었다.

카리나 양은 드레스 차림으로 훈련에 참가했기 때문에 스커트가 말려 올라가서 망측한 모습이었다.

다만 이쪽 기준으로 말하자면, 드로워즈 같은 속옷이 보여도 딱히 기쁘지는 않았다.

"카리나~?"

"괜찮은 거예요?"

타마랑 포치가 카리나 양한테 달려가더니, 나무 아래에 뒤집혀서 눈이 핑핑 돌고 있는 카리나 양의 얼굴을 걱정스레 들여다보았다.

타마랑 포치는 경칭을 붙이는 게 서툴러서, 카리나 양에게 이름만 불러도 된다고 허가를 받았다.

나는 아리사, 미아랑 같이 훈련을 구경하고 있던 루루에게 물었다.

"루루, 카리나 님에게 나나의 여벌 옷을 빌려줄래?"

"네. 알겠습니다."

내 옷이나 리자의 옷도 괜찮겠지만, 카리나 양의 체형을 고려하면 가슴이 너무 낄 것 같았다.

루루가 가지고 온 옷을 받은 카리나 양이 루루에게 등을 돌리고 뭐라고 하고 있다. 아무래도 혼자서는 못 벗는 옷인가 보다.

루루가 망설이지도 않고 벗기기 시작하기에 나는 빙글 등을 돌렸다.

남성이 함께 있다는 걸 조금은 배려해주지 않을래?

"어머? 마음껏 볼 수 있는데."

"아리사."

아리사의 말을 미아가 탓했다. 미아는 이런 발언에 민감하다.

다 갈아 입은 것 같아 다시 돌아섰다.

가슴이 빵빵해서 터질 것 같았다. 천이 부족한 건지 옷자락이 위로 올라가서 배꼽이 보였다.

그게 부끄러운지, 카리나 양이 열심히 자락을 잡아당기자 그 움직임에 이끌린 가슴이 위험하게 변형했다.

"사토."

"그렇게 가슴이 좋으면, 이거다!"

내 시선을 눈치챈 둘이 내 시선을 가리듯 얼굴에 매달렸다.

가볍게 폭발한 아리사가 지방이 적은 딱딱한 가슴을 밀어붙여서 아팠다.

결국 내 시야가 가려진 틈에 카리나 양은 나나가 잠옷으로 쓰는 조금 헐렁한 옷으로 갈아입어 버렸다.

아까 그 근사한 광경을 뇌 속 폴더에 보존해야지.

메뉴에 스크린샷 기능이 없는 게 아주 유감이다.

"사, ―당신은 훈련에 참가하지 않으시나요?"

카리나 양이 숨을 가다듬으며 다가왔다.

이마에 땀이 맺힌 데다가 호흡이 거칠다 보니 요염하다. 상대가 남작영애만 아니었다면 꼬시고 싶었을 텐데—.

아까부터 내 이름을 부르려고 하는 것 같은데, 남성의 이름을 부르는 게 부끄러운지 얼굴이 빨개져서 「당신」이라고 고쳐 부른다.

"리자가 가장 강한 건 사, —당신이라고 했답니다. 상대해주실 수 있으신지요?"

"네. 좋습니다."

나는 일어서서 그녀들이 훈련하고 있는 강가로 다가갔다.

가는 도중에 발치의 조약돌을 주워서 투척했다.

물론 카리나 양에게 던진 건 아니었다.

조약돌은 강 너머 수면에서 모습을 드러낸 말머리 물고기의 머리를 꿰뚫었다. 말머리 물고기는 뒤로 쓰러지면서 물기둥을 일으키더니 물 아래로 사라졌다.

말머리 물고기가 있는 걸 눈치챘던 타마와 포치가 안심하고 훈련용 목검을 휘둘렀다.

"그럼 시작할까요?"

나는 갑작스런 사태에 어리둥절해하는 카리나 양에게 생긋 웃으며 말을 걸었다.

"그, 그래요……. 가겠습니다!"

초보자다운 움직임인데 한 순간에 최고속도에 이르더니 진공 무릎 차기를 뿜었다.

격투게임의 캐릭터 같은 움직임이었지만, 전위 팀과 훈련할 때 이미 봐뒀기 때문에 쉽사리 피했다.

그건 그렇고 빠르다. 거의 포치랑 비슷하군.

"큭. 피하다니. 그래도 아직이랍니다!"

강가의 지면을 파헤치면서 급정지한 카리나 양은 흙먼지를 피우며 다시 돌격했다.

도약하면서 날리는 돌려차기를 웅크려 앉듯 회피했다.

시선을 올리자, 관성의 영향으로 독자적인 생물처럼 다이나믹하게 움직이는 마유가 보였다.

"정말이지. 피하기만!"

그녀의 가슴 인대가 끊어지지 않을까 걱정이 됐지만, 아픈 것 같지 않은 걸 보니 라카의 「고통 내성」이나 「초강화」가 작용한 거겠지?

나는 마음속으로 라카를 만든 옛 사람에게 최대한의 찬사를 보냈다. 실로 멋진 장비품이었다.

카리나 양이 짜증 섞인 목소리를 내면서 날아 차기를 날리는 것을 옆으로 뛰어서 피했다.

그녀의 공격은 모두 동작이 큰 기술이라서 괜히 한눈팔지만 않으면 간단히 피할 수 있었다.

그렇지만 계속 피하기만 할 수도 없으니 돌격을 받아보기로 했다.

돌격의 기세를 타고 팔꿈치 치기를 하는 카리나 양을, 솜털로 감싸듯 커다란 움직임으로 받아내서 기세를 죽였다.

제법 묵직한 팔꿈치 치기로, 리자의 창과 비슷한 위력이다. 도저히 레벨 2 같지 않은 위력이군.

라카의「초강화」는 15레벨 정도 플러스 보정을 해주는 모양이다. 아티팩트답게 부스트 성능이 굉장하다.

나는 감탄하면서 기세를 죽인 카리나 양을 휙 던졌다.

카리나 양이「꺄악」하는 귀여운 소리를 남기며 강가를 굴러 갔다.

라카의 하얀 방어벽이 카리나 양을 지키고 있으니 자갈이 깔린 강가에 마음껏 던져도 문제없었다.

그러나 어지러워서 일어서질 못하는듯해서 곁으로 다가가 손을 뻗었다.

"카리나 님, 괜찮으신가요?"

"괘, 괜찮답니다!"

그러나 카리나 양은 그 손을 피하며 어색한 움직임으로 일어섰다.

조금 상처 받았지만 당황하는데다 목소리가 떨리는 걸 보니, 나를 싫어하는 게 아니라 이성을 과잉되게 의식하고 있는듯했다. 온실 속에서 자란 아가씨 같으니 결벽증이 있는 걸지도 모른다.

그 다음에도 질리지 않고 직선적인 돌격이나 큰 공격을 반복하는 것을 피하거나 던지거나 해봤다.

어느샌가 대련이라기보다 교련이 되고 있었다.

"카리나 님. 큰 기술만 쓰면 회피를 잘 하는 상대에겐 통하지 않아요."

"그런 거예요! 작은 기술로 무너뜨리고 큰 기술로 마무리를 짓는 거예요!"

내가 조언하자 포치가 보완했다.

분명히 요전에 포치가 리자한테 배운 내용이었다.

"작은 기술인가요?"

카리나 양은 포치보다도 서툴렀다. 빤히 보이는 견제 펀치나 다리 후리기를 한 탓에 큰 기술만 쓸 때보다 틈이 많아졌다.

역시 스킬에만 의지하는 나는 트레이너의 재능이 없는 건가.

"리자, 미안하지만 내 대신 가르쳐주지 않을래?"

"맡겨 주십시오. 주인님."

나는 리자와 교대하고 견학하러 돌아갔다.

"카리나 님, 저와 포치가 싸우겠습니다. 처음에는 작은 기술 없이, 그 다음에는 작은 기술을 넣어 싸울 테니 포치의 움직임을 잘 보세요. 포치, 카리나 님에게 보여야 하니 평소보다 느린 움직임으로 싸웁니다."

"네에에, 인 거어예에에요오~."

―포치, 말을 천천히 할 필요는 없거든?

두 사람의 연무 같은 훈련을 본 카리나 양은 작은 기술의 중요성을 배웠다.

카리나 양과 전위 팀은 한 시간 정도 실전 형식으로 훈련을 했다. 다들 지쳐서 못 일어나게 되자 훈련이 끝났다.

땀을 흘린 상태로 자면 감기 걸릴 테니까 물 끓이는 마법 도

구로 따뜻한 물을 준비해서 땀을 닦도록 해주었다. 이글루형
「방어벽」^{쉘터}을 바람막이로 썼다.

"물을 끓이는 마법 도구인가요?"

"네. 성에서는 쓰지 않나요?"

"시녀가 장작이 비싸서 따뜻한 물은 아침에만 쓸 수 있다고
했으니 쓰지 않았을 거예요."

—이거 참 팍팍하게 사셨네.

그건 그렇고 고작해야 장작이 비싸다고 시녀가 불평할 정도면,
역시 세금은 대부분 마족이나 관료들이 횡령하고 있겠군.

나는 마차 침대에서 바닥 난방의 마법 도구에 마력을 충전했다.

작업을 하고 있는데, 따뜻한 물로 땀을 닦아내는 애들의 즐거
운 목소리가 들렸다.

강변이니 노천탕이라도 만들면 좋았겠는데. 약간 후회가 밀려
들었다. 숲 거인의 마을에서 돌아올 때 꼭 만들어봐야지.

나는 깔끔해진 일행들을 재우고, 코타츠를 꺼내서 내 잠자리
를 만들었다. 마차 안에서 카리나 양이 「바닥이 따뜻하답니다!」
하면서 감탄하고 있었다.

혼자 떨어져 자려니 조금 쓸쓸했지만, 남작영애와 함께 누워
잘 수는 없잖아.

나는 강화 장비란 것에 흥미가 생겼다. 그래서 그날 밤에 불
침번 서는 애들 옆에서 토라자유야 씨의 자료를 읽어봤다.

이런 장비들도 성검에 맞먹을 정도로 거창한 설비가 필요해

보였지만 자료를 읽으면서 깨달은 점이 있었다.

모두 단조#6나 주조하는 과정에서 마법회로가 붕괴하지 않도록 하는 게 힘든 모양이었다.

그 전 단계의 마법회로 자체는 만들 수 있을 것 같아서, 성검 엑스칼리버로 목검을 세로로 자르고 그 사이에 마검의 회로를 넣어봤다.

딱히 아무 스킬이나 칭호도 안 생겼지만, 무사히 모조 마검을 만들어냈다.

완성된 목마검은 평범한 목검보다 훨씬 마력을 흘리기 쉬웠다.

복잡한 회로는 무리였지만, 튼튼함을 올리거나 위력을 올리는 간단한 회로는 괜찮겠다.

나는 그날 밤에 검 두 자루를 완성시켰다. 목제 마검과 성검이었다. 마력을 흘리면 전자는 빨갛게 빛나고, 후자는 파란 빛을 낸다.

실체가 없는 유령 계열 마물이 있는 곳까지 가서 목마검과 목성검을 시험해 봤더니 둘 다 요새 터에서 발견한 미스릴 합금제 검과 동등한 성능을 발휘했다.

돌아가는 길에 보통 마물을 목마검으로 벴더니 부서져서 분해돼 버렸다. 실체가 없는 상대나 보통 무기가 안 듣는 상대한테나 써야겠군.

다만 마인 스킬의 전도체로서는 나름대로 괜찮았다.

나는 나뭇가지나 손가락 끝이라도 마인 스킬을 발동할 수 있

#6 단조 금속 가공 방법의 하나. 흔히 칼을 만들 때 떠올리는 쇳덩이에 타격을 가해 모양을 잡는 방법.

으니 필요 없었지만, 전위 팀의 마인 스킬 연습용으로 좋겠다.

나는 날이 밝기 전까지 스킬 연습용 마법 회로를 넣은 목마 검을 세 자루 완성시켰다.

◆

무노 남작령에 온지 15일째 아침.

따뜻한 수프로 몸을 데운 다음, 차가운 아침안개가 피어오르는 대삼림 안쪽으로 출발했다.

마차는 출발할 때 스토리지 수납거리를 확장해서 아무도 모르게 수납했다. 적어도 의기양양하게 출발한 카리나 양이나 라카는 눈치 못 챘을 거다.

우리는 말 여섯 마리에 나눠서 타고 길을 나아갔다.

도적들에게서 뺏은 군마에 나나와 리자가 각자 한 명씩 타고, 세담 시에서 구입한 승마용 말에는 승마에 소양이 있는 카리나 양이 혼자서 탔다. 나는 아리사와 함께 탔다.

그리고 세류 시에서 처음에 산 마차 말에 미아와 루루, 타마와 포치가 각각 함께 탔다.

타마는 승마 경험이 적었지만, 마차 말인 기랑 다리가 묘하게 머리가 좋아서 타마가 하는 말을 잘 알아들었다. 베테랑 기수를 태운 것처럼 쓰러진 나무를 능숙하게 뛰어넘는가 하면 웅덩이도 피해서 갔다.

"생각보다 경사랑 장애물이 많네."

"보통."

아리사가 투덜댔지만 미아는 담담하게 대답했다.

아마 숲 속에 난 길은 이게 보통이라고 하는 거겠지.

"주인님! 저기! 사냥감, 인 거예요."

포치가 나무 너머에 있는 산새를 발견했다.

점심에 먹기 좋겠네. 나는 안장 옆 활주머니에서 단궁을 꺼내 산새를 쏘았다.

"해냈다! 인 거예요!"

타마가 모는 말에서 뛰어내린 포치가 사냥개 같은 속도로 산새가 떨어진 곳으로 달려갔다.

"당신은 체술뿐만 아니라 궁술도 일류시군요."

"좋은 선생님께 배웠으니까요."

카리나 양이 감탄하며 말하기에, 나는 미아의 머리를 쓰다듬으며 대답했다.

당사자인 미아는 쑥스러운 건지, 볼을 붉히며 풀피리를 불기 시작했다.

첫날은 마물을 만나지 않고 작은 시냇가에서 야영했다.

우리는 격납 가방에서 야영에 필요한 도구를 꺼내 야영 준비를 진행했다. 지금 쓰는 건 원령 요새의 보물창고에서 발견한 열화 격납 가방이었다.

카리나 양이나 라카 앞에서 당당히 써야 하니까 평소에는 귀족들이 달라고 해도 아깝지 않은 걸 쓰고 있었다.

그러나 그건 괜한 짓이었던 모양이다.

"어머나? 마법 가방이군요. 우리 가문에도 옛날에 몇 개 있었답니다."

열화 격납 가방에서 돗자리나 코타츠를 꺼냈더니 카리나 양이 별 거 아니란 듯이 말했다.

무노 남작 가문의 격납 가방은 돈이 궁해서 팔았지만, 대상인이나 유복한 귀족 가문에서는 그리 드물지도 않은 마법 도구라고 한다.

"어머나! 이 책상은 안쪽이 따뜻하군요!"

오히려 코타츠를 보고 놀라시더라구.

"카리나, 이쪽~?"

"이게 따뜻한 거예요!"

카리나 양이 타마랑 포치와 함께 코타츠 안에 머리를 집어넣고 마법 도구가 뿜어내는 빨간 빛을 보고 있었다.

카리나 양은 가슴도 그렇지만 허리 라인이 섹시하다는 것을 인식하면서, 「점잖지 못합니다」 하고 가볍게 타일렀다.

그때 아리사가 장난기를 발휘하여 카리나 양의 엉덩이를 쓰다듬었다. 놀란 그녀는 코타츠 안에서 튀어 올라 머리를 찧으며 비명을 질렀다.

얼굴이 빨개지고 눈물을 글썽거리는 카리나 양을 본 아리사가 곧장 사과했기 때문에, 나를 치한으로 오인하는 일은 없었다.

"카리나~?"

"카리나도 돕는 거예요!"

온실에서 자란 아가씨 카리나 양이 야영 준비를 돕지 않고 코타츠에 들어가 있자, 타마랑 포치가 그녀의 양팔을 잡고서 끌어냈다.

"저, 저도 허드렛일 같은 것을 해야 한다는 건가요?"

"예스으~."

"일하지 않는 사람은 밥이 없는 거예요!"

카리나 양은 먹보 속성이라도 있는 건지, 「밥이 없다」라는 말을 듣는 순간 「쿠~웅」 하는 그림 문자가 나타날 법한 표정으로 경악하고는 타마와 포치에게 배워가면서 준비에 참가했다.

오늘 점심은 아침에 만든 샌드위치였기 때문에 저녁 식사의 메인을 장식할 산새의 찜 구이는 루루를 조수 삼아서 내가 담당했다.

"주인님, 손질은 이렇게 하면 될까요?"

"응. 완벽해. 루루는 일을 꼼꼼하게 하니까 안심하고 맡길 수가 있구나."

나는 루루에게 산새를 받아서 내장을 뽑은 공간에 가볍게 데친 야채와 향초를 넣었다.

바깥쪽은 간장을 베이스로 만든 양념을 꼼꼼하게 바르고, 세담 시에 머무를 때 만든 스팀 오븐형 마법 도구 안에 넣었다. 꽤 커다란 새라서 아슬아슬하게 들어가는 사이즈였다.

"이 마법 도구는 안이 안 보이니까 마법 도구 바깥쪽 온도와 안의 재료가 내는 소리를 듣고 조리를 해야 돼."

"……약간 따뜻해졌어요."

네모난 오븐에 진지한 표정으로 손을 대고 있던 루루가 말했다.

"소리는 아직 안 나요."

귀를 오븐에 대고서 나를 올려다보며 보고했다.

"루루, 얼굴을 데이니까 딱 붙으면 안 된다."

"아, 네엣. 죄, 죄송합니다!"

데여도 마법약으로 고칠 수 있겠지만 루루의 미모가 한순간이라도 상하면 세계적인 손실이다.

이윽고 오븐에서 증기와 함께 좋은 냄새가 나오기 시작했다.

포치와 타마, 카리나 양이 뿜어져 나오는 증기를 함께 기대에 찬 표정으로 보고 있었다.

그걸 보고 있자니 나도 완성이 기다려지는군.

약초를 채집하러 갔던 미아와 아리사가 돌아온 다음에 저녁 식사를 시작했다.

포치랑 타마의 침샘이 터지기 전에 와서 다행이야.

······카리나 양의 입이 반쯤 열려서 뭔가 떨어지기 직전이었던 것은 못 본 척하기로 하고, 테이블의 큰 접시에 찜을 올렸다.

접시에 새고기나 야채를 나누는 건 리자에게 맡겼다.

"잘 먹겠습니다~아."

""""잘 먹겠습니다.""""

아리사의 선언과 함께 식사를 시작했다.

"잘 먹겠습니다?"

"잘 먹겠습니다는 말이지—."

카리나 양이 질문하자 아리사가 대답하기 시작했지만, 찜 요리가 잘 됐는지 신경 쓰느라 흘려들었다.

새고기는 최상급 데리야키 같은 맛에다 기름기가 빠진 만큼 가볍고 맛있었다. 괜한 걱정이었다고 생각하며 작게 자른 야채를 먹었다.

—맛있다.

산새의 기름과 야채의 맛, 된장을 베이스로 만든 양념을 살짝 바른 것이 절묘했다.

새고기와 함께 먹으면 더욱 맛있었다. 조금 자극이 부족한듯해서 후추를 약간 뿌렸더니 천상의 맛으로 진화했다.

앞으로 산새를 보면 최우선으로 사냥해야지.

일행에게 내가 먹는 방식이나 후추를 권해서 함께 극락을 탐닉했다.

식후 정리에서는 카리나 양이 설거지에 도전했지만, 접시를 다섯 장째 깨고 나서 리자의 지시로 쫓겨나 아리사와 함께 테이블을 닦는 무난한 일을 하게 됐다.

참고로 아리사는 악력이 너무 없어서 그릇을 떨구고, 카리나 양은 떨구지 않으려고 힘을 너무 주다가 깼다.

다음날 여행도 평화로웠지만 결코 평탄하지만은 않았다.

"으하! 절경이네!"

"신비로운 광경이야."

아리사 옆에서 루루가 조신하게 한숨을 쉬었다.

이틀 째 여로에서는 길 끝이 깎아지른 절벽이었다. 어제 본

시냇물이 폭포가 되어 무지개를 만들었다.

숲 안쪽에 피라미드 같은 의문의 건조물이나 은하철도 기차가 출발할 법한 하늘을 향해 뻗은 돌 경사로가 보였다.

피라미드는 오랜 옛날의 신전인 듯했다. 상당히 멀리 있었지만 천체관측 설비 같은 것도 보였다. 숲 거인의 마을에서 나올 때 들러봐야지.

이 근처의 레이더 범위 안에서 강한 마물이 출몰하기 시작했기 때문에, 밤중에 몰래 거대한 뱀 마물이나 석화의 응시가 무서운 바질리스크 등을 처리하고 다녔다.

물론 전투 훈련이 될 법한 수준의 혼자 다니는 마물은 남겨두었다.

『사람사람사람~, 가끔씩 엘프~, 사람사람사람~, 가끔씩 뭘까~.』

사흘째 낮에는 나팔 같은 형태의 꽃이 달린 노래하는 나무를 보았다.

가사가 미묘했지만 왕도 같은데 가져가면 호사가들이 거금을 낼 것 같군. 물론 운반할 생각은 없으니 방치했다.

또한 숲 깊숙한 곳이라서 희귀한 식물, 특히 마법약이나 마법도구에 쓸 수 있는 소재가 풍부했다.

개중에서도 절벽에서 주운 흙 광석이나 투명도가 높은 샘물 바닥에서 발견한 물 광석 등 마소로 변질된 속성 광석을 몇 개 구했다.

물 광석은 「나락의 물 주머니」^{웰백}같은 깨끗한 물을 만들어내는 마법 도구에 쓰인다.

도중에 몇 번 마물을 만났지만, 잔챙이뿐이라서 연계 훈련이나 카리나 양이 실전을 쌓는데 이용했다.

"카리나~ 위~."

"─네?"

나무 위에서 내려온 「기는 덩굴」^{크롤 아이비}이라는 레벨 3의 마물에게 카리나 양이 붙들렸다.

약한 마비독을 가졌지만, 단독으로 행동할 때 기습을 받는 경우가 아닌 한 무서울 것은 없는 마물이었다.

그리고 라카의 수호를 받는 카리나 양에게는 큰 위협이 되지 못했다.

"주제넘은 짓이랍니다!"

카리나 양이 라카의 「초강화」를 이용한 괴력으로 「기는 덩굴」을 뚝 끊어서 땅에 버렸다.

그것을 리자가 마창으로 마무리했다. 나무 위에는 뱀처럼 고개를 든 「기는 덩굴」이 몇 마리 더 있었지만, 동료가 당한 걸 감지하고 슬금슬금 도망쳤다.

"다친 곳은 없으신가요?"

"괘, 괜찮답니다."

내가 말을 몰며 다가가자, 카리나 양이 당황하며 말을 몰아 거리를 벌렸다.

카리나 양은 역시 남성이 거북한지 전투를 할 때나 식사를 할 때 말고는 아직도 이런 느낌이었다. 경계심이 강한 고양이 같아서 불쾌하진 않았다.

사흘째 여행은 그런 느낌으로 끝났다.

이날 심야에는 강한 마물이 보이지 않아서, 아무도 발을 들인 적 없는 험준한 곳까지 가서 물 광석이나 흙 광석, 바람 광석 같은 속성 광석을 수집하고 다녔다.

이것들은 특수한 속성 마법계열 마법 도구나 마법약을 만드는데 필요하지만, 연금술 가게나 마법 도구 가게에서도 좀처럼 살 수 없는 것들이라 자루 3개 분량을 주웠다.

가능하다면 벼락 광석이나 불 광석도 있으면 좋았겠지만, 그것들은 유감스럽게도 구할 수 없었다.

이 소재를 찾는 와중에 무노 남작령의 서쪽 끝에 있는 산맥에 아는 사람을 나타내는 광점이 나타났다. 세류 시 앞에서 헤어졌던 나나의 자매들이었다.

아무래도 그녀들이 찾아간 젠의 아내 묘지는 저런 산 속에 있었나 보다.

오랜만에 만나보고 싶었지만, 거리가 너무 멀어서 이번에는 그냥 넘겼다.

얼마 안 가서 만날 수 있을 거고, 아무리 늦어도 미궁도시에서는 재회할 수 있겠지.

"곰~?"

"멧돼지 아저씨일지도 모르는 거예요."

나흘째 점심 전에 앞쪽 벼랑 위에서 이쪽을 등지고 있는 다갈색 짐승을 발견했다.

그런데 그 짐승이 옆으로 휘청 하더니 쓰러졌다.

"낮잠~?"

"아닌 거예요! 뒤에 마물이 있는 거예요!"

짐승 뒤에서 금속제 아르마딜로 같은 모습의 생물이 쓱 고개를 들다.

AR표시를 보니 「갑옷 쥐」라는 레벨 20의 마물이었다. 「돌진」과 「충격흡수」라는 종족 고유능력을 가지고 있었고, 크기는 소형 트럭만한 사이즈였다.

"다들 말에서 내려 전투 준비를 하세요. 말은 아리사와 루루에게 맡기겠습니다."

리자가 말하자 모두 말에서 내려 전투 준비를 갖추었다.

그 소리에 자극을 받았는지, 공 벌레처럼 몸을 둥글게 만 갑옷 쥐가 벼랑 위에서 회전 구르기로 돌진해왔다.

나랑 미아가 단궁으로 쏴보았지만 싸구려 활과 화살이라서 그런지 갑옷 쥐의 외피에 캉캉 튕겨나갔다.

—그런데도, 갑자기 갑옷 쥐의 회전이 흐트러지더니 가까운 거목에 격돌하여 옆으로 푹 쓰러졌다.

아리사가 「평형감각 교란」이라고 중얼거리며 나에게 V사인을 보냈다. 나도 엄지를 세워서 칭찬했다.

"지금이 호기랍니다! 라카 씨, 공격해요!"

카리나 양이 리자의 지시를 기다리지 않고 화살처럼 뛰어들었다.

『카리나 님, 기다리게!』

"안됩니다, 카리나 님!"

라카와 리자가 황급히 제지했지만, 라카의 「초강화」로 보통 사람을 넘는 다리 힘을 가진 카리나 양은 이미 갑옷 쥐의 코앞까지 접근했다.

갑옷 쥐가 몸을 쭉 펴는 소리가 날 것 같은 기세로 둥글게 말았던 몸을 풀더니, 가까이 다가온 카리나 양을 날려 버렸다.

카리나 양은 관목을 몇 개 부러뜨리며 날아가 버렸다.

보통이라면 중상을 입을 만큼 깔끔하게 맞았지만 라카의 수비가 단단해서 카리나 양의 체력은 1포인트도 안 줄었다.

우리 애들 모두 장비시키고 싶을 만큼 뛰어나네. 금화 1만닢 정도로 파는 데 없으려나?

그런 생각을 하는 동안에도 타마와 포치가 갑옷 쥐의 주의를 끌고, 나나가 막고, 카리나 양이 날아가고, 리자가 마창 도우마로 대미지를 주었다.

……카리나 양이 별로 도움이 안 되는 것 같지만 아직 레벨 4니까 어쩔 수 없지.

"다들 물러나! 미아의 마법이 간다아!"

아리사가 외치가 모두 거리를 벌렸다.

"■ ■ ■ ■ ■ 급팽창.^{벌룬}"

미아의 마법이 갑옷 쥐의 발치에 고여 있던 녹색 피를 급속하게 기화시켜서 마물을 뒤집어 버렸다.

도망칠 타이밍을 놓친 카리나 양이 미아의 마법으로 마물이랑 같이 날아가서 가까운 거목에서 뻗은 가지에 걸려 버렸다.

"우웅?"

예상 밖의 사태에 미아가 곤혹스런 표정을 지었다.

"지금이야! 공세로 전환!"

갑옷 쥐가 당황해서 일어서려고 몸을 젖혔지만, 아리사가 정신 마법 「정신 충격타_{마인드 블로우}」를 써서 놈의 의식을 한 순간 끊었다.

움직임이 멎은 갑옷 쥐에게 전위 팀이 검과 창을 푹푹 꽂아서 마무리를 지었다.

이 싸움으로 카리나 양의 레벨이 하나 올랐는데 「입체기동」 스킬이 생겼다. 뭔가 얄궂다는 생각이 들지만 도움이 되는 스킬이니 괜한 말은 말아야지.

우리 애들이 카리나 양의 세로 롤을 무척 좋아하기에 마법 도구로 머리칼 인두기를 만들어줬다.

"빙글빙글~?"

"돌돌 말린 거예요!"

그런 식으로 다 함께 머리칼을 말면서 즐겼다.

사실 첫날부터 만들기 시작했지만 머리칼을 태워먹지 않는 미묘한 열 조절이 어려워서, 몇 번이고 다시 만들다가 나흘째가 되어서야 간신히 완성했다.

물론 이 노력은 나만 아는 비밀이었다.

왜냐면 주인님은 남들 몰래 노력하는 법이거든.

그리고 이날 심야에 석화 입김을 쓰는 코카트리스란 닭 마물
을 퇴치하고 돌이 된 나무나 동물을 수집했다.

그리고 이튿날 아침에 먹어본 코카트리스 고기가 진미였다.

닷새째. 출발한지 얼마 안 되어 맵으로 확인했던 최대의 험로
에 도착했다.

"굉장한 균열이네."

"계곡 바닥의 강이 상당한 급류라고 보고합니다."

"떨어지면 살기 힘들겠습니다."

아리사, 나나, 리자에 이어서 다른 애들도 아래쪽을 보려고
했지만 위험하니 말렸다.

"우회할까?"

"괜찮아. 요 앞에 다리가 있어."

참고로 어젯밤 코카트리스 사냥을 한 다음에 만든 따끈따끈
한 새 다리였다.

말을 타고 조금 가자 통나무 다리가 보였다.

"다, 다리? 이게?"

"그래."

아리사의 질문에 고개를 끄덕여 주었다.

"잠깐, 설마 이걸로 건너라는 거야?'

나랑 같이 말을 탄 아리사가 통나무 다리를 보고 얼굴이 새파
래졌다.

통나무 2개를 놓고 그 사이를 판으로 고정한 거라 건널 때 용

171

기가 필요하긴 하지.

"무리, 무리라니까 무리야. 절~대~ 무리. 순순히 사흘 들여서 우회하자. 응?"

아리사가 눈물을 글썽거리면서 애원했다.

나는 괜찮다는 걸 보여주려고 선두에 서서 다리로 향했다.

"괜찮다니까."

"으갸아아ㅡ."

아리사가 외치면 말이 놀랄 것 같아서 입을 막고 건너 버렸다.

아리사는 불평을 할 기운도 없었는지 말의 갈기에 이마를 대고 축 늘어져 있었다.

"정말, 타마는 너무 과감한 거예요."

"어떻게든 돼~?"

타마만 내 뒤를 잘 따라왔는데, 같은 말에 타고 있던 포치도 같은 운명이라서 필사적인 어조로 항의했다.

"타마, 고삐 부탁한다."

"네잉~."

나는 말을 타마에게 맡기고 다리를 돌아갔다.

내가 말을 같이 타고서 하나씩 건너는 게 제일 빠르겠다.

"주, 주인님."

"무서우면 눈 감아도 돼."

"네, 넷."

내 등을 꽉 붙잡은 **리자**를 데리고 말로 다리를 건넜다. 뜻밖에도 높은 곳이 무서운가 보다.

이어서 이번에는 루루를 데리고 건넜다.

"주, 주인님. 눈을 감아도 무서워요."

"그럼 옆으로 앉아서 내 가슴에 얼굴을 묻고 심장 소리에 집중해봐."

"네, 넷."

떨고 있는 미소녀가 꼭 안겨오는 시추에이션이란 좋은 것이로다. 보호욕구가 쭉 올라가네.

루루의 말에 동승해서 다리를 건너자, 아리사가 손가락을 물면서 이쪽을 보고 있었다.

"불어."

부러워, 라고 말하려는 건가?

"그럼 아리사도 다시 한 번 왕복할래?"

"사, 사양할게."

내가 농담을 하자, 아리사가 진지한 표정으로 고개를 옆으로 흔들었다.

"위험해. 사람은 날지 못하는걸? 왜냐면 날개가 없는걸? 그러니까 엘프도 못 날아, 정말인걸?"

이어서 무서운 나머지 횡설수설 해대는 미아를 둘러메고 통나무 다리를 건넜다. 마지막으로 카리나 양의 말에 동승해서 일행이 모두 건넜다.

카리나 양의 마유에 매료될뻔했지만 어떻게든 버텼다.

그리고 드디어 맵의 공백지대 앞에 도착했다.

"벽~?"

맨 앞의 타마가 말을 옆으로 돌리고 판토마임이라도 하듯 벽을 탁탁 때렸다.

루루의 말에 함께 탄 아리사도 타마를 흉내 내어 손을 뻗었다.

"신기한 거예요. 안 보이는데 뭔가 있는 거예요."

다른 애들도 타마와 마찬가지로 보이지 않는 벽을 두드리는 데 참가했다.

카리나 양도 포함해서 다 함께 보이지 않는 벽을 탁탁 두드리며 고개를 갸웃거리는 모습이 귀여웠다.

나도 말을 옆으로 돌리고 손을 뻗었지만 벽 같은 건 없었다.

얼마간 다들 때리는 장소를 보니 「산수(山樹)의 결계벽」이라고 AR표시가 떴다.

전에 「환상의 숲」 경계에서 본 결계벽과 비슷한 건가?

그건 그렇고 「산수」는 또 뭐야?

혹시 엉뚱한 데를 찾아온 건가…….

말을 한 걸음 앞으로 몰자, 조금 위화감을 느꼈지만 저항 없이 전진했다.

미지근한 바람이 볼을 간질였지만, 그런 것보다 저 멀리 갑자기 나타난 기이하게 거대한 나무에 시선이 붙들렸다.

전이한 건가 싶어서 돌아보니 입을 뻐끔거리며 판토마임을 하는 일행들의 모습이 보였다. 필사적인걸 보니까 장난하는 게 아니라 진심으로 걱정하는 것이 느껴졌다.

저 결계벽은 목소리를 차단하나 보네.

저 커다란 나무도 건너편에서는 보이질 않았으니까, 혹시 영상도 차단되나?

나는 일단 메뉴의 마법란에서「모든 맵 탐사」를 사용해 결계 안의 정보를 얻은 다음 결계벽 너머로 돌아왔다.

"정말! 갑자기 사라져서 깜짝 놀랐잖아!"

아리사를 필두로 걱정한 애들한테 잔뜩 혼이 났다.

걱정해주는 건 고마운데, 그보다도 결계 너머가 안전한지 체크하는 게 먼저였다.

다들 화내거나 걱정해주는 걸 진지한 표정으로 들으며 정보를 음미했다.

일단 아까 그 결계벽 너머에서 본 커다란 나무가 메뉴의 정보에 따르면「산수」라는 이름이었다. 미아가 붙잡혀 있던
크레이들
「요람」과 같은 사이즈의 거목이었다.
포레스트 자이언트
그리고 내가 편지를 전하러 온 숲 거인의 마을은 그 산수 자락에 있었다.

이 영역은 숲 거인 마을에 인구가 집중돼 있었다. 숲 거인은 모두 10명밖에 없었지만, 최고 레벨이 39나 되고 평균 31이었다.

숲 거인이 아닌 거인족도 있었다.
리틀 자이언트
소거인이라는 종족이었는데 평균 레벨은 20. 조금 모순되는 이름이었지만 거인치고는 작은 거겠지. 이쪽은 120명 정도 되었다.

그 밖에도 합계 1천명쯤 되는 잡다한 아인들이 살고 있었다. 새 수인족이 40퍼센트, 잡다한 수인족이 50퍼센트, 나머지 10

퍼센트가 요정족이었다.

요정족은 브라우니, 노움, 스프리건 세 종족이 대부분이지만 코볼트도 세 명 있었다. 크하노우 백작령에서는 못 만났으니 이번에 교류를 해보고 싶군.

결계벽 안쪽에는 환수들도 여러 종류 있었다.

일각수가 몇 개의 무리를 지었고, 그 밖에도 성검 쥴라혼의 소재나 모델이 된 염각수라는 환수도 서식하고 있었다.

산수 위에는 「환상의 숲」의 노마녀가 사역하던 장로 참새 무리도 있었다.

일단 우리 애들에게 치명적인 수준으로 위험한 생물은 없어 보이니 안심이군.

안전한 것을 확인한 다음, 모두 함께 결계 너머로 이동했다.

어째선지 내가 손을 잡으면 평범하게 통과할 수 있었다.

미아가 산수를 보고 동요할 거라고 생각했지만, 「요람」의 겉모습을 거의 본 적이 없었는지 딱히 반응이 없었다.

"사……, —당신은 정체가 뭐죠?"

카리나 양이 진지한 표정으로 물었다. 여전히 내 이름을 부르는 게 부끄러운 모양이다.

"거인의 마을로 전달해야 할 편지가 있으니 결계가 통과시켜 준 건가 봅니다."

대충 대답해서 얼버무렸다. 사실 나도 결계를 통과할 수 있는 이유는 모르겠다.

알 수 없는 일을 고민하기 전에 이동경로를 조사해야지.

여기서 마을까지는 직선으로 20킬로미터의 거리였다. 말을 타고 가면 대강 하루에서 이틀쯤 걸린다.

갑자기 눈앞의 고목 하나에 녹색 사람의 형체가 생겼다.

"어머? 누군가 했더니 인간이잖아?"

"야아, 요전에는 덕분에 살았어."

고목에서 나타난 형체는 「요람」 안에서 이동을 도와준 드라이어드였다.

손짓해서 부르기에 그녀 곁으로 다가갔다. 여전히 발가벗고 있었지만, 어린애한테는 흥미가 없으니 문제없었다.

"우웅. 떨어져."

미아가 나랑 드라이어드 사이에 끼어들더니 나를 지키듯 양팔을 벌렸다.

"미이라."

미아가 단어로 경고했다.

아마 드라이어드가 대량의 마력을 빨아들이는 걸 말하는 거겠지.

"어머나, 어린 아이구나. 근데 예의가 없어~."

어린 아이란 건 미아를 말하는 거겠지. 그녀의 칭호 중에 「보르에난 숲의 어린 아이」란 게 있으니까.

나는 미아의 머리에 손을 올리고 드라이어드에게 말을 걸었다.

"그래서 무슨 용건이라도 있어?"

"응. 숲 거인의 우두머리가 결계의 침입자를 봐달라고 부탁했는데 소년이라면 데려가도 되겠네. 어린 아이도 올 거지?"

따라가는 건 상관없었지만 다른 애들을 여기 두고 가면 길을 잃고 숲 거인의 마을에 도착하지 못할 가능성이 높았다.

숲 거인의 성격은 모르겠지만, 온화한 늙은 마녀가 친구라고 부르는 상대였다. 다소 신용해도 괜찮겠지?

"기다려봐. 데리고 갈 거면 모두 갈 수 없어?"

"알았어~. 하지만 그러려면 마력이 부족하니까 조금 받아야 돼."

드라이어드가 이쪽의 대답도 안 듣고 내 볼에 손을 대더니 쪼오옥 소리가 날 정도 기세로 입술을 빼앗고 마력을 빨아들였다.

이번에는 애들이 보고 있으니 이쪽에서 의도적으로 마력을 더욱 흘려보냈다.

그 효과가 있었는지 드라이어드가 몇 초 만에 입을 떼었다.

"인간. 실력이 늘었구나."

호적수에게 ^{라이벌} 찬사를 보내는 식으로 말했지만, 실체는 그저 마력공급일 뿐이었다.

그러니까 손가락을 물고서 올려다보거나, 내 배를 토닥토닥 때리거나, 원망스런 눈으로 보지 말도록!

"그럼 간다."

드라이어드가 선언하자, 우리를 둘러싸듯 땅에서 버섯이 나타났다. 뾱뾱 땅에서 솟아오르더니 이내 엷은 녹색으로 빛나는 포자를 만들었다.

"요정의 고리.^{페어리 링}"

미아가 어쩐지 그리운 듯 말하는 것과 거의 동시에 전이를
했다.

"드라이어드! 그 녀석들은 누구더냐?"

새된 목소리가 드라이어드를 힐문했다.

숲 거인의 목소리에 어울리지 않는다고 생각해서 고개를 들
었다. 그러자 시선 끝에 빌딩만한 숲 거인들의 모습과, 그들의
의자 옆에 있는 받침대 위에서 뽕뽕 뛰어다니는 작은 할아버지
들 모습이 보였다. AR표시를 보니 작은 할아버지들은 집 요정
이란 종족이었다.

맵 표시를 보니 여기는 산수의 뿌리 부근에 있는 옹이구멍 안
의 공간이었다.

이 공간은 천정까지 20미터쯤 되는 높이에다, 넓이는 반경
50미터쯤 되었다. 벽은 나무가 다 드러나 있고, 천정 부근에는
광원이 있어 부드러운 하얀 빛이 공간을 비추고 있었다.

거인들은 나무 벽에 직접 설치된 거대한 의자에 앉아 있었는
데 키가 작은 산만큼 컸다.

높이 차이 탓인지 우리가 있는 장소에서는 얼굴에 그림자가
져서 표정을 알기 힘들었다. 꼼짝도 안 하고 앉아 있는 탓에 석
상으로 착각할 것 같았다.

"대답하거라! 드라이어드!"

"인간이야."

"그게 아니다. 누구냐고 물었다."

"흥이다. 내가 말을 들어주는 건 이 원천의 주인인 『돌망치』 아가뿐이지롱."

『아 · 가 메로우』

거인이 드라이어드에게 뭐라고 하자 몸이 떨릴 정도로 공기가 진동했다. 엄청난 중저음이다.

뭐라고 말했는지 모르겠다. 내가 이해한 것은 거인의 말이 엘프어의 아종이라는 것이었다.

아마도 엘프어에서 파생된 언어 아닐까?

〉「거인어」 스킬을 얻었다.

숲 거인족이 아니라 거인의 공통어 같은 건가 본데…….

기왕 얻은 거니 그들의 말을 알고 싶어서 스킬 레벨을 5까지 올렸다.

거인이 이쪽을 내려다보며 입을 열자, 몸이 떨리는 중저음이 원기둥 형태의 공간에 메아리 쳤다. 이쪽을 보고 말해서 그런지 아까 전보다 더 울렸다.

『너는 누구냐? 이 마을에 무슨 일로 왔느냐?』

거인의 말이 끝나자 그 옆에 있는 브라우니가 시가 국어로 번역해 주었다.

『저는 행상인 사토라고 합니다. 「환상의 숲」에 사는 마녀가 당신에게 편지를 전해달라고 의뢰하여 찾아왔습니다.』

나는 확성 스킬의 도움을 빌려 목소리를 키우고, 거인어로 말했다. 그들의 속도에 맞추느라 말이 굉장히 느릿해졌다.

"서, 설마……. 이건 거인의 말인가요?"

『허어. 사토 공은 상당히 박식하시군.』

"뭐든지 다 할 줄 아시는군요."

뒤에서 카리나 양과 라카가 놀라는 소리가 들렸다.

다른 애들도 놀라고는 있었지만 카리나 양만큼 크게 놀라진 않았다.

『허허. 우리들의 말을 아는가? 그거 잘됐군. 늙은 마녀가 보낸 편지를 보이거라.』

역시 이세계에서도 자기들 말을 아는 상대는 인상에 플러스 보정이 붙는구나.

중장비처럼 천천히 뻗어온 그의 손바닥에 편지를 올렸다.

글씨가 작아서 읽을 수가 없었는지, 옆에 있는 브라우니를 자기 어깨로 옮겨서 편지를 읽도록 시켰다. 개인의 편지라서 들리지 않도록 엿듣기 스킬을 껐다.

이윽고 편지를 다 읽었는지, 숲 거인이 이쪽을 보았다.

『멀리서 잘 왔다. 내 오랜 친구의 친구인 작은 자여. 내 이름은─.』

그들의 이름은 마치 노래 같았다. 느긋한 리듬으로 듣고 있자니 졸릴 지경이었다.

거인족의 이름은 선조들의 이름을 모두 연결한 것인지, 20분이 지나도록 이어졌다. 타마, 포치, 나나가 꾸벅꾸벅 졸기 시작하는 것도 어쩔 수 없는 일이었다.

그의 이름은 AR표시로 나오기 때문에 딱히 기억하지 않아도 부를 수 있었지만, 인간족의 언어로 말해도 5분쯤 걸릴 것 같았다. 「김수한무」 뺨치네.

『—다. 길어서 부르기 어려울 것이다. 나는 「돌망치」라고 부르거라.』

『호의에 감사 드립니다. 저는 이미 자기소개를 했으니, 동료를 소개하겠습니다.』

"……미아."

내가 미아를 앞으로 내세우자, 그녀가 귀를 막고 기분이 틀어진 표정으로 조그맣게 이름을 밝혔다.

아무래도 돌망치의 커다란 중저음 때문에 귀가 아픈 모양이었다.

『허어. 이거 보르에난 숲의 엘프가 아니신가? 100년쯤 전에 유사라트야 님이 방문한 이래 처음이로군. 마을의 모두가 환영하지.』

거인족의 입에서 나온 이름은 세류 시에서 해결사 일을 하는 엘프였다.

그 사람도 여기에 온 적이 있었구나.

이어서 모두의 이름을 소개했다. 마지막으로 카리나 양을 소개하는데 조금 트러블이 생겼다.

"저, 저는 카리나 무노라 합니다. 무노 남작의 차녀—."

"무노라고! 그 썩어빠진 후작의 혈족이 여기에 기어 들어오다니 목을 쳐야겠구나!"

카리나 양이 소개를 하는 도중에, 거인 옆에 있던 브라우니가 얼굴이 새빨개져서 화를 냈다. 아까도 그랬지만 끓는점이 너무 낮은데.

이런 악의를 받는 것에 익숙하지 못한지, 카리나 양이 내 뒤로 숨어 버렸다.

그 체형으로 뒤에 딱 붙으니 의식이 날아갈 것처럼 등이 행복했다.

이 행복에 대한 답례로, 그녀를 대신하여 변론을 해줘야지. 변명 스킬도 쓰고, 평소에는 잘 안 쓰는 조정 스킬도 힘내라.

『기다려 주십시오!』

나는 카리나 양을 감추듯 양 팔을 펼치고 말했다.

뒤에서 카리나 양이 「사토……」라고 하는 게 들렸다. 내 이름을 불러준 건 처음 같은데?

약간 이득을 본 기분을 느끼며 커다란 소리로 말을 이었다.

『무노 후작의 일족은 멸망했습니다. 그녀의 아버지는 이름을 이었을 뿐, 후작과는 아무 인연이 없는 집안의 사람입니다.』

내가 옹호해봤지만 브라우니들은 펄펄 화를 내면서 듣지 않았다.

그것을 더 못 봐준 건지, 스킬의 효과가 있었던지 돌망치가 내 대신 브라우니를 말렸다.

『그쯤 해두어라.』

『그, 그러나…….』

『그만 하라고 했다.』

주인이 말리자 브라우니가 풀이 죽었다.

『작은 사토여. 귀공이 어찌하여 무노의 이름을 가진 소녀를 데리고 이 땅에 온 것인지는 묻지 않겠다.』

이번에는 우리를 향해서 돌망치가 말했다.

아차. 이 흐름에서는 카리나 양의 목적을 달성할 수가 없는데…….

그러나 그의 말은 계속 이어졌다.

『마녀의 편지에 귀공은 낯선 땅을 보고 듣는 것이 목적이라고 쓰여 있었다. 마을의 소거인 저택에 방을 준비하겠다. 편지를 전해준 보답이다. 이 마을에 마음 내키는 대로 머무르도록 하라.』

오옷, 늙은 마녀 나이스!

나는 뇌리에 떠오른 온화한 늙은 마녀의 모습에 마음속으로 감사의 말을 했다.

아차. 그래도 카리나 양만 돌려보내라고 하면 곤란했다. 미리 언질을 받아둬야지.

『돌망치 님. 뻔뻔스런 부탁이라 송구합니다만, 저의 친구인 무노 남작영애도 머무르는 것을 허락해 주셨으면 합니다.』

『……좋다. 그 무노의 딸도 머물러도 좋다.』

약간의 침묵이 있었지만 어쨌든 돌망치의 허가를 받았다.

이제 카리나 양도 머무르는 동안 돌망치와 교섭할 여지가 생겼다.

며칠뿐이었지만 함께 여행을 했으니 관광하는 틈틈이 설득할 방법을 찾는 것 정도는 도와주고 싶었다.

『관대한 말씀에 감사 드립니다.』

나는 돌망치에게 깊게 고개를 숙여 인사하고 공간에서 나갔다.

우리는 공간의 옆에 있는 방에 있었다. 숲 거인의 마을에서 마중 나오는 사람을 기다리라고 해서 순순히 대기하는 중이었다.

리자는 문 바로 옆에서 문지기처럼 대기하고 있었다.

『사토 공, 아까 조력해준 것에 감사하네.』

라카가 카리나 양 대신 나에게 감사 인사를 했다.

카리나 양은 남의 악의에 노출된 경험이 별로 없었던 탓인지 얼굴이 파래져서 작게 인사를 하는데 그쳤다.

타마랑 포치가 카리나 양의 옆에 앉아서 걱정스레 올려다보았다.

"앞길이 험하겠지만 힘을 내."

"네. 하지만 설마 그 정도로……."

아리사가 카리나 양의 어깨를 두드리며 격려했다.

"풀이 죽어도 의미가 없다고 조언. 풀이 죽을 틈이 있다면 앞으로 나아가야 함, 이라고 말합니다."

"그래요, 카리나 님! 배부르게 먹고 하룻밤 자고 나면 싫은 일은 대부분 어떻게든 되는 거예요."

나나와 루루도 카리나 양을 격려했다. 그러고 보니 루루는 고향에서 불우한 처지였다고 그랬었지.

이윽고 신장 3미터쯤 되는 소거인들이 마중을 와서, 그들이

들고 온 가마를 타고 마을로 출발했다.

"기다리게 해서 죄송하다호. 가마를 준비하는데 시간이 걸려 버렸다호."

별난 어미를 쓰는 리더 소거인의 말을 듣는 동안 산수 바깥으로 나왔다.

산수 바깥에는 참호 같은 길이 있었고, 이는 1킬로미터쯤 떨어진 마을로 이어져 있었다. 산수의 가지가 닿는 거리의 2배쯤 되는 곳이었다.

가장 낮은 가지가 100미터쯤 위에 나 있었는데 가지 끝이 땅에 가깝게 내려와 있고, 그 위치에 흙 탑이 몇 개 있었다.

소거인들이 탑 위에서 무언가 작업을 하는 게 보였다.

보아하니 산수의 가지에서 과실을 채집하고 있는 것 같았다.

소거인들 둘이 안아야 들 수 있는 크기니까 과실의 직경이 2미터쯤 된다.

또 이 참호 바깥에는 높이 3미터쯤 되는 흙벽이 있었다.

맵으로 확인해 보니, 산수를 중심으로 높이 3미터쯤 되는 흙벽이 200미터 간격으로 동심원을 그리고 있었다. 방벽치고는 낮은데다가 군데군데 틈도 있었다.

마을까지 조금 남았을 때 마을에서 경종이 울렸다.

"어머, 무슨 일이지?"

아리사가 의문을 품자, 소거인 리더가 경종이 울리는 이유를 알려 주었다.

"산수의 열매가 떨어진다호."

오호라. 높이 2킬로미터에 가까운 산수의 위쪽 가지에서 과실이 떨어지면 참사가 벌어질 수도 있겠네.

아까 본 흙벽도 외적을 막으려는 게 아니라 낙하한 과실을 막는 용도인가보다.

가지 위쪽에서 나뭇잎이나 가지를 흔들면서 뭔가 떨어지는 게 보였다. 여기서 200미터쯤 떨어진 곳이었다.

"통로에 방어 뚜껑이 생길 테니까 손님들은 안심해라다호."

소거인 리더가 우리를 태운 가마를 땅에 내리면서 차분하게 말했다.

그가 말하는 동안에도 통로의 벽 위쪽 부근에서는 아치 형태의 투명한 천장이 생겼다. 아마도 술리 마법을 이용한 방어벽일 것이다.

그리고 가지에서 붉은 과실이 나타났다.

크기가 이상해서 천천히 떨어지는 것처럼 보였지만, 실제로는 상당히 빨랐다.

그걸 증명하듯, 땅에 과실이 떨어진 순간 쿠궁, 땅을 울리는 진동이 전해졌다.

내 무릎 위에 앉아 있던 아리사와 미아, 그리고 양 옆에 앉아 있던 타마와 포치뿐 아니라, 뒤에 앉아 있던 루루와 카리나 양도 내 팔을 붙들었다.

등 뒤에 크고 작은 감촉이 닿는 게 끝내주네.

다만 카리나 양은 무의식적으로 「초강화」를 발동했는지, 붙들린 팔이 조금 아팠다.

리자와 나나는 방심하지 않고 과실이 떨어진 방향을 보며 신경을 곤두세우고 있었다.

그 다음에도 퉁퉁 몇 번 흔들림이 있었다.

"큰일이다호. 저건 『튕기는 과실』이다호."

참호에서는 잘 보이지도 않는데, 진동이 연속되는 걸로 판단했나 보다.

마을 앞에 있는 조금 높은 흙벽에 과실이 격돌해서 움직임이 멎었다.

그러나 다음 순간 흙벽이 갈라지며 마을로 굴러가는 게 보였다.

"아~아, 저쪽은 스프리건 대장의 집이다호. 내일 다 함께 집 수리를 도와야겠다호."

그의 말은 대사건이 일어났다기보다 흔히 있는 성가신 일 수준의 뉘앙스였다.

천정의 마법 방어벽도 해제되고, 우리를 태운 가마를 들어 올리자 과실이 떨어진 곳이 보였다.

떨어진 과실은 3개였는지, 2개는 낙하지점에 파고들어서 멈춰 있었다.

그 밖에도 사방에는 흙으로 다시 메운 부분이 잔뜩 보였다.

"과실이 떨어지는 일이 흔한가요?"

"아니. 열매가 맺는 계절은 그렇다 치고, 보통은 한 달에 하나 정도면 많은 거다호."

그러면 어쩌다가 한꺼번에 떨어진—

"지난달쯤에 위쪽 열매를 먹는 장로 참새가 줄어서 다 못 먹고 농익은 과실이 떨어지는 거다호."

─게 아니었구나.

장로 참새라면 「환상의 숲」 늙은 마녀가 타고 다니는 둥그스름하고 거대한 참새인데?

줄어든 원인이 뭘까?

"꽤 커다란 새였다고 기억합니다만, 무슨 위험한 짐승이 있나요?"

"지금은 없으니까 안심해도 된다호. 지난 초승달이 뜰 무렵이었다호. 히드라 무리가 결계 안으로 침입했다호. 그 히드라 무리에게 잡아먹혔다호."

소거인 리더가 슬픈 표정으로 말했다.

또 히드라? 해로운 마수가 기동력까지 있으니까 질이 나쁘군.

"히드라들은 숲 거인님들이 다 나서서 『견갑 과실』을 던져서 쫓아냈다호. 그때 「독 입김」을 받은 숲 거인님이 독에 중독됐다호."

"그거 큰일이네요."

나는 원거리에서 반격 못하도록 순살하니까 괜찮았지만, 「독 입김」 같은 것을 맞으면 옷을 세탁하거나 할 때 엄청 힘들 것 같다. 어쩌면 섬유가 상해서 못 입을지도 모른다.

"큰일이었다호. 내가 살아온 300년동안 마물이 침입한 것이 처음이라서 초조했다호."

너무 깊이 생각하는 걸지도 모르지만, 혹시 마을에 히드라를 보낸 것은 마족일지도 모른다.

"그래서 어른 숲 거인 님은 노움이 만든 해독약으로 나았다
호. 하지만 어린 숲 거인 님이 아직 세 명 쓰러져 있다호."

한 달 전의 독이 아직도 남아 있나?

나는 맵으로 숲 거인을 검색했다.

분명히 숲 거인 아이들 셋의 상태가 「독/히드라【만성】」이었
다. 체력 게이지가 30~40퍼센트 위치에 있고, 마력과 스태미
나 게이지가 둘 다 고갈되기 직전이었다.

"아이들에게는 해독약이 안 들었나요?"

"그것이…… 재료가 없어서 뱀독 해독약을 먹은 탓에 효과가
약했다호. 그래서 지금 숲 거인 『땋은 수염』 님이 해독약 재료
가 되는 히드라를 사냥하러 나갔다호."

─아아! 남작령을 맵으로 검색했을 때 하나 발견한 숲 거인
이구나.

맵으로 확인했더니 그는 결계벽 근처에 있었다.

아이템 검색을 해보니 그와 같은 위치에 「히드라의 머리」란
것이 있었다. 해독약 재료를 무사히 획득한 모양이네.

내 스토리지에도 히드라의 시체가 있지만, 개선하는 그의 노
력을 무위로 돌리는 것도 못난 짓이니 괜히 나서지는 말아야지.

우리를 태운 가마는 마을에서 가장 커다란 저택 앞에서 멈췄다.

"어서 오세요, 여보. 이 분들이 숲 거인님의 손님이군요."

"그렇다호. 엘프 님도 계시니까 정중하게 부탁한다호."

"어머나아. 우리 집에 엘프 님을 맞이하는 건 100년만이랍니

다.”

이 소거인 부부는 둘 다 300살이 넘었다.

“처음 뵙겠습니다. 저는 『산수의 마을』 이장을 맡고 있는 『세이타카』의 아내인 『유비시로』입니다.”

방금 그 소거인 리더가 이장이었나 보네.

그녀의 이름은 숲 거인들과 마찬가지로 길어서 부르기 쉽도록 붙은 별명을 소개했다. 거인어로 「큰 키」, 「하얀 손가락」을 시가 국어풍으로 고친 것 같았다.

미아가 내 뒤에 숨어서 인사를 안 하기에 내가 대신 인사를 했다.

“죄송합니다. 미아는 부끄럼을 타서요. 저는 인간족의 행상인 사토라고 합니다.”

“어머나, 미아 님이라고 하시는군요. 신경 쓰지 마세요. 엘프 님이 말수가 적은 건 알고 있답니다. 전에 오셨던 유사라트야 님도 머무시는 동안 『유야』, 『신세 진다』, 『신세 졌다』 세 마디밖에 안 하셨어요.”

후반은 농담조였다. 딱히 엘프에 대해 비꼬는 건 아닌듯했다.

다른 사람들이 자기소개를 하고, 머무르는 동안 쓸 방으로 안내된 다음에 미아가 조그맣게 유비시로 씨한테 자기소개를 했다.

“미아.”

“어머나. 엘프 님 목소리는 정말 근사하네요. 오늘 밤에는 산수 열매를 써서 맛있는 요리를 만들게요. 뭔가 싫어하는 것 있으신가요?"

미아의 목소리를 듣고서 톤이 한 단계 올라간 유비시로 씨가 미아에게 얼굴을 접근시키며 물었다.

"고기."

미아가 약간 주춤거리면서도 입 앞에 가위표를 만들면서 말했다.

"그러면 고기 요리는 뺄게요."

유비시로 씨가 들뜬 목소리로 말하자 아인 소녀들의 표정에 절망이 떠올랐다. 그래서 몰래 「미아 말고 다른 사람 요리는 고기도 넣어주세요」라고 부탁했다.

이장의 집까지 오는 동안 털이 긴 소처럼 생긴 동물 무리를 이끄는 소치기를 봤으니, 고기가 아주 귀하지는 않을 거다.

세이타카 씨가 잠시 후 산수 열매를 나눠 받으러 간다고 하기에 나와 리자도 동행시켜달라고 부탁했다.

그리고 지쳤다며 방에 틀어박힌 카리나 양이 걱정되어 이 틈에 어떤지 보러 갔다.

나는 스토리지에서 꺼낸 막 우려낸 청홍차와 과자를 들고서 카리나 양의 방을 찾았다.

"조금이라도 드세요. 루루가 그러던데 배가 고프면 괜히 더 기분이 가라앉는다고 하더군요."

"먹고 싶지 않답니다……."

입으로는 그렇게 말했지만 배는 솔직해서 꼬르륵 자기주장을 했다.

다시 내밀자 그녀는 분한 듯 그것을 집어서 먹기 시작했다.

과자를 두 손으로 들고서 깨작깨작 먹는 모습이 작은 동물 같아서 귀여웠다.

"어째서⋯⋯."

카리나 양이 조용히 말했다.

"어째서 만난 적도 없는 분께 그렇게 미움을 받았을까요?"

떨리는 목소리에는 겁과 분노가 뒤섞여서 카리나 양의 복잡한 마음이 나에게도 여실히 전해졌다.

"무노 후작이 어지간히 지독한 짓을 했을지도―."

"어째서! 저하고 한치의 인연도 없는 사람의 일로―!"

카리나 양이 격정에 몸을 맡기고 일어서더니 내 멱살을 잡고서 얼굴을 접근시켰다.

그녀의 눈동자에는 부조리함에 대한 분노와 슬픔이 떠올라 있었다.

"그 사람들 입장에서는 『무노』란 이름을 가진 『인간족』이라는 걸로 충분한 거겠죠."

「중이 미우면 가사도 밉다」는 말이 이세계에도 있으려나 모르 겠지만 말이다.

"어째서⋯⋯."

카리나 양이 내 말을 듣고서 또다시 중얼거리더니 내 가슴에 이마를 묻었다.

작은 오열이 들렸다.

떨리는 눈꺼풀이나 윤기가 흐르는 입술에서 시선을 뗄 수가 없었다.

나약함을 드러낸 미녀는 참으로 매력적인 법이다…….

위로하려고 가볍게 껴안자, 카리나 양이 어린애처럼 몸을 맡겼다.

가슴팍으로 느껴지는 폭력적인 말랑함에 넘어가서, 곧장 뒤에 있는 침대에 눕혀버리고 싶다는 괘씸한 충동과 필사적으로 싸웠다.

—그때 문이 열리며 리자가 나타났다.

"주인님, 세이타카 님이 이제 곧 출발할 수 있다고— 죄송합니다. 나중에 다시 오겠습니다."

"기다려! 지금 괜찮으니까."

괜히 다시 물러가려는 리자를 말렸다.

리자가 등장한 덕분에 내 마음 속에 일어난 천사와 악마의 싸움이 천사의 승리로 끝났다.

우와 위험했다. 하마터면 귀족 영애를 건드려서 지명수배당하거나 결혼하는 코스로 빠질뻔했네.

카리나 양을 끌어안고 있던 팔을 풀고서, 그녀를 달래듯 등을 톡톡 두드려주었다.

나는 리자를 잠깐 놔두고 카리나 양을 격려했다.

"카리나 님, 포기하기엔 아직 이릅니다. 제 고향의 유명한 선생님이 이렇게 말했어요. 포기하면 거기서 끝이라고."

나는 말을 한 번 끊고서 카리나 양의 반응을 살폈다.

반응이 신통치 않았지만 내 말은 제대로 듣고 있었다.

"카리나 님. 그들의 호감도가 제로라면, 더 이상 내려갈 일이 없어요. 그들이 바라는 행동을 취해서 호감도를 올리면 됩니다."

"—호감도?"

카리나 양이 나에게 매달리는 시선을 보내기에 나는 고개를 끄덕여 주었다.

오타쿠가 아닌 지인이었다면 「이 게임 뇌 자식아!」라고 소리쳤을 것이다.

카리나 양도 잘 모르는 것 같아서 조금 더 알기 쉽게 고쳐 말했다.

"그래요. 싫어하는 상대를 위해서 행동하는 사람은 거의 없습니다. 그러니까 일단 사이가 좋아지는 것부터 시작해야죠."

"……사이좋게? 어떻게 하면 사이좋게 지낼 수 있을까요?"

"방법은 이제부터 찾아야 합니다. 다행히 머물러도 좋다는 허가를 받았으니까요."

카리나 양의 눈동자에도 생기가 돌아오긴 했지만 아직 불안해 보였다.

"괜찮아요. 어떻게든 될 겁니다."

나는 그녀를 안심시키려고 손을 잡고 의식적으로 가볍게 미소 지었다.

"고마워요……. 사토."

카리나 양은 아주 작게 말했지만 내 엿듣기 스킬이 정확하게 알아들었다.

내 싸구려 위로가 효과가 있었는지, 뺨을 붉힌 표정에서 그늘이 사라졌다.

운 다음이라서 눈이 미묘하게 촉촉해서 마치 사랑에 빠진 소녀 같았다.

이제 괜찮겠지.

"그러면 저와 리자는 세이타카 님의 용건에 동행해서 정보를 모아 오겠습니다."

"저도—."

『기다리게, 카리나 님. 우리가 동행해서는 정보를 모으는데 방해가 될 수도 있어. 지금은 자중해야 하네.』

"—라카 씨."

카리나 양이 우리를 따라오려고 했지만 라카가 말렸다.

그러고 보니 라카도 있었지.

"정보를 모으는 건 맡겨 주세요. 쓸만한 이야기를 얻어 오겠습니다."

나는 카리나 양을 안심시키려고 다시 한 번 웃어 보인 뒤 그 자리를 떴다.

집을 나설 때 아리사에게 들러 카리나 양의 상담을 받아주라고 부탁했다.

나와 리자는 세이타카 씨를 따라「산수의 마을」대로를 걸었다.

이 마을에는 가옥이 180채 정도 있었는데, 인간족의 마을과는 달리 가옥의 크기가 제각각 달라서 보고 있으니 재미있었다.

건축양식도 종족에 따라 특색이 있는 건지, 지붕이나 창문 형태에도 각각의 특징이 있어서 질리지 않았다.

"좋은 마을이네요."

"칭찬 받으면 쑥스럽다호. 자랑스런 마을이다호."

우리가 걷는 속도에 맞춰주는 세이타카 씨와 같이 거리를 구경하면서 과실 가공소로 갔다.

중간에 포치나 타마보다도 작은 요정족 아이와, 나보다도 키가 큰 소거인 아이가 달려갔다.

지구에서는 좀처럼 볼 수 없는 판타지한 풍경이었다. 소거인 아이 어깨에 탄 스프리건 소년이 제일 잘난 척 하고 있던 것이 상당히 인상적이었다.

내일은 다 함께 마을을 관광해야지. 분명히 아리사가 기뻐할 거다.

얼마 안 가서 가공소에 도착했다. 벽이 없고 천장만 있는 공장 같은 곳이었다.

색색의 거대한 과실이 놓여 소거인이 커다란 도끼나 톱으로 가공하고 있었다.

근처에 굴러다니는 짙은 회색 과실을 두드려 봤더니 강철 같은 감촉이었다. 그 옆에 있던 노란 과실은 코코넛 비슷한 수준이었으니 종류에 따라서 다른 모양이었다.

"안 되겠다. 너무 딱딱해. 세이타카 교대해줘."

"어쩔 수 없다호. 잠깐 다녀오겠다호."

도끼로 과실을 깨고 있던 소거인이 세이타카 씨에게 부탁해서 교대했다.

꽤 튼튼한 과실인지 세이타카 씨도 도끼가 튕겨 나와서 고생했다.

"나도 해볼 수 있을까요?"

눈에 띄는 건 좋아하지 않았지만, 이런 체험은 꼭 해보고 싶었다.

신체강화 마법이 있는 세계니까 인간족이 거대한 도끼를 들어도 그렇게 이상하지 않을 거다.

그리고 이 마을 사람들은 바깥세상이랑 교류하는 일도 적을 것 같고, 괜히 소문이 퍼지진 않겠지. 이 마을이라면 미아나 「보르에난의 고요한 방울」의 위광이 통할 테니까.

"아마 못 들 거다호?"

"신체강화 마법 도구가 있으니 괜찮습니다."

오늘도 사기 스킬이 대활약.

나는 거대한 도끼를 빌려서 무게를 확인했다. 내 체중이 가벼워서 도끼의 관성을 감당할 수가 없었다.

벽에 조금 더 가벼워 보이는 얇은 날의 대검이 있어서 그걸 빌려서 단번에 휘둘렀다.

"오오, 굉장하다호. 한 번에 베이는 거 처음 봤다호."

"굉장한 솜씨로구만. 어쩌면『견갑 과실』도 깨는 거 아냐?"

"시험해보자다호. 만약 깨지면 오늘 밤 연회는『견갑 과실』술을 마실 수 있다호."

그들이 말하는 「견갑 과실」은 입구 근처에 있던 짙은 회색 과실인가보다. 강철처럼 딱딱해서 숲 거인이 쓰는 껍질 깨기 기구가 없으면 못 깬다고 한다.

이 「견갑 과실」 술은 맛이 진하고 알코올 도수가 높은 달콤한 술이라고 한다.

혹시 크하노우 백작령의 세담 시에서 마신 증류주 「거인의 눈물」 원재료 아닐까?

나는 내 키보다 커다란 과실을 노려보면서 검을 휘둘렀다.

끝까지 휘두른 검이 맑은 소리를 내면서 부러졌다.

"죄송합니다—."

"역시 『견갑 과실』은 무린가?"

"그야, 그렇지…….."

내가 사과하자 공장 사람들이 낙담했다.

"……어, 어이, 저거!"

그때 한 사람이 「견갑 과실」을 가리키며 외쳤다.

그 목소리를 따라 과실 윗부분에 틈이 커졌다.

"베, 베였다!"

"끝내주는군!!"

"저, 정말이다호! 사토는 검의 명인이다호!"

공장 사람들이 입을 모아서 놀라움과 찬사를 표했다.

나는 바닥에 떨어진 부러진 칼날을 주우며 아까 사과하던 말을 보충했다.

"—검이 부러져 버렸어요."

"상관 없다호. 과실 깨면서 도끼나 대검이 부러지는 건 언제나 있는 일이다호. 나중에 대장간에 과실주를 가져가면 두말하지 않고 수리해준다호. 그건 공장 사람한테 맡기면 된다호."

세이타카 씨가 가볍게 말하며 격려해줬다.

일단 공장 사람들에게도 사과를 했는데, 다들 탓하기는커녕 몇 자루를 부러뜨려도 되니까 다른 「견갑 과실」을 베어 달라고 졸랐다.

그래서 세 개쯤 더 베는 동안 갤러리가 점점 늘어났다.

〉칭호 「대곡예사」를 얻었다.

그 칭호를 얻었을 무렵 웬 개 머리를 한 여성이 공장에 나타났다.

"여기에 달인이 있다고 들었는데, 정말로 『견갑 과실』을 가른 사람이 있어?"

"어허. 코볼트 아가씨구만. 그곳에 절단된 게 잔뜩 굴러다니고 있잖아."

"……저, 정말이네."

헤에, 저게 코볼트구나.

조금 핏기가 없는 창백한 피부의 개 머리 종족 같ー 아니군. 저 머리는 뭔가 뒤집어 쓴 거네.

"이 검을 써봐. 코볼트가 벼린 청강(靑鋼) 대검이다."

내 앞으로 온 소녀가 잡아먹기라도 할 듯한 기세로 휘어진 대검을 내밀었다.

송곳니가 짐승처럼 튀어 나왔다. 가죽탈 같은 것 때문에 얼굴이 안 보였지만 입가는 미인이군.

나는 그녀에게 받은 검을 뽑았다. 참 예쁜 검이었다. 자루에는 손을 보호하기 위한 가드가 달려 있었고 한쪽 날에 약간 휜 형태. 좀 길어서 양손으로 들어야 하지만 이른바 곡검^{사베르}의 일종이었다.

그리고 청강이라는 이름처럼 칼날이 약간 파란색을 띠고 있었다.

AR표시를 보니 재질은 「코발트 합금^{청강}」이었다. 내가 아는 코발트 합금 식칼은 평범한 식칼이랑 같은 색이었는데…….

이세계의 소재니까 괜한 태클은 걸지 말아야지.

나는 가볍게 휘둘러서 청강 대검의 밸런스를 확인했다. 무게는 평범한 철검과 비슷했다.

가볍게 심호흡을 한 다음 청강 대검을 들고 「견갑 과실」의 앞에 섰다.

마인을 쓰면 부러지지 않도록 보호할 수 있겠지만, AR표시로 본 이 검의 성능이라면 괜찮을 거라고 판단하고 베어봤다.

"훌륭해."

검을 부러뜨리지 않고 벤 나에게 코볼트 소녀가 찬사를 보냈다.

"좋은 검이네."

나는 검에 약간 묻은 수액을 떨쳐낸 다음 칼집에 넣고 그녀에게 돌려주었다.

"검사 양반. 그 실력을 믿고 부탁을 하고 싶다. 소생을 드워

프들이 사는 보르에하르트나 엘프 님들이 거하시는 보르에난 숲까지 데리고 가줬으면 한다. 보수는 이 청강 대검 『창아(蒼牙)』다."

소녀가 필사적인 표정으로 말하더니 칼집에 든 대검을 이쪽으로 내밀었다.

꽤 무거울 텐데 근력이 대단하네.

"이유를 물어봐도 될까?"

그녀의 어조로 미루어 엘프 마을에 무슨 성가신 일을 떠넘기려는 것은 아니란 건 알겠다. 하지만 급한 용건이라면 느긋하게 관광을 하는 우리들 여행에 동행시킬 수 없었다.

그럴 바에야 숲 거인에게 장로 참새 한 마리를 빌려서 날아가는 게 빠르다.

여기서는 말하기 어렵다고 해서 리자와 함께 공장 뒤쪽에 가서 이야기를 나누었다.

"동행을 부탁하는 이유는 소생들끼리는 보르에난 숲에 도착하기 어렵기 때문이다."

그렇군. 코볼트는 세 명밖에 없었지. 세 사람 모두 레벨이 낮으니까 가는 길에 경호원이 필요한 것이다.

"보르에난 숲에 가서 엘프를 만나고 싶은 이유는?"

"소생들 코볼트의 존망이 걸려 있다."

"존망?"

"코볼트는 아이가 태어날 때 청정(靑晶)이라고 불리는 보석이 필요한데, 소생들의 광산이 말라 버렸다."

……광산이 말라 버렸구나.

어라? 혹시—.

"크하노우 백작령의 은산을 공격한 이유는 그거야?"

"그렇다. 무노 남작의 집정관이란 남자가 은산 아래 청정이 잠들어 있다고 가르쳐 주었다."

―집정관이라니, 마족이잖아.

맵으로는 검색 못하나?

무작정 산을 검색하기도 힘들고, 근처에서 산출되는 광석만이라도 알 수 있으면 찾기 편할 텐데.

"청정은 은 광맥 곁에서 캘 수 있어?"

"은 광맥 곁에 있다고는 단정할 수는 없다. 그러나 엘프 님이나 드워프의 청은 광산에서는 확실하게 청정을 캘 수 있다."

청강에 청은, 청정이라. 죄다 파란색이네.

미스릴 단검처럼 녹색이면 녹은이라고 하려나?

"저 산수의 잎처럼 아름다운 색이다."

코볼트가 가리킨 잎은 상록수다운 푸른 잎이었다.

혹시 색을 다르게 보는 건가?

나는 로브 안에 손을 넣어 스토리지에 있는 미스릴 단검을 꺼내 그녀에게 보였다.

"혹시 청은이라는 게 이걸 만드는 소재야?"

"호오, 아름다운 단검이다. 그렇고말고. 이 아름다운 파란색을 내는 것이 청은이다."

그러니까 미스릴 광맥을 찾으면 되는 거구나.

어디 보자. 무노 남작령의 산들을 맵 검색으로 찾아봐야지.

시험 삼아서 이 마을에서 가장 가까운 산을 타깃으로 검색해 봤는데. 없었다.

역시 운에 맡겨서는 찾을 수가 없― 아 그렇지! 분명히 원령의 요새에서 얻은 열화 격납 가방 안에 광산후보지 자료가 있었는데.

자료를 검색해보니, 대삼림 안에 그럴 듯한 광맥 후보가 있는 걸 찾았다.

조금 범위가 넓어서 하나씩 순서대로 검색을 해봤는데, 세 번째 산을 검색할 때 미스릴 광맥을 발견했다.

그리고 그 미스릴 광맥 아래쪽 동굴에 청정이란 소재가 있었다.

그러면, 이걸 어떻게 전한다…….

좋아. 사기 스킬 도와줘요.

"청정이 있을지 모르겠지만, 미스릴 광맥이라면 짚이는 데가 있어."

"저, 정말인가!"

"그래. 가면의 은자(隱者)란 의문의 남자가 말했었지."

나는 발치의 땅에 아까 광맥을 발견한 산까지 지도를 그렸다.

"이 산에 사는 은자야. 명검을 얻으려고 산에서 혼자 광맥을 찾고 있다고 했어."

"그렇다면, 이 검을 건네면……."

내가 유도하자 코볼트 소녀가 기뻐하며 일어섰지만 중간에 말문이 막혔다.

"아니, 안 된다. 이 검은 그대에게 주리라고 약속한 것이다. 그밖에는 공구밖에 없으니……."

—성실한 녀석이군.

"나는 정보를 가르쳐준 것뿐이야. 무보수라서 미안하다면 청강으로 만든 공구를 나눠줄 수 있을까?"

"그런 걸로 괜찮겠나?"

"그래. 문제없어."

산에 갈 준비를 한다는 그녀와 헤어진 다음, 방금 한 이야기를 실현시키기 위한 계획을 짰다.

오늘밤 즈음에라도 그 산으로 가서 청정까지 갱도를 파놔야겠다. 「함정 파기^{피트}」 마법을 사용하면 금방이다.

갱도 입구에 통나무 오두막도 만들어서 그곳에 나무 가면이랑 광맥을 양보한다는 뜻을 쓴 종이를 남겨두면 되겠지. 시가국어 문자를 못 읽을지도 모르니까 미스릴 광석이랑 청정 현물을 나란히 둬야지.

오늘 밤은 바쁘겠네—.

그런데 밤이 되기도 전부터 바빠졌다.

「견갑 과실」 술을 퍼내고 안쪽 과육을 공장 사람들과 작은 칼로 깎아내서 맛을 보고 있는데 쿵쿵 땅이 흔들렸다.

결계 바깥으로 원정을 갔던 거인 「땋은 수염」이 돌아왔나 보다.

『노움이여. 히드라의 목을 가지고 왔다. 이걸로 약을 만들어라.』

신장 9미터의 거인이 공장 바깥에 버티고 서있었다. 이름처럼 수염을 어엿하게 땋은 거인이었다.

잠시후 공장 옆에 있는 연금술 가게에서 작은 노움이 뛰쳐나
왔다.

그리고 거인이 땅에 놓은 히드라의 목을 보고는 슬프게 고개
를 저었다.

"땋은 수염 님. 이 목은 쓸 수 없습니다. 중요한 독선이 망가
져서 소재로 써야 할 독이 모두 사라졌습니다……."

『뭣이라고!』

거인의 부조리한 분노 앞에서 노움이 몸을 떨었다. 마을 사
람들도 괜히 분노의 포효에 겁을 먹어 떨고 있었다.

리자도 다리에 힘이 풀려버린 탓에 옆에서 끌어안아 받쳐주
었다.

나는 스토리지 안에 있는 히드라의 시체를 재빨리 체크했다.

안 된다. 내 것도 머리를 분쇄해 버려서 독선이 남아있질 않네.

—아니, 포기하기엔 이르다. 문제는 독이니까.

"노움 양반. 『흑왜석(黑歪石)』 가진 거 있습니까?"

"그렇게 용도가 적은 소재는 없다. 누군지는 모르지만 지금
은 좀 바쁘다."

역시 없구나—.

"검사 양반, 내가 가진 게 있다네."

스프리건 아저씨 한 사람이 말하더니 자기 집으로 가지러 갔
다. 주위 사람들 이야기를 들으니 그는 보석 광맥을 찾는 광맥
꾼이라고 했다.

"노움 양반, 나는 세이타카 씨 집에 신세를 지고 있는 행상인 사토라고 합니다. 내가 『용백석』, 『사혈석』을 가지고 있습니다. 방금 전의 스프리건 양반이 『흑왜석』을 가지고 오면 『만능해독약』을 만들 수 있어요."

내가 씨익 웃으며 말했지만, 노움의 표정은 여전히 어두웠다.

"미안하군. 나는 『만능해독약』처럼 고도의 약은 만들 수가 없다. 내 스승이라면 할 수도 있겠지만……."

이건 예상 밖이군. 설마 못 만들 줄이야.

어쩔 수 없지. 다시 한 번 히드라의 목을 가지고 올 때까지 아이들이 고통 받는 것도 못할 짓이다.

"—그러면 제가 만들죠. 이래봬도 『환상의 숲』에 사는 마녀님의 지도를 받은 사람입니다. 반드시 완성시키겠습니다."

스프리건은 커다란 자루 하나에 『흑왜석』을 잔뜩 채워서 가지고 왔다. 그것을 받고 대가로 중급 회복약 세 개를 건넸다. 험한 직업인데 욕심이 없는 사람이네.

나는 연금술 가게의 설비를 빌려서 「해독약: 만능」을 나무통 세 개에 가득 문제없이 완성시켰다. 약의 규격이 나무통인 건 숲 거인의 덩치가 크기 때문이었다.

리자와 함께 땋은 수염의 어깨를 타고 함께 산수로 갔다.

천천히 걷고 있는 것 같지만 보폭이 커서 자동차와 비슷한 속도가 나왔다.

리자는 높은 데를 무서워했기 때문에 이동하는 동안 계속 나에게 매달려 있었다. 귀여워라. 이것이 갭 모에란 거구나.

산수로 이동하는 동안 열매가 떨어졌지만, 땋은 수염이 가볍게 손으로 떨쳐냈다. 역시 거인이네.

숲 거인의 거주 구역으로 돌아온 땋은 수염은 돌망치에게 해독약을 구했다고 한 다음 아이들이 있는 방으로 갔다.

돌망치와 어른 거인들도 모두 뒤따라왔다.

땅의 진동이 굉장한 건지, 숲 거인의 거주 구역에서 일하고 있는 브라우니들이 데굴데굴 굴러다녔다.

『약이다. 먹여라.』

『그 인간족은?』

『약을 만들었다.』

『인간족의 약 따위······.』

역시 어머니는 정체 모를 녀석이 만든 약을 아이에게 먹이는데 저항감이 있나 보네.

『사토 공은 엘프인 미아 님을 모시고 왔다. 신뢰해도 좋다.』

돌망치가 보증을 해줬지만 어머니들의 표정은 아직도 안 좋았다.

『그러면 제가 먼저 마셔보겠습니다.』

내가 말하고서 나무통에서 병 하나 분량의 약을 떠서 들이켰다.

어머니들은 그것을 보고 나서야 신용한 건지, 나무통의 약을 아이들에게 먹였다. 아이들이라도 키가 5미터 이상 되니까 사이즈가 굉장하네.

약을 다 마신 아이들은 침대 위에 누워서 축 늘어졌다.

이걸로 나아야 할 텐데, 스테이터스의 독 상태가 해제되지 않았다.

아이들을 지켜보는 숲 거인들 사이에서도 낙담하는 침묵이 퍼졌다.

……이상하네. 약은 분명히 제대로 완성했는데?

하지만 곧 내 의문에 대답하듯이, 아이들의 호흡이 안정되고 표정이 풀어지기 시작했다.

아무래도 몸이 너무 크고 독이 만성이었던 탓에 효과가 발휘되는데 시간이 걸린 모양이었다.

AR표시된 그들의 스테이터스 상태가 「독/히드라【만성】」에서 「수면」으로 바뀌었다.

중독 상태가 오래 되어 몸이 약해진 탓인지, 아이들은 그대로 잠들어 버렸다.

나보다 조금 늦게, 방에 있던 주치의 노움이 인물감정 스킬로 아이들의 독 상태가 해제된 것을 확인했다.

숲 거인 어머니들이 차례차례 허그와 키스로 감사를 표했지만, 사이즈 차이가 이 정도로 굉장할 줄은 몰랐다.

몸이 침으로 끈적거리고, 카리나 양의 몇 배나 되는 바스트에 질식할뻔했다. 기쁘다기보다는 낮잠 자면 잠이 잘 올 것 같다는 감상밖에 안 들었다.

〉칭호 「숲 거인의 친구」를 얻었다.

숲 거인들이 차분해진 다음에 우두머리인 돌망치가 감사의
말을 했다.

『귀공에게 감사를 표한다. 바라는 것이 있다면 말해 보거라.
우리가 이룰 수 있는 일이라면 뭐든지 들어주리라.』

한 순간 뇌리에 카리나 양의 얼굴이 떠올랐지만 그걸 부탁하
는 건 관두자.

고작해야 열 명밖에 없는 거인들에게 인간족의 도시에서 마
족을 쫓아내달라고 부탁하는 건 염치가 없었다. 그럴 바에야
내가 은가면을 쓰고서 제거하는 게 낫다.

『제 친구의 고향에서 마족이 날뛰고 있습니다―.』

『좋다. 귀공을 위해 우리가 나서서 마족과 싸워주리라.』

땋은 수염이 내 말을 중간에 받아 버렸다. 하지만 역시나 우
두머리인 돌망치는 떫은 표정이었다.

『아니요. 아무래도 그것은 대가로서 과분합니다. 마족을 약
화시킬 수 있는 마법 도구나 마족과 싸울 수 있는 무기가 있다
면 빌려주실 수 있겠습니까?』

『그거라면 좋은 것이 있다. 옛적 프루 제국에서 만들어진 「마
를 봉하는 방울」이다. 한 번 흔들면 마족의 정체를 밝혀내고,
마족의 힘을 얼마 동안 깎아낼 수 있다고 하더군.』

꽤 좋은 거네. 그야말로 카리나 양이 쓰기 좋은 아이템이었다.

프루 제국이란 이름을 들어본 적이 있어서 스토리지를 확인
했더니, 용의 계곡 전리품 속에 그 제국의 화폐가 여러 가지 있
었다. 전에 노인무리에게 들은 오크의 제국이란 건 다른 나라인

가 보다.

노움들이 핸드벨과 마법의 무기가 가득 든 웨건 두 개를 끌고 왔다.

무기는 검, 창, 도끼, 활까지 네 종류. AR표시에 뜨는 성능을 보니 모두 상당한 명품이었다.

그 중에서도 핸드벨과 같은 웨건에 실려온 거대한 검, 거대 도끼, 장궁 셋은 내 스토리지에 있는 각종 성검에는 미치지 못해도 다른 무기와는 격이 다른 성능을 가졌다.

『좋을 대로 무기를 고르거라. 모두 줄 수는 없지만, 무엇을 고르든 귀공에게 도움이 될 것이다.』

허어. 거대한 검은 스토리지에 있는 성검이 더 강하고, 거대 도끼는 내 취향이 아니지. 그렇다면 원거리 물리공격 수단 확보를 겸해서 장궁을 골라봐야지.

『그렇다면, 이 붉은 장궁을——.』

『그것을 고르는가…….』

돌망치가 감개 깊은 듯 말했다.

『그 마궁(魔弓)을 헌상한 스프리건의 마법검사는 미궁에서 「계층의 주인」이라고 불리는 강대한 마물을 쓰러뜨린 증거로 얻은 물건이라고 했다.』

그는 마궁의 유래를 말해주며 웨건에서 마궁을 꺼내 손끝으로 재주 좋게 현을 당겼다.

미궁의 중간 보스 전리품이었구나. 어쩐지 성능이 좋더라니.

『이 마궁은 몇 리 떨어진 바위를 파헤치고, 용의 비늘조차 상하게 할 정도의 위력을 가졌다―.』

돌망치가 마궁의 현을 손가락으로 퉁기자 신비로운 소리가 울렸다.

『그리고, 그 탓에 사용자를 가린다.』

돌망치가 기대를 담은 눈으로 나를 보면서 마궁을 내밀었다.

『작은 사토여. 이 마궁을 당겨보거라.』

나는 장식이 과다한 마궁을 받았다. 붉은색 마법 금속 히히이로카네로 만들어진 활인데, 금색으로 빛나는 오리하르콘 현을 걸어두었다.

가볍게 당기다가 생각지 못한 저항에 놀랐다.

나는 자세를 바로 잡고 진심으로 당겼다. 현이 끊어지지 않을까 걱정됐지만 그건 괜한 걱정이었다.

내가 마궁을 꽉 차게 당겼다가 놓자, 거인들과 하인들이 술렁거렸다.

〉호칭 「강궁의 사수」를 얻었다.
〉호칭 「마탄의 사수」를 얻었다.
〉호칭 「마궁의 주인」을 얻었다.

『훌륭하도다! ―이제부터 그 마궁은 귀공의 것이다.』

돌망치가 만족스레 고개를 끄덕이며 마궁을 가리켰다.

『삼가 빌리도록 하겠습니다.』

『마궁도 귀공을 새로운 주인으로 인정한 것 같군.』

돌망치의 말을 곧이곧대로 들은 건 아니었지만, 어쩐지 마궁 표면의 무늬가 선명해진 것 같았다.

『제법이구나, 사토. 아마도 근력강화 계열 스킬을 사용했겠지만, 지난 700년 동안 거인족 말고 그 마궁을 당긴 것은 귀공이 처음이다.』

『설마 우리들 거인 말고도 당길 수 있는 자가 있을 줄이야.』

다른 거인들도 호쾌하게 미소를 지으며 나에게 찬사를 보냈다.

그때 소거인들이 아이들의 쾌유를 축하하는 술통을 가지고 와서, 자리의 흐름이 연회로 흘러갔다.

『오늘은 연회를 열겠다. 마을 주민들도 불러서 성대하게 축하를 하겠노라!』

『ㅠㅠ오오!ㄲㄲ

아이들이 쾌유해서 기쁜 탓인지 거인들이 이상하게 신이 났다.

갑작스레 열린 연회인데도 마을에서 요리와 참가자가 속속 도착했다.

카리나 양은 참가하지 않았지만, 우리 애들은 유비시로 씨가 데리고 와 주었다.

우리는 거인들 옆에 있는 주빈석에서 연회에 참가했다. 사이즈가 이상한 고기 요리나 과실에 둘러싸인 덕분에 소인이 된 기분을 즐길 수 있었다.

타마랑 포치가 자기보다 커다란 고기에 매달려 함박웃음을 지으면서 깨무는 모습이 인상적이었다.

그것이 부러웠는지, 내가 자리를 비운 틈에 다른 애들도 깨물면서 웃었다.

물론 나도 함께 깨물어서 주위에 웃음을 주었다. 가끔은 체면을 버리고 노는 것도 좋다니까.

거대 과실에 올라타서 과육을 뜯어 먹던 미아랑 아리사가 과실 중간쯤에 고여 있던 과즙에 빠질뻔하는 등, 스케일이 다른 사고가 일어나기도 했다.

거인들에게 산수 열매를 선물로 달라고 농담 섞어서 말했더니 흔쾌히 허락해 주었다.

거인들도 취했는지, 장로 참새가 있는 부근의 열매라면 반 정도 가져가도 된다고 하며 웃었다.

아마 농담이겠지만 반쯤은 진심일 거다.

나는 세담 시에서 산 고급 술통을 한 손에 들고서 여러 종족 사람들과 교류했다.

그 동안 새 수인족어 스킬이나 표범 머리족어 스킬을 얻기도 했고, 그들의 출신지인 대륙 동방의 소국들에 대해서 듣기도 했다.

그때 수렵을 한다는 족제비 수인족 남자가 남는 배를 양보해 준다고 한 덕분에, 돌아갈 때는 호수를 경유해서 강을 유람할 수 있을 것 같았다.

배의 대가는 결계 바깥 호수 위에 출몰하는 「호수 뱀」이라는 ^{레이크 스네이크} 몸 길이 20미터쯤 되는 마물의 토벌이었다. 맵으로 조사했더니 레벨 20쯤 되는 잔챙이라서, 쓰러뜨려도 실력이 들킬 염려 없을 것 같아 그의 의뢰를 받아들였다.

배를 정비하는데 사흘 정도 걸린다고 하니, 적어도 그 동안 마을 관광을 즐겨야지.

파장이 된 뒤, 드라이어드에게 부탁해서 산수의 정상으로 갔다. 익어서 떨어질 법한 열매를 중심으로 반 정도 수확했다.

산수 정상에서 3분의 2쯤 되는 지점에 왔을 때 코볼트의 광맥 탐사 이야기가 생각났다.

"드라이어드 있니?"

내가 산수 줄기를 노크하자, 녹색의 알몸 소녀가 줄기 위에 나타났다.

"왜애~?"

"미안한데 가까운 산으로 전이시켜줄 수 있을까?"

"좋아~. 대가는 받을 거지만~."

내가 광맥이 있는 산을 가리키자, 드라이어드는 흔쾌히 수락했다.

물론 전이하기 위한 마력 공급을 할 때마다 입술을 빼앗겼지만, 알코올이 들어간 탓인지 별로 신경 쓰이지 않았다.

그러면, 광맥 탐사를 해야 하는데……. 예정했던 「함정 파기^{피트}」 마법만 가지고 작업하기는 어려웠다.

중간에 만난 돌이나 바위는 「함정 파기^{피트}」로 구멍을 낼 수가 없다.

돌은 스토리지에 회수하고, 암반은 「마법의 화살^{매직 애로우}」 마법이나 성검으로 굴삭했다.

〉「채굴」스킬을 얻었다.

〉칭호 「광맥꾼」을 얻었다.

〉칭호 「광부」를 얻었다.

〉칭호 「광산기사」를 얻었다.

새로운 스킬의 지원 덕분에 지금 가진 마법이나 도구를 써서 가능한 최적의 방법이 떠올랐다.

낙반을 막기 위해서 구멍을 비틀었다. 원통을 나선 모양으로 늘어놓는 식으로 땅을 파고, 세로 원통에서는 전투 망치로^{워 해머} 발치에 구멍을 뚫었다.

다음은 그걸 반복했다.

이 작업을 할 때 미스릴 광석이나 은 광석, 그리고 코발트가 함유된 광석을 찾았다. 마지막 광석은 독성이 있으니 독 내성이 있는 나 같은 사람이 아니라면 주의가 필요했다.

한 시간 뒤에 청정이 있는 공동에 도달했다.

그리고 공동에 들어가 봤더니—.

"이게, 청정이구나. ……예쁘네."

무심코 혼잣말이 나올 정도로 환상적인 광경이었다.

동굴 안에 수정이 있는 건 TV 방송 같은 데서 본 적이 있었지만, 이 청정은 빛을 반사하는 게 아니라 안쪽에서부터 파란 빛이 나오고 있었다.

—아니, 빛나는 건 청정이 아니었다.

나는 청정 한 덩이를 회수해서 그 아래쪽에 하얗게 빛나는 빛 광석 덩어리를 채취했다. 이 광석을 부숴서 가공하면 빛 가루를 만들 수 있었다. 빛 가루는 조명계열 마법 도구에 쓰는 LED 같은 소재였다.

왜 이런 땅 속에 빛 광석이 있는 건지는 의문이네.

내가 가진 마법 도구 관련 자료를 보면 해가 잘 드는 깊은 산 속에만 있다고 했는데…….

모르겠다. 모순을 추궁하는 건 학자한테 맡겨야지.

부록도 있었지만 목적한 물건을 확인했으니 표식을 새긴 바위로 동굴 입구를 막았다. 공기가 유입되면 청정이 열화 될지도 모른다는 걸 이제 와서 깨달았다.

지상으로 돌아와서 갱도 입구에 작은 통나무 오두막을 만들었다.

방대한 근력치와 벌채 스킬, 그리고 쓰잘데없이 잘 드는 성검 엑스칼리버를 썼더니 5분도 안 걸려서 재료가 모였다. 물론 스토리지의 운반력이 없었다면 자재 준비도 어려웠을 것이다.

더욱이 목공 스킬과 새로 얻은 건축 스킬을 활용하자 불과 한 시간 만에 오두막을 완성시켜 버렸다. 내가 한 거지만 너무 치트 아냐?

나는 세담 시에서 산 책상을 오두막 안에 두고, 그 위에 동굴 입구에 남긴 것과 같은 표식을 그린 종이를 놓은 뒤에 청정과 미스릴 광석을 올려 눌러 두었다.

이 산 주변에는 아무도 살지 않는 모양이니 코볼트들이 발견하기 쉽도록 생나무를 쌓아서 좀 태웠다. 물론 불이 번지지 않도록 조심했다.

◆

"안녕하세요. 주인님이 졸려 보이시는 건 처음 보는 것 같아요."

"루루도 안녕? 아침까지 힘 좀 썼거든."

무노 남작령에 온지 20일째 아침. 아무렇지도 않은 표정으로 산수의 연회장으로 돌아온 나를 루루가 밝게 웃으며 맞이해 주었다. 어젯밤 연회가 어지간히 즐거웠는지, 밤을 새운 피로가 날아가 버릴 정도로 멋진 미소였다.

우리는 마을 사람들과 함께 어제 연회를 벌인 곳에 있었다. 어젯밤에 먹고 남은 걸로 아침을 먹기 위해서였다.

"주인님, 수고하셨어요. 황등 과실 주스 드시겠어요?"

"고마워, 루루."

나는 루루가 건네는 산수 열매 주스를 마셨다.

상큼하고 맛있네.

아이들 팀이 접시에 한가득 요리를 담아서 돌아왔다.

"아침까지 힘 좀 썼다는 건……. 서, 설마 거인족 언니들이랑 야한 짓을 한 건 아니겠지!"

"우웅. 파렴치."

루루하고도 같은 이야기를 했었는데 어째서 그런 이상한 해석을 하는데?

"켕기는 일은 안 했어. 평범하게 육체노동을 했다구."

나는 근거 없는 비난을 흘려버렸다.

어제 한 일은 열매 낙하에 의한 마을 피해와 관련된 대책과 코볼트 출산문제에 대한 대책 마련이었다. 제법 세상을 위해서 노력했건만 이런 푸대접을 받다니.

"사, 사토."

누가 이름을 부르기에 돌아보았더니 어제보다 낯빛이 좋아진 카리나 양이 서 있었다. 유비시로 씨가 데려온 모양이로군.

그녀는 손을 깍지 끼고 내 앞에 서더니 조용하게 말하기 시작했다. 하룻밤 자고 나니 진정이 된 모양이었다.

"그 뒤로 라카 씨와 둘이서 의논해 봤지만 그들이 무엇을 원할지 도무지 알 수가 없었답니다. 그러니까—."

그리고 나와 똑바로 시선을 맞추었다. 이렇게 진지한 표정은 처음 보는군.

"제가 『돌망치』님과 이야기를 해보려고 합니다. 숲 거인들이 바깥 세상에 바라는 것이 있다면 그것을 대가로 마족 퇴치를 도와달라고 부탁하겠어요. 분명히 뭔가 있을 거예요."

카리나 양이 시원스런 표정으로 선언했다.

『그 말이 옳다, 카리나 님. 포기하지 않으면 반드시 길이 열리는 법이지.』

카리나 양의 결의를 라카가 멋지게 격려했다.

……아아. 그러고 보니 어제 자리에 없었지 참. 그래서 아이들의 독이나 방울에 대해서도 모르는구나.

그걸 알고 있는 우리 애들이 뭐라 말하기 어려운 어색한 표정을 지었다.

아리사에게 「아직 얘기 안 했어?」라고 눈으로 물었더니, 역시나 고개를 저으며 「말 안 했어」라고 대답했다.

"그러니까 당신도 정보 수집을 도와주셨으면 한답니다."

―아, 또 「당신」이라고 부르네. 아까는 사토라고 불렀었잖아?

『사토 공은 행상인이니 사람들과 어울리는 것도 능숙하겠지.』

적극적으로 행동하려는 카리나 양의 결심에 찬물을 끼얹기 미안하지만, 아침 식사를 맛있게 먹으려면 사실을 얘기해야겠다.

"그거 말인데요, 사실 어제―."

그때 숲 거인 아이들이 쿵쿵 소리를 내면서 걸어왔다.

『사토.』

『인간족 사토.』

『『『고마워.』』』

고작 하룻밤 만에 회복했는지 숲 거인 아이들이 입을 모아 인사를 하더니 나를 가볍게 붙잡아 올려서 볼에 비볐다.

내가 아니었다면 갈비뼈가 부러질 정도의 괴력이었지만, 나는 조금 답답한 정도로 끝나니까 녀석들이 하는 대로 놔뒀다.

숲 거인 어머니들이 와서 말릴 때까지 계속 그러고 있었다.

"―사, 상당히 가까워 지셨군요."

나랑 아이들의 스킨십을 본 카리나 양이 고개를 갸웃거렸다.

그녀에게 차분하게 설명했다. 그러자 내 설명을 들은 카리나 양이 뭉크 뺨칠 정도로 비명을 질러서 주목을 모았다.

모든 것을 밝히고 마음의 짐을 내린 우리는, 카리나 양의 불평과 기쁨이 섞인 알아듣기 어려운 말을 흘려들으면서 아침을 즐겼다.

그리고 아침 식사를 마친 뒤 카리나 양과 이런 대화를 했다.

"당신은 어째서 그렇게 뭐든지 가볍게 할 수 있는 건가요?"

"운이 좋은 것뿐입니다. 어쩌다가 그들이 필요한 약을 가지고 있었고, 그 대가로 뭐가 좋으냐고 물어보기에 카리나 양의 도움이 될만한 물건을 구해본 거죠."

나는 「마를 봉하는 방울」을 카리나 양에게 건넸다.

눈물을 글썽거리는 카리나 양이 「마를 봉하는 방울」과 함께 내 손을 꼭 쥐었다.

"무노 남작령은 뭘로 보답해야 할까요? 작위? 아니면—."

카리나 양의 얼굴이 점점 다가왔다.

"아리사 철벽 가드."

"응, 철벽."

그때 아리사와 미아 페어가 끼어들더니 카리나 양과 나를 떼어놓았다.

"주인님, 너무 달라붙었어요."

"마스터, 다음 임무를."

그리고 내 손을 루루랑 나나가 잡아끌었다.

나나는 무표정했지만, 루루는 카리나 양에게 질투를 하는 건지 보기 드물게 볼이 부풀어 있어서 어마어마하게 귀여웠다. 스토리지에 잠들어 있는 핸드폰으로 촬영하고 싶을 정도였지

만 그건 어떻게든 자중했다.

조용하다 싶어서 돌아보았더니 리자가 타마랑 포치를 양팔에 들고서 대기하고 있었다.

카리나 양에게 대답을 해야 하는데, 대가라……

작위를 받아서 귀족이 되는 것도 귀찮고, 크하노우 백작 때처럼 영지 안의 마법 두루마리 구입 허가를 받는 게 제일 실용적이겠지?

본래 세계에 있을 때와 같은 나이였다면 카리나 양 같은 마유 미인을 아내로 맞아 귀족이 되는 안정된 루트를 골랐을 지도 모른다.

하지만 모처럼 젊어졌으니까 세계각지의 명소를 관광하거나 이세계의 비경을 탐색하는 쪽을 고르고 싶었다.

"그렇군요. 『마를 봉하는 방울』의 대가는 남작님께 직접 받겠습니다."

대답을 들은 카리나 양이 「직접……」이라고 중얼거리더니 마른침을 삼켰다.

"아, 알겠습니다. 저도 각오를 하겠어요."

그녀는 모기처럼 가늘고 작은 목소리로 그렇게 말했다. 아니 무슨 각오요?

뭔가 착각하고 있는 것 같지만, 오해는 남작을 만난 다음에 풀어도 되겠지?

나는 일행을 돌아보며 본래 목적으로 돌아갈 것을 선언했다.

"그러면 마을 관광 출발하자."

당장에 돌아가서 마족을 쓰러뜨리고 싶다는 카리나 양에게 어젯밤의 배 이야기를 해줬다. 마차 여행보다는 배가 준비되길 기다려서 강을 타고 가는 게 빠르다는 것을 설명하여 관광을 정당화시켰다.

지금 돌아가면 고생해가며 여기까지 온 보람이 없잖아요.

우리는 의기양양하게 출발했지만, 마을에는 지금 아무도 없는 걸 잊고 있었다.

하는 수 없이 목적지를 변경하여 말을 타고 일각수^{유니콘} 무리에게 다가가 보거나, 멀리서 염각수^{쥴라혼}를 구경했다.

우리 세계 전설에 따르면 일각수^{유니콘}는 처녀밖에 못 만지는 짐승이었는데, 내가 만져도 싫어하지는 않았다.

다만 까탈스런 짐승인 것은 전설 그대로라 나와 미아 말고는 등에 타지 못했다.

염각수는 성검 쥴라혼과 꼭 닮은 뒤틀린 뿔을 가진 순백의 염소 같은 모습의 생물이었다.

녀석들은 일각수보다 훨씬 경계심이 강해서, 눈이 좋은 타마와 포치가 알아볼 수 있는 거리까지만 다가가도 도망칠 정도였다.

이 염각수에게는 「단거리 전이」와 「비행」 같은 종족 고유능력이 있어서 다가가기는 어려워 보였다.

다음날부터 배의 정비가 끝나는 이틀 정도는 마을 관광을 했다.

산수 열매 껍질을 가공하는 공장에도 실례했고, 섬유 가공을 체험하기도 했다. 처음에 봤던 「튕기는 과실」의 고무처럼 늘어나는 섬유를 사용한 실을 받아서, 아리사와 함께 속옷이나 양말을 현대풍으로 진화시켰다.

또 「견갑 과실」 껍질이나 히드라의 가죽을 사용한 방어구도 만들어 봤다. 둘 다 가볍고 충격 내성이나 칼날 내성이 뛰어나서 전위 팀뿐 아니라 후위 팀 것까지 만들었다.

후위 팀 것은 바디 슈츠 같은 이너웨어였지만, 방어력은 어지간한 가죽 갑옷의 몇 배라서 만에 하나의 보험으로 삼기에는 충분했다.

참고로 전위의 갑옷은 ^{풀 플레이트 메일} 금속 갑옷보다 방어력이 높았다.

관광을 하는 이틀 동안 무노 시 주변 상황에도 조금 변화가 있었다.

무노 남작령에 온지 22일째 아침에 정기 체크를 해보니 무노 시에서 영지군 1500명이 출격한 것을 발견했다.

언뜻 적게 느껴졌지만 영지의 인구를 고려하면 이상한 숫자였다.

영지군은 빙의 상태인 기사 한 명이 이끌고 있었다. 정신 마법을 쓸 수 있는 분체가 빙의하고 있어서 그런지, 병사들 상태가 모두 「흥분」이었다.

진군하는 방향으로 추측하건대 대삼림 유적에 거점을 두고 있는 대도적단 700명을 토벌하는 게 목적 같았다.

그런데 토벌되는 도적들보다도 영지군 병사들 쪽이 상벌란에 벌이 많이 새겨져 있었으니, 어느 쪽이 악당인지 단정하기는 어려웠다.

그리고 이튿날, 무노 남작령에 온지 23일째 이른 아침.

일과인 영창 연습을 한 다음에 마족 체크를 해보고서 기묘한 점을 깨달았다.

마족의 분체가 대삼림 안쪽에 있는 고블린 마을에 있었는데, 그 주변에 있던 고블린들의 수가 변했다.

열흘 전까지는 750마리 정도였는데 지금은 그 20배가 넘었다. 아무리 그래도 너무 늘었─ 그렇군. 가보 열매로군. 전에 가보 열매를 양산하는 도시가 있었어.

애당초 이 가보 열매는 고블린의 이상 번식 원인을 규명하던 도중에 발견한 식물이었다.

만약 마족이 번식을 위해서 암약했다면 이 숫자도 이상할 것 없나?

그 고블린들이 무노 시를 향해서 이동을 시작하더니 커다란 집단 셋을 형성해 가고 있었다.

무노 시를 지켜야 할 영지군은 대삼림 안쪽에 있는 대도적단의 거점에서 전투를 하고 있었다.

위치로 볼 때 산 속 요새에 있는 노인무리나 아이들은 괜찮을 것 같았지만, 무노 시 주변의 촌락은 난리가 날 것 같은데…….

게다가 번식을 촉진한 게 마족일 테니, 성벽으로 방어하고 있는 무노 시가 무사할지도 미묘했다.

시내에 남아 있는 병사들은 불과 100여명. 무노 시에는 카리나 양의 가족도 있으니 얼른 위험을 알리러 가는 편이 좋겠다.

무노 시 방어전

"사토입니다. 어렸을 때 초능력이 유행했는데 텔레포테이션을 가장 가지고 싶었습니다. 자기가 쓰면 편리할 것 같지만 적이 쓰면 이보다 성가신 능력도 없을 것 같아요."

"드라이어드, 부탁한다."

오늘 아침에 무노 시를 둘러싼 이변을 깨달은 나는 재빨리 애들을 새 장비로 갈아 입혀 출발 준비를 갖추고, 신세를 진 마을 사람들이나 숲 거인들과 바쁘게 작별인사를 마친 뒤에 드라이어드가 만든 「요정의 고리」 안에 있었다.

어린 소녀와 키스하는 걸 몇 번이고 보여줄 수는 없으니 마력 양도는 미리 끝내두었다.

"네~에에. 간다아~."

우리는 드라이어드의 맥 빠지는 대답과 함께 산수 안에 있는 「요정의 고리」에서 무노 시 가까운 숲 속으로 전이했다.

열흘 여정이 삽시간이었다. 나름대로 제약은 있겠지만 드라이어드의 전이 마법은 너무 편리한걸.

어린 소녀와 키스를 해야 한다는 금기를 범할지라도 자주 이용하고 싶을 정도로 편리하다. 거의 위험한 약물에 필적하는 습

관성이 아닐까?

나는 전이 때문에 놀란 말들을 달래며 맵을 확인했다.

여기서부터 무노 시의 외벽까지는 직선으로 5킬로미터 정도 거리였다. 그 사이에는 수확을 끝낸 경작지가 있었다.

성벽 너머의 무노 시는 이쪽 세계에 와서 처음 방문한 세류 시의 두 배 가까운 크기였는데, 인구는 세류 시의 절반 이하였다.

도시 중앙에서 남동쪽 방향에는 작은 언덕이 있었고, 무노 성은 그 언덕 위에 있었다. 성은 3중 성벽으로 둘러싸여 있었는데 점유 면적이 도시 전체의 30퍼센트나 되었다.

도시 배치를 확인하는 김에 마족의 위치도 다시 체크했다.

마족 본체의 레벨이 26으로 떨어져 있었다. 늘어난 분체에게는 자동으로 마커가 달리지 않으니, 마족 본체의 레벨 확인은 필수였다.

레벨 변화로 계산해 보면 집정관과 기사에게 빙의한 것을 빼고도 11개의 분체를 늘렸겠군.

그 가운데 하나가 영지의 남서쪽 방향으로 이동하고 있었다.

방향을 보니 히드라들이 군생하는 곳으로 가고 있었다. 히드라를 써서 MPK— 유도한 마물을 이용한 살육을 노리고 있을 가능성이 있군.

식재료가 늘어나는 건 환영이었다. 히드라 고기가 맛있더라고.

그리고 나머지 10개의 분체들은 뭘 꾸미고 있는 건지 영지군을 바깥쪽에서 포위하는 위치에 자리를 잡고 있었다.

영지군과 대도적단의 전투도 시작됐는지, 오늘 아침에 확인했을 때보다 수가 줄었다.

나는 몇 초 만에 모든 체크를 마치고 맵을 닫았다.

"여, 여기는?"

"무노 시 근처 숲입니다. 저기, 수풀 너머로 무노 시의 외벽
이 보이죠?"

내가 말하자 카리나 양뿐 아니라 다른 애들도 말 위에서 내가
가리킨 방향을 보았다.

"저, 정말이로군요……. 도대체, 당신은 정체가 뭔가요?"

"그냥 행상인입니다. 친절한 드라이어드가 이동시켜준 것뿐
이죠."

놀라서 묻는 카리나 양에게 어깨를 으쓱거리며 대답했다.

"그보다도 애써 드라이어드가 빨리 보내줬으니 일단 무노 시
로 갑시다."

"그, 그래요. 당신 말이 맞아요. 출발하겠습니다. 다들 따라
오세요!"

카리나 양이 기세 좋게 말을 돌려서 숲 바깥으로 달렸다.

"카리나. 기다려~?"

"혼자 가면 안 되는 거예요~."

포치와 타마가 그걸 보고서 허락을 구하듯 돌아보았다.

"우리도 가자."

내 지시를 기다리던 일행에게 말하면서 카리나 양의 뒤를 따
라 말을 몰았다.

사실은 마족이 날뛰는 곳에 우리 애들을 데리고 가기는 싫었

지만, 산수의 마을도 히드라의 침입을 허용한 데다가 머리 위에서 거대한 나무 열매가 떨어지는 등, 그리 안전한 곳이라고 하기는 어려웠다. 특히 히드라 침입에는 마족이 연관됐을 수 있으니 마을에 남겨두는 것도 괜히 걱정이었다.

어디 있어도 위험하다면 내 곁에 있는 게 제일 안전하겠지.

고블린들의 대량 발생을 감지했는지, 아니면 영지군이 숲의 대도적단을 퇴치하러 출발한 탓에 수비를 강화한 건지, 무노 시의 문은 닫혀 있었다.

『문을 열라! 여기 계신 것은 무노 남작영애 카리나 무노 님이시다! 어서 문을 열라!』

성벽 위의 병사들에게 외친 것은 카리나 양이 아니라 라카였다.

카리나 양은 낯을 가리고 남성공포증 경향이 있어서 체격이 좋은 병사들에게는 말을 잘 못 거는 모양이었다.

그리고 10분쯤 기다린 다음에야 움직임이 있었다.

정문 옆에 있는 강철제 통용문이 열리더니 병사 몇 명이 밖으로 나왔다. 통용문 너머에는 무장한 병사들 모습이 보였다.

경계가 삼엄하군.

"남작영애라고? 신분을 증명할 수 있는 물건을 보여라."

수염 난 중년 병사가 의심스런 시선으로 카리나 양에게 요구했다.

"증명할 물건?"

"그래. 우리 같은 말단 병사는 남작님 가족의 얼굴 같은 거 몰

라. 가문의 문장이 들어간 반지나 단검 같은 것을 보여라."

카리나 양은 중년 병사의 말을 듣고서 「거만하군요」라고 불만스레 말했지만, 남성이 무서운 것인지 내 뒤로 숨었다.

"카리나 님, 가진 것 있습니까?"

"그거라면 외투의 잠금쇠가 있답니다."

카리나 양이 잠금쇠를 풀어서 나에게 건넸다. 잠금쇠를 잃은 외투 앞이 벌어져서 드레스에 감싸인 마유의 편린이 드러났다.

병사들이 그걸 보고서 술렁거렸다. 당연히 시선은 한 군데 못 박혀 있었다.

역시 마성의 가슴을 가진 여자군. 어마어마한 영향력이었다.

"위병 나리. 이거면 되겠습니까?"

"……이, 이것은."

잠금쇠의 문장을 본 중년 병사가 말을 잃더니 한쪽 무릎을 땅에 짚고 용서를 구했다.

"무, 무례하게 군 점을, 부디 용서해 주십시오—."

카리나 양이 작은 소리로 「용서합니다」라고 하면서 나에게서 잠금쇠를 받았다.

마유가 다시 외투에 가려지자, 주위 병사들 사이에서 낙담하는 한숨 소리가 들렸다.

우리는 중년 병사를 따라서 말을 끌고 통용문을 지났다.

무노 시의 문전광장은 상당히 넓었다. 일반적인 학교 교정만큼은 되었다. 광장 중앙에 있는 메마른 분수 가운데에는 지팡이와 검을 들고 용에 탄 갑옷 차림 기사상까지 있었다.

광장 서쪽 끝에는 유복하지 못해 보이는 사람들이 모여서 누군가의 연설을 듣고 있었다.

"—마왕님의 부활은 가깝다! 멸망의 때를 넘어 새로운 세계에서 삶을 구가하고 싶다면 우리들과 자유의 문호를 두드려야 한다. 그것만이 『마왕의 계절』을 살아남을 수 있는 수단—."

「엿듣기」 스킬이 뒤숭숭한 말을 잡아냈다.

본래 세계였다면 길거리 연극이나 배우의 연습이라고 생각했겠지만, 이쪽에서는 정말로 영주에게 반역한다고 해석할 수 있는 연설이었다.

나는 씁쓸한 표정으로 그쪽을 노려보는 병사에게 무슨 일인지 물었다.

"저 집회는—."

"아아, 『자유의 날개』라는 마왕 신앙자들이야."

으엑. 마왕 신앙이라는 게 있어? 본래 세계에서도 전세기말에는 종말론이 유행했었는데, 세계가 달라도 비슷한 게 있는 법이구나.

"놔둬도 되나요?"

"나쁜 짓을 하는 것도 아니고 실질적인 해는 없지만……."

병사가 어색하게 말을 끊었다.

뒤에 있던 다른 병사가 침이라도 뱉는 어조로 설명했다.

"집정관님이 눈에 띄어도 손대지 말라고 해서 말이지."

"—집정관님이요?"

하기는 마족 집정관이라면 마왕 신앙을 허가할 법하네.

"왕조님이 건국하실 때 국민에게 『신앙의 자유』란 것을 용납했기 때문이라더군."

왕조 야마토의 일본인 의혹이 한층 더 깊어지는군.

"하지만 그건 핑계고, 실제로는 저 연설하고 있는 놈이 공작령 유력상인의 아들내미라서 그래."

아하. 경기가 안 좋은 무노 시에 들어오려는 상인은 적을 테니까 이 이유는 정말로 있을 법하군.

만약을 위해서 확인했는데, 상인 아들이나 동료들에게 상태 이상은 없었다.

마커를 달아줘야 하나 싶었지만 마족을 검색할 때 방해될 것 같아서 관두었다. 검색 키워드에 「자유의 날개」를 추가하여 언제든지 조사할 수 있도록 해둬야지.

우리는 병사 여섯 명에게 앞뒤로 보호를 받으며 성으로 향했다.

이 도시의 메인 스트리트는 폭이 10미터나 되었지만 양 옆의 점포가 닫혀 있거나 빈 땅이 많아서 대도시답기보다는 황량한 인상을 받았다.

"혹시 저 언덕 위가 전부 성이야?"

"그래요, 아리사. 무노 성은 넓이만 따지면 왕성이나 공도의 성에 버금가는 규모랍니다."

언덕 위에 보이는 무노 성은 아리사와 카리나 양의 이야기처럼 대단히 넓어보였다. 맵으로도 확인했지만 언덕 아래서 올려다보니 더욱 크게 느껴졌다.

성문을 지나 구불구불한 경사로를 나아갔다. 계곡 쪽에 틈이 벌어진 낮은 벽이 있는 걸 보니, 유사시에는 여기에 궁병을 배치해서 침략자를 막는 모양이었다.

두 번째 성벽을 지나자, 이번에는 높이 3미터쯤 되는 벽으로 나뉜 사방 30미터의 공간이 몇 개 이어진 구역으로 들어섰다.

시야가 나쁘고 같은 형태의 공간이 미로처럼 이어져 있어서 침략자들의 방향감각을 빼앗는데 도움이 될법한 구조였다.

성의 본동도 보이지 않아서 성에 근무하는 병사들도 익숙하지 않으면 조난자가 생길 지경이었다.

공간으로 이어지는 구역을 빠져 나오자 만 단위의 병사가 주둔해도 될 법한 넓은 공간이 나왔다. 구석에는 병사 숙소 같은 건물이 몇 동 있었다.

마른 해자를 넘고 세 번째 성벽을 지나자 드디어 무노 성의 본동이 보였다.

맵으로 수치는 알고 있었지만 실물로 보니 더욱 거대하게 느껴지는 것이, 사람을 압도되는 위압감이 있었다.

하지만— 좀 낡았다.

본래는 하얀 돌로 쌓은 아름다운 성이었을 듯한데 외벽은 덩굴이 뒤덮은 데다가 일부는 무너졌고 금이 간 곳도 많았다. 또 그을린 흔적도 여기저기에 남아 있었다.

아마도 「불사의 왕(노 라이프 킹)」 젠의 군세와 싸운 흔적이겠지.

"주인님. 저걸 보십시오."

리자가 성의 사방에 서 있는 탑 하나를 가리켰다. 그곳에는 「마포」가 자리를 잡고 있었다.

강가의 노인무리 이야기로는 젠이 파괴했다고 했는데, 마족 집정관이 수리했는지 아래쪽에서 보니 정상적으로 쓸 수 있는 상태 같았다.

전에 원령이 숨어 있던 요새 터의 지하 보물창고에서 본 「마포」와 다를 바 없는 모습이었다.

"리자는 『마포』를 알고 있나요? 아버님이 영주가 됐을 때 철거시킨 것인데, 집정관이 치안 유지를 위해서 다시 설치한 고철이랍니다."

"고철— 부서진 건가요?"

『마족을 쓰러뜨리는데 쓸 수 없을까 조사하러 간 적이 있지만, 제어장치가 통째로 뜯겨 있더군. 아마도 「어둠 마법」이나 「공간 마법」으로 파괴한 것이겠지.』

카리나 양 대신 라카가 내 질문에 대답했다.

만약 파괴한 게 「불사의 왕」 젠이라면 「그림자 마법」을 썼겠지.

과연, 세류 시에서 그림자 채찍을 쓰는 것을 보고 너무 제멋대로라고 생각했는데, 그것도 충분히 조절을 한 거였구나.

"당신이라면 고칠 수 있지 않나요?"

"불가능합니다."

카리나 양이 기대에 찬 눈으로 물었지만, 나는 딱 잘라 부정했다.

자료랑 스킬은 충분했지만, 수리하기 위한 기재나 설비가 없었다. 그리고 민중을 겨눌지도 모르는 대량 파괴 병기를 수리해서 전쟁에 쓰기라도 하면 꿈자리가 뒤숭숭하다.

우리가 본동의 정문에 도착하자, 수수한 남색 원피스 차림의 메이드 몇 명이 먼저 기다리고 있었다. 먼저 온 병사들이 카리나 양의 귀환을 알린 모양이었다.

"카리나 님! 무사하셔서 다행입니다!"

"다녀왔답니다, 피나."

전체적으로 슬렌더한 메이드가 카리나 양과 얼싸안고 재회를 기뻐했다.

손님 앞에서 주인을 얼싸안는 사용인은 문제가 있겠지만, 여기에 그런 걸 신경 쓰는 사람은 없으니 괜찮겠지.

그걸 지켜보고 있는데 타마가 미묘하게 안절부절못하는 기색으로 내 외투 자락을 잡아끌면서 올려다보았다.

"왜 그러니?"

"우우~, 발 밑 이상해~?"

내가 질문하자 타마가 땅바닥을 가리키며 말했다.

"돌아가~?"

"타마, 주인님을 곤란하게 만들면 안 됩니다."

리자가 타이르자 타마는 리자의 다리를 끌어안고 얼굴을 비벼댔다.

내 위기 감지 스킬이나 함정 감지 스킬에는 반응이 없었는데, 타마는 뭐에 겁을 먹은 거지?

맵을 확인하자 지하 감옥 같은 곳에 마족 집정관이 있었다.

아마도 타마는 이 녀석을 감지하고서 겁을 먹은 모양이었다. 야생의 감인지 적 탐색 스킬인지는 모르겠지만 대단하네.

잠시 지나자 부하 메이드 하나가 눈치를 주었다. 그러자 우리 존재를 떠올린 메이드 피나가 무례를 사과하고는, 우리를 무노 남작이 있는 위층 사실로 안내해 주었다.

우리가 안내된 사실은 천장이 높고 무도회를 열 수 있을 정도로 넓었다.

그러나 내부가 한산했고, 안쪽 구석에는 칸막이랑 가구 몇 개가 있어서 방 안에 방이 또 하나 있는 느낌이었다. 역시 너무 넓으면 진정이 안 되나 보다.

그쪽에 다가가자 칸막이 너머에 있는 남작 일행의 모습이 보였다. 흑발에 수염이 난 살짝 통통한 중년 남자와, 카리나 양과 용모가 많이 닮은 흑발벽안의 미녀. 그리고 스무 살쯤으로 보이는, 쓸데없이 상큼하게 생긴 훈남이 소파에 앉아 있었다.

남작, 장녀, 가짜 용사일 것이다. AR표시로 확인할 필요도 없었다.

"아버님, 언니. 다녀왔습니다."

"카, 카리나?!"

카리나 양이 귀환했다는 말을 아직 못 들었는지, 딸의 목소리를 들은 남작이 소파에서 뛰어 오르며 놀랐다.

어지간히도 걱정을 했는지, 사람 좋아 보이는 통통한 얼굴의 눈가가 거무죽죽했다.

"카리나아아아!!"

남작이 휘청거리면서 거의 넘어질 듯 카리나 양의 곁으로 달려왔다.

한편 장녀는 「어머나 어머나」 하는 느낌으로 얌전하게 놀라더니, 훈남 가짜 용사가 내민 손을 잡고 일어나 이쪽으로 걸어왔다.

역시 자매군. 그녀도 한 걸음 디딜 때마다 가슴이 출렁거렸다.

약간 처진 눈매의 그녀는 24세의 독신이었다. 이 세계에서는 조혼이 보통인 것 같으니 귀족 영애치고는 드문 경우였다.

이 정도 미모에 카리나 양에 버금가는 폭유를 가진 그녀를 방치하다니, 주위에 있는 남자들 눈이 많이도 삐었군.

내 사심이 담긴 시선과는 별개로, 카리나 양과 남작이 재회를 기뻐하고 있었다.

"무, 무사히, 잘 돌아왔다."

남작이 카리나 양을 끌어안고 소리 내어 울었다.

"어서 오렴, 카리나."

"소르나 언니."

한 발 늦게 다가온 소르나 양이 두 사람을 가볍게 끌어안은 다음, 카리나 양의 머리칼을 쓰다듬으며 자애로운 목소리로 상냥하게 타일렀다.

"네가 실종된 이후로, 아버님은 밤에도 잠들지 못하고 계속 걱정하셨단다."

"……죄송합니다, 아버님."

카리나 양이 죄송스런 표정으로 남작에게 사과했다.

세 사람 뒤에서 가짜 용사는 가볍게 팔짱을 낀 채 고개를 끄덕이고 있었다. 내 시선을 깨달은 훈남이 이쪽을 향해 윙크를 했다. 이쪽 세계에도 윙크가 있는 모양이군.

뒤에 있던 아리사가 「사토×가짜 용사」라며 썩어빠진 비명을 내지르기에 루루를 시켜서 타일렀다. 내가 직접 말하는 것보다 그쪽이 효과적이다.

우리를 보고 키득 미소 지은 훈남 가짜 용사 하우토가 스스럼 없이 나에게 말을 걸었다.

"처음 보는군. 나는 용사 하우토야."

그는 진짜 용사 마사키 하야토랑 이름이 한 글자 달랐다. 물론 용사 칭호 같은 것도 없었고, 한손검 스킬이나 방패 스킬은 가지고 있었지만 레벨은 고작해야 7밖에 안 되었다.

또한 상태에 이상도 없었고, 상벌란도 깨끗했다.

"용사님이셨군요. 저는 행상인 사토라고 합니다."

"님은 붙일 필요 없어. 하우토라고 불러. 사도님에게 이 성검 쥴라혼을 받아서 용사로 임명됐지만, 본래는 별 볼일 없는 농민이야."

하우토가 자기소개를 하자 아리사가 작게 중얼거렸다.

"—쥴라혼? 시가 왕국의 잃어버린 성검 말야? 진짜야?"

물론 가짜다. 왜냐하면 진짜는 내가 가지고 있으니까.

AR표시를 보니 마검 **쥬랄혼**이었다. 신의 사도로 둔갑한 마족이 준비한 가짜 성검이겠지.

남작이 진정될 때까지 가짜 용사와 이야기를 해보니, 1년쯤 전에 노인밖에 없는 한적한 시골마을에 살고 있던 그의 곁으로 빛에 휩싸인 남성이 나타나더니 그가 용사라고 하면서 성검을 두고 갔다고 한다.

그리고 다음날 집정관이 그를 맞이하러 나타났다. 그 이후로는 성에서 병사들에게 단련을 받고 있다고 한다.

그건 그렇고 가짜 용사는 평범하게 좋은 사람인데? 마족이 그런 그를 가짜 용사로 꾸민 이유는 뭘까?

용사의 명성을 떨어뜨리고 싶다면 좀 더 속물인 녀석을 용사로 내세우는 게 편했을 텐데—.

—아니, 마족은 변신 스킬이 있었지.

척 보기에도 선량한 그를 이용해 신뢰를 모으고, 그 다음에 그로 둔갑하여 일을 꾸미려고 한 걸지도 모른다.

아무래도 좋아. 마족이 뭘 꾸미고 있든 간에 쓰러뜨리면 실행하지 못할 테니까.

소득 없는 추리는 그만 두고 정신을 차려야지.

레이더에 비친 마족 집정관과 빙의 상태인 기사를 가리키는 마커가 이제 곧 이 방에 도착한다.

"뭔가 와~?"

"뭔가 오는 거예요?"

혹시 무슨 실례가 있을까 싶어서 리자의 양 팔에 들려둔 타마와 포치가 나눈 대화였다.

타마가 마족의 접근을 감지한 모양이었다.

"루루는 미아와 아리사를 데리고 저쪽 벽으로 이동해. 나나는 세 사람을 보호하고. 리자, 포치, 타마는 네 사람 앞에 늘어서. 무기를 뽑는 건 내 신호를 기다려라."

"왜 그러지? 사토 군."

갑자기 동료들에게 지시를 내리는 걸 보고 가짜 용사가 의아하다는 듯 고개를 갸웃거렸다.

나는 대답하지 않고 어깨에 걸고 있던 가방을 리자에게 건넸다. 애들 무장은 이 가방 안에 있었다.

그 순간, 마족 집정관이 빙의 상태인 기사를 데리고 문 너머에 나타났다.

『카리나 님! 놈이네.』

"아버님, 잠깐 떨어져 계세요. 라카 씨, 강화를—."

"카리나? 그리고 지금 그 목소리는……."

남작은 상황을 이해하지 못한 채 카리나를 끌어안고 있었다. 카리나는 허리에 찬 주머니에서 「마를 봉하는 방울」을 꺼냈다.

"카리나 님, 무사하셨습니까? 그런데 저기 있는 평민들은 누굽니까?"

집정관은 낯빛이 안 좋고 깡마른 흑발의 남자였다. 그는 카이젤 수염[7]을 손가락으로 퉁기며 이쪽을 한 번 보더니 내 옆에 있는 가짜 용사에게 물었다.

등 뒤의 카리나 양이 있는 쪽에서 파란 빛이 흐르더니 남작과

#7 카이젤 수염 양 끝부분이 꺾여 위를 향하게 기른 콧수염.

소르나 양이 비명을 질렀다.

아마도 카리나 양이 「초강화」된 완력으로 남작을 억지로 떼어 냈겠지.

"집정관! 아니, 마족! 당신의 속셈은 여기서 끝이랍니다."

"카리나 님 무슨 말씀을—."

"문답무용입니다!"

카리나 양이 집정관의 말을 끊고 「마를 봉하는 방울」을 머리 위로 들었다.

그걸 던지지 않을까 경계했는지 호위로 거느린 무자비한 인 상의 기사가 마족 집정관 앞에 끼어들었다.

—방울이 딸랑, 시원스런 소리를 내면서 울렸다.

『MYUWEEEEEN』

정체가 폭로된 마족 집정관이 고주파 같은 비명을 질렀다.

빙의된 기사도 몸에서 반투명한 마족이 반쯤 빠져 나온 상태 가 되더니 무릎을 꿇었다. 금세 기사의 몸속으로 돌아갔지만, 방금 전에 반쯤 빠져 나온 마족도 집정관으로 둔갑한 분체와 같 은 모습이었다. 아무래도 기사에게 빙의된 것도 마족의 분체였 나 보다.

『카리나 님, 지금이네!』

"알겠습니다. 각오하세요!"

라카의 신호에 따라 카리나 양이 마족에게 돌격했다.

먼저 빙의된 마족을 기사의 몸에서 끄집어냈다면 좋았겠지 만, 상대는 고작해야 레벨 1인 마족의 분체였다. 카리나 양이라

면 금세 쓰러뜨릴 수 있었다.

나는 스토리지에서 꺼낸 청강 못을 손 안에 쥐었다.

만약의 사태가 생기면 이 못에 마인을 둘러서 던져야지. 몰래 회수한 다음에 거인에게서 받은 1회용 비장의 수단이었다고 변명하면 문제없겠지?

라카를 통해 강화된 카리나 양이 화살 같은 속도로 마족 집정관에게 접근했다.

"카리나 님, 제정신이십니까!"

뒤에 있는 집정관이 마족이 된 것도 모르는 기사가, 그 속도에 놀라서 연 방패를 들고 카리나 양의 앞을 막아섰다. ^{카이트 실드}

기사의 덩치에 마족 집정관이 완전히 가려졌다.

"방해, 된답니다!"

카리나 양이 기사의 방패에 날아 차기를 먹였다.

그러나 역시 레벨 20의 기사다. 방패를 교묘하게 다루어 카리나 양의 기세를 흘리더니 그대로 대각선 뒤쪽으로 날려 버렸다.

카리나 양이 데굴데굴 굴러갔다. 그때 마족이 또 한 번 울부짖었다.

그녀 대신 처리하려고 방해되는 큰 덩치 기사의 옆으로 돌아갔지만, 마족 집정관의 모습은 없었다. 한 순간 기사의 몸속으로 사라지는 마족의 꼬리가 보였다.

―설마.

"카리나 님, 방울을!"

『무리네, 사토 공. 카리나 님이 기절했네.』

라카의 수호를 받는 카리나 양이 아까 그 정도의 충격으로 기절할 리가 없었다. 방금 전에 마족의 울부짖는 소리가 정신 마법이었겠지.

나는 망설이지 않고 카리나 양 곁으로 달렸다.

아마도 빙의된 마족을 몸 바깥으로 쫓아낼 수 있는 건 이 방울뿐이다.

주운 방울을 흔든 것과, 마족이 기사의 몸을 장악하는 것이 동시였다.

그러나 늦어 버린 모양이었다. 기사와 마족이 어긋나 보이면서 빠져나올 뻔했지만, 한 순간이었다. 금세 기사의 머리가 변형되더니 기괴한 촉수의 집합체가 되어 버렸다. 기사의 종족도 인간족에서 마족으로 변했다. 분체가 둘이었던 탓인지 촉수 머리도 둘이었다.

기사의 몸을 차지한 덕인지 마족의 레벨이 기사와 같은 20이 되었다.

『어린 계집 따위가, 우리들의 계획을, 다 망칠 줄이야.』

어디서 목소리를 내는 건지는 모르겠지만 놈의 분노는 전해졌다.

"마족이여! 네놈의 상대는 나다. 사토 군, 자네들은 남작님을 데리고 이 곳에서 도망쳐라."

가짜 용사가 가짜 성검을 뽑아서 마족을 향해 걸어갔다. 하지만 그 역시 기괴한 모습의 마족이 무서워서 그런지 발걸음은 불안한데다가 손도 떨리고 있었다.

그래도 우리를 안심시키려고 가짜 용사— 하우토가 웃음을 보였다.

과연. 마족치고는 사람을 잘 골랐군. 이 친구가 레벨이 올라서 강해지면 내면에 걸맞은 용사가 될 법한데.

나는 하우토를 이대로 개죽음 시킬 생각은 없었다. 우리도 가세해야지.

이 녀석이 쓰는 마법은 정신 마법뿐이다. 그건 아리사를 시켜서 방해하면 된다.

"리자, 포치, 타마. 마족을 쓰러뜨려라. 나나는 나랑 마족의 공격을 받아내자."

신체강화를 끝낸 나나가 아인 소녀들의 앞으로 나섰다.

아무리 새 장비를 맞춰서 능력치가 올랐어도, 상대의 레벨이 20이나 되니 나나 한 사람에게 방패 역할을 맡기는 건 무리였다. 그래서 나도 전선으로 나섰다.

나나가 둥근 방패를 내밀어서 마족이 휘두르는 검을 막았다.

나는 나나가 막기 쉽도록 마족의 검이 방패에 명중하는 순간을 노려, 놈이 든 연 방패에 앞차기를 넣어 밸런스를 무너뜨렸다.

마족의 움직임이 멈춘 순간을 노려서 리자가 창으로 찔렀지만, 놈이 머리에서 돋아난 촉수를 뻗어서 그것을 막아 버렸다.

그때 뒤로 돌아간 타마와 포치가 마족의 다리를 쿡쿡 찔러서 대미지를 주었다.

놈도 아픔을 느끼는 건지 등 뒤로 검을 휘둘러 두 사람을 쫓아냈다.

두 사람은 그 공격을 피했지만 하우토는 운이 나빠서 명중해 버렸다.

그는 바닥을 두세 바퀴 굴러간 다음에야 멈추었다. 다행히 큰 상처는 아닌지 비틀거리며 일어서더니, 가짜 성검을 들고 다시 전선에 복귀했다.

"아리사, 재밍 맡긴다."

"오케이~!"

마족이 영창에 해당하는 포효를 하는 순간에 아리사가 무영창으로「정신 충격타」마법을 때려 박아 중단하게 되었다.

그 틈에 나나가 이술로「방패」를 전개해서 마족의 공격을 방금 전보다 안정적으로 받아내기 시작했다.

"미아는 치료를 부탁한다. 루루는 미아를 호위해. 총은 쓰지 마라."

"응."

"네, 네엣! 여, 열심히 할게요."

미아가 격납 가방에서 꺼낸 지팡이를 겨누었고, 루루는 떨리는 손으로 가슴 앞에 프라이팬을 쥐어들었다.

총을 못 쓰게 한 이유는 보기 드문 마법 도구를 다른 사람에게 보여주기 싫다는 것도 있었지만, 같은 편을 맞출 위험이 있기 때문이었다.

아리사가 마법을 중단시키고, 리자와 나나가 마족의 정면을 막고, 타마와 포치가 찔끔찔끔 마족의 체력을 깎아냈다. 여느 때와 같은 연계 패턴이었다.

마족 앞에 섣불리 파고든 하우토가 촉수 공격으로 팔이 골절됐지만, 추가 공격을 받기 전에 타마와 포치가 구해냈기 때문에 목숨에 지장은 없었다. 지금은 미아의 치료마법으로 응급처치를 받고 있었다.

나도 정기적으로 「마를 봉하는 방울」을 흔들어 마족의 약체화 상태를 유지했다.

이번에는 타마와 포치가 미스릴 합금제 소검을 가지고 있으니 평소보다 적의 체력을 깎는 속도가 빨랐다.

길어지면 귀찮아 지니까, 나도 가끔 전선에서 발차기를 넣어 마족의 체력을 줄이는 걸 도왔다.

"타앗~! 인 거예요."

마지막으로 포치가 회심의 일격^{크리티컬 히트}을 성공시키자, 마족이 검은 먼지가 되어 금속 갑옷^{풀 플레이트 메일} 틈으로 흩어졌다.

검은 먼지의 기세가 사라지자, 갑주가 바닥에 뿔뿔이 떨어져 내렸다.

"사라졌어~?"

"안쪽의 고기가 없어진 거예요."

"그래도 방심하면 안 됩니다."

마족의 분체가 변화한 쥐가 갑옷 틈으로 도망쳤다.

그러나 방심하지 않고 경계하던 리자가 도망치는 마족 쥐를 마창 도우마로 찔러서 검은 먼지로 바꾸었다.

"리자 굉장해~."

"역시 리자인 거예요!"

타마와 포치가 리자에게 찬사를 보내면서도 주위에 대한 경계를 재개했다.

나도 만약을 위해 로그를 체크하여 마족을 쓰러뜨린 걸 확인하고, 맵을 다시 검색해서 무노 시내에 마족이나 빙의된 자가 없는 것을 파악했다.

"다들 수고했다. 이제 전투 태세를 풀어도 돼."

내가 말하자 아인 소녀들도 경계를 풀고 무기를 넣었다.

"코어~?"

"이쪽에도, 코어인 거예요."

타마가 갑옷 안에 작은 마핵이 남은 것을 발견하고 보고했다. 포치도 리자가 쓰러뜨린 마족 쥐 근처에 떨어진 쌀알 같은 마핵을 주워왔다.

마족도 마물의 일종인가?

세류 시에서 상급 마족을 쓰러뜨렸을 때는 안 남았었다. 하급 마족의 경우도 없었던 것으로 기억한다.

왜 차이가 나는 거지? 신검을 쓴 탓인가?

나는 대답이 안 나오는 의문은 일단 제쳐두고, 벽 쪽에 쓰러져서 제정신을 못 차리는 카리나 양을 회수하여 남작 앞으로 옮겼다.

마족이 쓴 정신 마법의 영향은 아리사가 풀었지만, 아직도 눈을 뜰 기색은 없었다.

"집정관과 기사 에랄이 마족? 자, 자네. 자네는 사정을 알고 있는가?"

"처음 뵙겠습니다, 남작님. 저는 행상인 사토라고 합니다."

나는 당황하던 소심해 보이는 남작에게 인사를 한 다음, 카리나 양을 소파에 눕혔다.

카리나 양을 공주님 안기로 드는 건 나도 득을 보는 것이지만, 그녀의 가족 앞에서 그런 것에 정신이 팔리면 안 되겠지?

"제가 알고 있는 것은 카리나 님이나 라카에게 들은 것뿐입니다만, 그걸 말씀 드리면 되겠습니까?"

"……상관 없다. 그런데 라카란 것은 누구인가? 그쪽 소녀들―."

초췌해진 남작의 시선이 우리 애들한테 향하자마자 딱 굳어 버렸다.

로리콤은 아닐 거고, 뭐지?

"―귀 종족? 서, 설마 사토 공도 용사님인 것인가?!"

남작의 기세에 놀랐는지, 포치랑 타마가 귀를 늘어뜨리고 겁을 먹었다.

그러고 보니 카리나 양도 처음 만났을 때 놀랐었지.

"저는 방금 말씀 드린 것처럼 행상인이옵니다. 물론 제 동료들 중에도 용사는 없습니다."

거짓말은 안 했다. 나는 용사의 칭호를 가졌지만 행상인이니까.

여기에 거짓말을 간파하는 스킬을 가진 사람은 없었지만, 안이하게 거짓말을 해서 라카의 「악의 감지」에 걸리면 위험했다.

『남작 나으리, 라카는 나를 말하는 것이네.』

카리나 양의 펜던트에서 라카의 목소리가 들리자, 남작이 눈을 껌뻑 거리며 놀랐다.

어째서인지 남작은 라카를 모르는 듯 했다. 남작 가문에 선조 대대로 내려오는 가보 같은 거 아니었나?

당황하는 남작에게 라카가 카리나 양과 만났을 때의 일을 설명했다.

라카의 이야기를 대충 정리하면, 카리나 양은 폐허가 된 무노 후작의 이궁을 산책하다가 우연히 바닥이 꺼져 그가 안치되어 있던 숨겨진 방에 도착했고, 그의 새로운 주인이 되었다고 한다.

적당한 지점에서 내가 대화의 궤도를 수정했다.

"남작님, 이야기를 계속해도 되겠습니까?"

"아아, 미안하군. 이야기를 계속하게."

"그러면 실례하겠습니다—."

나는 카리나 양에게 들은 이야기를 남작에게 전했다.

라카를 얻은 그녀는 집정관의 정체가 마족임을 간파하고, 마족을 쓰러뜨리는데 도움을 청하기 위해 산수의 마을로 갔다. 그때 우리와 만났고, 숲 거인에게 아까 그 아티팩트를 빌린 것을 순서대로 이야기했다.

중간에 메이드들이 와서 다른 방을 준비해 주었기 때문에 다들 먼저 그쪽으로 이동시키고, 나와 남작은 이야기를 하던 중이라서 그의 집무실로 자리를 옮겼다.

경비 절약을 위해서인지 이 성에 있는 사용인은 넓이에 비해서 대단히 적었다. 이 집무실에도 문관은커녕 메이드 한 사람도 없었다.

일의 전말을 전한 나는 메이드가 가져다 준 백탕에 향초를 띄운 엷은 향초차로 목을 축였다.

"그런 일이 있었다니……."

"남작님. 이야기는 여기서 끝이 아닙니다. 거인의 마을에 있는 정령님께 들었습니다만, 무노 시에 위기가 다가오고 있다고 합니다."

괜히 솔직하게 맵으로 알았다고 말할 수는 없으니, 정령님—드라이어드에게 들었다고 했다. 여기에는 라카가 없으니까 다소 각색해도 문제없겠지.

"위기?!"

"네. 고블린의 대군이 이 도시 가까운 곳에 대량으로 발생했다고 합니다. 그 수는 만을 넘는 것으로 추정됩니다."

"만 단위……라고?!"

남작은 아연한 표정으로 고개를 숙일 뿐, 대책을 세우거나 대책을 세울 수 있는 부하를 부를 기색도 없었다. 아무래도 위정자로서는 유능하지 못한 것 같다.

나는 그것을 보다 못해 무난하게 제안을 해봤다.

"외람되오나, 근처 촌락에 사는 자들을 시벽 안쪽이나 멀리 피난시키는 것이 좋지 않겠습니까?"

"그, 그렇군! 그게 좋겠어. 얼른 집정관을 불러—."

내가 말하자 남작의 눈동자에 빛이 돌아왔지만, 거기까지 말하고서 집정관이 마족이었다는 것을 떠올리며 말문이 막혔다.

내가 「다른 문관이라도 괜찮지 않을까요?」라고 다시 조언한 덕에 무사히 촌락 사람들을 피난시킬 병사를 파견할 수 있었다.

도적퇴치에 출진한 영지군을 다시 불러들이기 위해서 전령도 보냈다.

무노 시를 지키는 병사의 수가 반이 되어 버렸지만, 그것은 어쩔 수 없었다.

"남작님, 실은 방금 전 이야기도 끝이 아닙니다."

"또, 또, 있는 것인가?!"

마족에 대해서 알아두셔야죠. 아까 그 마족 분체가 끝이라고 생각하시면 곤란합니다.

"네. 이것도 정령님께 들었습니다만, 마족은 아까 그 놈 하나만이 아니라고 합니다—."

말하면서 맵으로 마족의 현재 위치를 확인했다. 분체 하나가 히드라의 서식지 부근에 도착한 것 말고는 전과 다름없었다.

그러나 병사들이나 도적들을 가리키는 광점이 줄어드는 속도가 너무 빨랐다. 벌써 전체의 20퍼센트— 사오백 명 정도밖에 안 남았다.

싸우는 상대가 없어야 할 위치의 병사들도 다쳐 있었다.

아무래도 같은 편끼리 싸우나 본데…….

나는 그들의 상태를 확인하여 원인을 알아냈다.

그들의 상태가 「혼란」이었다. 정신 마법을 쓸 수 있는 분체가 영지군을 둘러싸고 있는 이유는 이걸 노린 거였군.

악인을 구하러 갈 의리는 없었지만, 이런 식으로 사람들이 죽는 것을 보게 되니 기분이 나쁘다.

재빨리 달려가서 마족을 처리해버리고 싶었지만, 내 다리로도 한 시간쯤은 걸리는 거리다. 유감이지만 때맞춰 갈 수가 없었다.

나는 씁쓸한 기분을 무표정 스킬로 감추고 남작과 대화를 이어 나갔다.

"─히드라의 서식지나 대삼림 안쪽에 있는 도적들 요새에서 다수의 마족을 봤다고 가르쳐 주셨습니다."

"다, 다수의 마족?! ……호, 혹여, 마왕이 현현할 전조인가?!"

마왕이라. 그건 좀 봐주라.

일단 맵을 다시 검색해봤지만, 영지 안에 마왕의 칭호를 가진 사람이나 아리사처럼 스킬이 「불명」인 녀석은 없었다. 마족들이 배회할 수 있는 맵의 공백지대도 이제 남은 건 남작령의 지하에나─.

─『우우~, 발 밑 이상해~?』

그렇지. 분명히 성에 들어왔을 때 타마가 그랬었다.

그 때는 지하 감옥에 있던 마족 집정관을 말하는 거라고 판단했지만, 설마 지하에 마왕의 알이라도 굴러다니는 건 아니겠지?

"남작님, 그 밖에도 『지하에 주의하라』는 조언을 들었습니다만, 뭔가 짚이는 것은 없으신지?"

나는 「누가」 조언했는지는 숨기고 남작에게 물었다.

"과거에 이곳이 후작령이었을 무렵, 『불사의 왕』[노 라이프 킹]이 성 지하에 있는 도시 핵[시티 코어]의 방에 저주를 걸었다……. 그걸 말하는 것일지도 모르지."

—어어이. 아자씨이.

도시 핵 이야기를 외부인에게 자연스럽게 하지마아! 영주의 최중요기밀이잖아!

나는 무표정 스킬의 도움을 빌려서 내심 태클을 거는 자신을 묵살하고, 서서히 심호흡하여 흐트러진 마음을 진정시켰다.

남작은 자기 실언을 눈치 못 챈 것 같으니 못 들은 걸로 하고서 이야기를 진행시켰다.

"저주 말입니까?"

"그래. 귀족이나 야심을 가진 자가 지하로 가는 계단에 발을 들이면, 서서히 체력과 기력을 빼앗기는 저주에 오염되어 이윽고 죽음에 이르지."

"그렇다면 야심이 없는 신관에게 저주를 풀어달라고 하면 되지 않을까요?"

이미 시험해 봤겠지만 내 호기심 때문에 물어봤다.

"내가 이 땅의 영주로 취임했을 때 공도에서 성녀로 이름 높은 테니온 신전의 무녀장이 찾아 오셨다만, 그녀처럼 마음이 맑은 분조차도 지하로 내려가는 계단의 절반 정도에서 견디지 못하고 돌아오고 말았다."

그 「불사의 왕」 젠이 건 저주니까 녀석이 성불했을 때 풀렸을 것 같기도 한데, 나는 금세 「저주 내성」이 생겨서 평범하게 들어갈 수 있을 것 같기도 하고 말이지.

그건 그렇고 성녀님이라. 분명히 청초하고 가련한 미인이겠지? 공도에 가면 멀리서라도 좋으니까 꼭 보고 싶구나.

"그러면 평민 병사나 문관이 조사하러 가는 건 어떻습니까?"

"무리다. 과거에 내 영지의 평민들 중에서도 가장 담력이 있던 기사 조들이 지하를 조사하러 갔지만, 그조차 계단 절반쯤에서 공황상태에 빠져 도망쳐 나왔지. 평범한 문관들은 지하실 계단에 접근하지도 못했다."

그렇군. 귀족이나 신관에게는 드레인과 저주. 평민에게는 공포구나.

응? 그런데 평민이라도 기사 될 수 있나? 아 그 건에 관해서는 지금은 미뤄두자.

"나도 남작으로 취임했을 때 지하로 발걸음을 향했지만, 도중에 공포에 시달려 지상으로 돌아와 버렸다."

—어라? 그렇다면 남작은 도시 핵을 장악하지 못한 건가?

그래서 맵을 열어 그의 스테이터스를 확인해 보니, 전에 만난 크하노우 백작과 달리 영주의 칭호가 없었다.

어쩌면 영지가 기근인 것도 도시 핵을 써서 의식 마법을 쓰지 못하는 탓일지도 모른다.

맵으로 도시 핵의 방까지 가는 경로를 확인해보았지만 딱히 경비하는 병사는 없었다.

카리나 양에게 빌린 「마를 봉하는 방울」도 가지고 있으니 도시 핵의 방을 견학하는 김에 저주를 푸는 것도 시험해봐야겠네.

그건 그렇다 치고, 마족이 고블린들을 이끌고 공격해올 때 무노 시의 시민이 패닉을 일으키지 않도록 지휘할 수 있는 인재가 없으니 난처한 일이었다.

아리사가 정신 마법과 두둑한 배포로 민심을 안정시킬 수 있을 법 했지만, 그건 마지막 수단이었다.

그렇지. 마족으로 바뀌기 전의 집정관은 어디 있을까?

그 에랄이라는 기사처럼 마족에게 몸을 빼앗겨 살해당한 걸까?

맵으로 검색해서 집정관을 찾아봤지만, 영지 안에서는 걸리질 않아서 남작에게 물어보았다.

"남작님, 진짜 집정관님의 행방은 짚이는 곳이 없으십니까?"

"집정관…… 그렇지. 집정관은 할아범이었다. 아니다. 할아범은 3년 전에 유행병으로 세상을 떴지. 공작님이 후임에 걸맞은 자를 파견해 주셨을 텐데……."

남작이 기억을 더듬었다. 누군가 기억을 지웠는지 집정관의 이름을 떠올리지 못했다.

AR표시에는 상태 이상이 없어서 몰랐는데, 아마도 마족의 정신 마법으로 기억을 조작 당한 것 같군. 나중에 아리사에게 자세한 해설을 들어야지.

무노 시내에 남작 일가 말고 귀족은 한 사람뿐이었다.

"니나 로틀 명예 자작이란 분을 알고계십니까?"

"니나…… 철혈의 니나. 그래. 알고말고. 3년쯤 전에 오유고크 공작이 내 영토에 파견해준 **집정관 후보**다—."

내 질문에 남작이 술술 대답했다. 대답하고 나서야 남작의 표정이 굳었다.

남작령의 집정관이 자작인가?

분명히 자작이 남작보다 높았을 텐데……. 아니, 지금은 됐어.

"—그렇지. 니나 경은 어디에 있지? 내가 그녀의 손을 붙잡고 할아범 대신 잘 부탁한다고 했었는데……."

"아마도 마족이 기억을 지워버린 탓일 겁니다. 만약 니나 님이 건재하시다면 감옥에 갇혀 있지 않을까요?"

내 말을 들은 남작이 방을 뛰쳐나가더니 직접 지하 감옥에 있는 니나 여사를 구하러 가 버렸다.

지하 감옥에는 그 밖에도 신관이나 감정 스킬을 가진 사람들이 투옥돼 있었으니 함께 구해내면 전력이 늘어나겠군.

남작이 방을 뛰쳐나가는 것을 배웅하면서 맵으로 전장을 확인했는데, 내 예상보다 훨씬 빨리 영지군과 도적들이 괴멸했다.

이쪽에서 찾아가 처리하고 싶었지만, 날아서 이동하는 마족과 엇갈려서 우리 애들이 위험해지면 곤란했다.

금세 돌아올 수 있는 거리까지 끌어들인 다음에 상대하는 게 좋겠네.

상대의 움직임을 보고 뒤늦게 대처해야 한다는 사실에 느끼는 바가 없는 건 아니지만, 이야기에 나오는 만능 주인공처럼 하늘을 날거나 순간이동을 할 수 있는 게 아니니까 우선순위를 확실히 정해둬야지.

◆

남작의 뒤를 쫓을까 망설였지만, 남작이 도시 핵을 장악하는
데 도움을 줄 수 없을까 하여 무노 성 지하에 있는 도시 핵으로
이어지는 계단까지 왔다.

계단 앞에는 거창한 문이 있지만 잠겨 있지 않았다. 그래서
그냥 밀어서 열고 들어갔다.

그리고 한 걸음 계단을 디디자마자—.

〉「저주 내성」 스킬을 얻었다.
〉「생명흡수 내성」 스킬을 얻었다.
〉칭호 「성자」를 얻었다.

저주를 견뎠으니 성자란 건가?

뭐 됐어. 나는 저주 내성 스킬과 생명흡수 내성 스킬을 최대
까지 올리고 계단을 내려갔다.

한 걸음 내려갈 때마다 등골이 서늘해졌다. 내성 스킬의 보
조가 있는데도 이 정도라면 보통 사람이 못 견디는 것도 무리
가 아니군.

계단을 절반쯤 내려가자 맵이 바뀌어서 「모든 맵 탐사」로 조
사를 해보았지만, 나선계단의 가장 아래쪽에 방 하나가 있을 뿐
사람도 마족도 없었다.

최하층에 있는 방은 반경 50미터쯤 되는 돔 형태였는데, 조금 높은 중앙에는 파랗게 빛나는 20면체 수정 같은 것이 떠 있었다.

AR 표시에는「도시 핵: 무노」라고 떴다.

도시 핵까지 가는 통로는 계단 수가 적고 경사도 완만했다. 그 주변 통로 말고 다른 장소는 파랗게 빛나는 돌로 만든 수로였는데, 거기에는 투명한 물이 흐르고 있었다.

물이 시원스레 흐르는 소리와 도시 핵에서 들리는 부드러운 고동 같은 소리에 치유를 받으면서 통로를 나아갔다.

통로를 절반쯤 나아가자 땅에서 검고 반투명한 그림자가 나타났다.

『침입자여. 내 이름은「불사의 왕 ^{노 라이프 킹}」젠— 그의 그림자이다. 맑은 자여. 영주로서 적합한 자격을 나에게 보여라.』

—아니, 영주 아니라니까.

AR표시를 보니「저주 혼 ^{커스드 소울}」이라고 떴다. 이게 저주의 핵이겠군.

나는 칭호를「용사」로 바꾸고 스토리지에서 성검 쥴라혼을 꺼냈다. 이건「불사의 왕」젠에게서 받아 그를 성불시킨 성검이었다.

"젠은 성불했어. 너도 이제 역할이 끝났다."

나는 술자에게도 잊혀진「저주 혼」에게 말하고 성검을 휘둘렀다.

성검 쥴라혼이 파란 궤적을 그리면서「저주 혼」을 베었다. 성검에 닿은「저주 혼」이 흐릿해지더니 사라졌다.

영주로서 적합한 자격이 뭔지는 마지막까지 몰랐지만, 성검에 정화되기 직전에「저주 혼」이 보여준 표정은 젠의 마지막처럼 평온했다.

그러면 이걸로 용건은 끝났지만, 기껏 왔으니까 도시 핵을 가까이에서 구경하기로 했다.

『어서 오십시오. 상위영역을 지배하는 왕이여. 이 땅을 위성 도시로 등록하시겠습니까?』

도시 핵이 떠 있는 가장 윗단에 올라서자마자 도시 핵에서 목소리가 들렸다. 에코가 걸려 남자인지 여자인지 구분이 어려운 목소리였다.

〉칭호 「왕」을 얻었다.
〉칭호 「무명왕」을 얻었다.
〉칭호 「용사왕」을 얻었다.
〉칭호 「영주」를 얻었다.

나 영주 아니거든.

나는 시스템 메시지를 로그에 표시하는 누군가에게 마음속으로 태클을 걸었다.

이 「무명왕」이나 「용사왕」이란 건 이름이 공란이고 칭호가 「용사」라서 그런 거겠지.

상위영역이라는 건 「용의 계곡」 원천을 말하는 게 틀림없었다. 최강의 용신이 지배하던 원천이니까.

"등록은 안 해. 이 도시의 영주는 무노 남작이다."

『검색을 실행했습니다. 이 땅에는 무노의 이름을 가진 자가 세 명 있습니다. 재설정을 바랍니다.』

나는 맵으로 조사한 남작의 이름을 도시 핵에게 말했다.

"레온 무노 씨다."

『등록 완료했습니다. 이제부터 영주 레온 무노를 섬깁니다.』

"그래. 잘 부탁해."

『알겠습니다. 이름 없는 왕이여.』

어쩐지 분위기가 어색해서 도시 핵에 손을 흔들어주고 지상으로 돌아왔다.

물론 무노 남작령의 영역에 돌아오면서 이름과 칭호를 본래대로 돌려놨다.

지상으로 돌아온 나는 맵으로 마족의 동향을 확인했다.

영지군과 도적의 전장에는 분체를 통합하여 레벨 36이 된 마족 하나와 빙의 상태인 기사가 한 명, 그리고 마족 곁에 원령이 열다섯이나 있었다.

그것을 확인하는 동안 원령 주위에 움직이는 시체가 차례차례 나타났다.

이건 원령이 가진 「죽음의 종자 창조」란 종족 고유능력이군.

무노 시 앞에 펼쳐진 광대한 경작지의 안쪽에 마물이 들어오면 「불씨 탄환」을 연타해서 화장해 버려야지. 밤을 틈타서 싸우면 정체가 들키지도 않을 거다.

가장 멀리 있던 마족의 분체는 여전히 히드라 서식지를 얼쩡거리고 있었다.

아마도 놈은 히드라에게 빙의하는 걸 노리고 있는 듯하다.
나야 표적이 커지면 쓰러뜨리기 쉬우니 좋지.

무노 시를 향해 이동하던 고블린들은 모두 합류하더니 커다
란 집단 셋으로 나뉘어 진군하고 있었다.

고블린들은 서로 싸워 레벨이 올랐는지, 데미 고블린 로드나
데미 고블린 테이머 같은 특수한 고블린들도 늘어났다.

이름은 강해 보이지만 레벨은 10 정도니까 한꺼번에 처리해
버리면 될듯하다. 고블린들의 이동속도를 생각하면 해가 떨어
지기 전에 도착하겠는데.

◆

"자네가 사토인가?"

메이드를 따라갔더니 침대에서 반쯤 몸을 일으킨 30대 전반
의 여성이 기다리고 있었다. 미인이라고 말하기는 어렵지만
「멋있다」는 말이 잘 어울리는 강직한 여성이었다.

그녀의 침대 옆에는 남작이 의자에 앉아 있었다.

참고로 나만 불려왔다. 이제 곧 고블린들이 보일 테니 우리
애들에게는 미리 무장을 체크하라고 지시했다.

"이런 모습으로 실례해서 미안하군. 집정관인 니나다."

"처음 뵙겠습니다. 행상인 사토라고 합니다."

남작의 이야기를 들어보면 2년 가까이 투옥돼 있었을 텐데,

얼굴은 야위었지만 눈은 강한 의지로 빛나고 있으며 힘차고 허스키한 목소리를 가졌다. 「철혈」이란 별명이 붙을 정도니 대쪽 같은 사람이겠지.

마족이 그녀를 죽이지 않은 이유는 모르겠지만, 어차피 돼먹지 못한 목적이었을 테니 알 거 없겠지.

"자네와 자네의 가신단이 이 영지에 둥지를 튼 마족을 쓰러뜨렸다고 하더군. 감사한다."

니나 여사가 침대 위에서 머리를 숙였다.

"그리고 마족이 더 있다는 건 정말인가?"

"네, 그리 들었습니다."

"그렇군……. 그걸 쓸 수 있다면 마족을 제거할 수도 있을 텐데."

도시 핵을 말하는 건가 했지만 다시 생각해보니 포탑 위에 장식된 고철 마포를 말하는 모양이었다.

그때 전령이 황급히 들어왔다.

"보고합니다! 대삼림 경계에서 고블린 대군을 확인했습니다!"

"고블린 뿐인가?"

"고블린이 타고 다니는 사마귀 형 마물 몇과 본 적이 없는 원통 형태를 한 정체불명의 네 다리 마물이 있었습니다."

나는 맵으로 이미 알고 있었지만, 여기서 밝힐 수는 없었다.

그것은 레벨 27짜리 「바위 발사통」^{록 슈터}이라는 4톤 트럭 사이즈의 네 다리 마물과, 「병사 사마귀」^{솔저 맨티스}라는 레벨 10 후반의 마물이었다.

바위 발사통은 마족이 빙의해 있었지만, 현재는 마족이 몸을 차지했는지 종족이 마족이었다. 스킬이 「정신 마법」뿐인걸 보니 여기에 빙의한 것은 분체였다.

만약을 위해서 영지 안의 마족이나 「빙의」 상태인 것들을 체크했다.

빙의 상태인 기사도 마족이 완전히 몸을 장악해서 마족 기사가 되었고, 움직이는 시체를 이끌며 이쪽으로 오고 있었다. 뜻밖에 이동속도가 빨랐지만, 대삼림을 빠져 나오려면 아마 한두 시간 정도는 걸릴 것이다.

그리고 드디어 히드라에게 빙의하는 것에 성공한 하나가 다른 두 마리 히드라를 데리고 무노 시로 오고 있었다. 거리는 상당히 멀었지만, 비행 속도를 생각해 보면 마족 기사나 움직이는 시체가 도착하는 것과 같은 시간에 도착할 것이다.

일단 바위 발사통이나 마족 기사를 먼저 처리하고, 히드라에게 빙의한 마족 본체를 처리하는 게 좋겠군.

순서를 주의해야겠다. 쓰러뜨리기 직전에 분체와 교대하면 귀찮거든.

니나 여사는 호위병을 수비대에 전령으로 보내고, 방에서 대기하고 있던 불안한 표정의 문관 아가씨에게 영지 정부의 관료에게 지령을 전하라고 지시하여 보냈다.

"나는 전망실로 간다. 자네, 나를 옮기도록 해."

나는 니나 여사를 안아 들고 성의 위쪽에 있는 전망실로 이동했다.

그곳에는 영애 자매와 하우토, 그리고 무장 체크를 마친 우리 애들이 다 모여서 시문 너머를 가리키며 뭐라고 말하고 있었다.

모두의 불안을 반영하듯, 어느샌가 구름이 나와서 태양을 뒤덮어 버렸다.

"사토."

"주인님~?"

내가 온 것을 깨달은 미아와 타마가 돌아보았다.

"숲에서 까만 게 와글와글 나오는 거예요!"

전망실 바깥의 난간을 기어올라간 포치가 숲 쪽을 가리키며 보고했다.

"이 거리에서 용케 보이는구나."

"소르나한테 원견통을 빌린 거예요."

아무리 포치라도 7킬로미터 너머의 형체를 보는 건 무리였는지, 망원경 같은 마법 도구 「원견통」을 썼나 보다.

니나 여사가 카리나 양에게서 원견통을 가로채더니 숲에서 출현하는 고블린 무리를 확인했다.

"엄청난 수로군……."

니나 여사에게 원견통을 받은 남작이 그 광경을 보고 숨을 삼켰다.

남작이 뭔가 결심한 표정으로 나에게 원견통을 주며 선언했다.

"니나 경, 이곳을 맡긴다."

현장을 방치하는 발언이었지만, 남작의 진지한 표정을 보고 모두 다음 말을 기다렸다.

"나, 나는 지하의 방을 장악하러 간다. 그것이, 여, 영주로서 내가 할 역할이다."

남작이 떨리는 어조로 단숨에 말을 마쳤다.

사정을 알고 있는 건 니나 여사뿐인지, 영애 자매는 무슨 뜻인지 모르는 표정이었다.

"……무리일 것 같으면 돌아오도록 해."

니나 여사의 말에 격려를 받은 남작이 메이드들을 거느리고 지하로 향했다.

남작을 따라가려는 소르나 양을 니나 여사가 말려서 이 방에 남았다.

나는 남작을 배웅하면서 맵을 체크하다가 이상한 걸 깨달았다.

니나 여사는 방에서 대기하고 있던 다른 메이드에게 남작이 무사히 돌아올 수 있도록 생명줄과 방울을 준비하라고 명령했다.

방울 소리가 안 나면 지하실 입구에서 대기하고 있던 하인들이 생명줄을 잡아당기는 것이다.

메이드에게 지시를 끝낸 니나 여사에게 내가 말을 걸었다.

"니나 님, 한 가지 질문이 있습니다—."

"뭐지?"

"혹시, 도시 바깥으로 피난하라고 지시하셨습니까?"

"—뭐라고?"

나에게서 원견통을 받은 니나 여사가 정문을 확인했다.

"외벽 정문이 열려 있다?"

정문 부근에는 영지 정부의 고급 문관이나 무관 가족들이 있었다.

그들은 호위병과 함께 무노 시를 탈출하여 오유고크 공작령 방면 가도로 도주하고 있었다.

정문은 병사가 남아있질 않았고, 무노 시로 쇄도하는 고블린들 앞에서 무방비한 모습을 드러내고 있었다.

"이러고 있을 수 없답니다. 문을 닫으러 가야 해요!"

"카리나~?"

"혼자서 가면 위험한 거예요!"

뛰쳐나가는 카리나를 걱정하는 타마와 포치가 나를 애원하듯 올려다 보았다.

"내가 가지. 소르나 님의 동생은 꼭 지켜내겠습니다."

"안 돼요. 하우토는 부상을 입었어요."

하우토가 가짜 성검을 들고 소르나와 대화를 나눴다.

의욕은 좋은데 그 팔로는 방해만 된다. 나는 단순 골절에도 효과가 있는 고품질 하급 체력 회복약을 그에게 건네고 카리나 양의 지원을 자청했다.

"제가 가겠습니다. 하우토 님은 소르나 님과 니나 님을 지켜주세요."

"……알았어. 카리나 양을 부탁해."

내 손을 쥐고 뜨겁게 말하는 하우토에게 고개를 끄덕여 주고, 니나 여사와 소르나 양에게 눈인사를 한 다음 일행을 데리고 방을 나섰다.

물론 전투를 못하는 루루도 함께였다. 성에 두고 가는 편이
더 위험할 것 같거든.

우리가 메인 스트리트를 말로 달리는 동안 고블린들이 시내에
침입했는지, 수많은 시민들이 이쪽을 향해 쇄도하고 있었다.

미아의「급팽창」으로 밀어냈다간 시민들이 다칠듯했다.

"아리사, 부탁한다."

"오~케이! 기피 공간." _{리퍼런트 필드}

아리사의 정신 마법을 받은 시민들이 더러운 거라도 본 것처
럼 우리들 앞을 피해서 달려갔다.

탁 트인 시야 끝에서 고군분투하는 카리나 양과, 고블린에게
붙들려 쓰러진 시민의 모습이 보였다.

카리나 양은 무수한 고블린들에게 둘러싸이면서도 압살 당하
지 않고, 라카의 강인한 수호와「초강화」의 압도적인 부스트에
의지하여 일당백을 하고 있었다.

고블린은 가까이서 보니까 지옥도에 나오는 아귀 같은 모습
이었는데, 털이 없는 검은 피부에 녹색 피가 튀는 걸 보니 참으
로 마물다운 느낌이 들었다.

이족보행을 하지만 언어는 없는 모양인지,「구갸구갸」떠드는
목소리를 들어도 새로운 언어 스킬은 얻지 못했다.

상대가 아인이 아니라 단순한 마물이라면 사양할 것 없지.

"미아, 타마. 녀석들을 노려. 상대는 마물이다. 죽여도 돼."

"응."

"네잉~."

나도 함께 탄 루루에게 고삐를 맡기고 단궁을 연사해서 고블린을 처리했다.

애당초 폭이 넓은 길이라 아리사의 마법으로 시민의 피난경로를 한정했더니 사선 확보가 쉬웠다.

"다들 성으로 도망가!"

아리사가 작은 몸으로 있는 힘껏 외쳐서 시민들을 성으로 유도했다.

"성에는 용사님이 있어! 다들 지켜 주실 거야!"

처음에는 어쩔 줄 모르던 시민들도 용사라는 말을 듣더니 삼삼오오 성을 향해 도망치기 시작했다.

"카리나~."

"가세하러 온 거예요!"

"당신들……."

카리나 양은 원군이 온 것에 감격했지만 그럴 때가 아니었다.

"리자! 고블린을 밀어붙여서 문 너머로 몰아내라."

"알겠습니다! 포치, 타마, 나나. 갑니다."

"아이아이 서~?"

"라져인 거예요."

"명령을 수락합니다."

우리 전위 팀과 합류한 카리나 양이 파죽지세로 고블린들을 유린했다.

나는 후위 팀을 데리고 진군하면서 앞에서 처리 못한 고블린들을 활로 사살했다.

피를 흘리는 시민도 있었지만, 가족으로 보이는 사람이 부축해서 도망쳤다.

성에는 메이드들과 지하 감옥에서 구해낸 신관들이 있으니까 그들이 치료를 해주겠지.

우리는 정문 앞의 병사들과 합류하여 시내로 몰려드는 고블린들을 연계해서 쓰러뜨렸다.

상대가 약한 덕분에 딱히 위험한 사태는 없었고, 반 시간쯤 지나서 문 앞을 제압했다.

"미아, 지금이야!"

"■ ■ ■ ■ ■ 급팽창."

새롭게 문을 통과하려던 고블린들이 미아의 마법이 만들어낸 녹색 증기에 밀려 나갔다.

저 녹색은 먼저 침입한 고블린들이 흘린 피를 기화시킨 것이었다.

"문을 닫아!"

"알겠습니다!"

"네잉네잉~."

"오~, 인 거예요!"

전위 팀, 카리나 양과 함께 나도 정문을 닫는 걸 도왔다.

쿠구구 묵직한 소리를 내면서 정문이 닫히고, 문 옆에 있던

273

병사들이 도르레를 조작해 정문을 고정했다.

정문 앞에 있던 병사들은 고블린이 침입한 것을 발견하고 다른 감시탑에서 달려왔다고 한다.

"좋아. 고정구를 내렸다. 이제 안 밀어도 돼!"

우리는 한숨 돌리고, 정문 앞에 굴러 다니는 100마리가 넘는 고블린들의 시체를 둘러보았다.

우리 애들이 약간 다쳐서 루루와 미아에게 치료를 맡기고, 카리나 양과 아리사를 데리고 정문 옆의 탑을 올라갔다.

정문 위 누각에 있던 병사 다섯 명이 필사적인 표정으로 고블린들에게 활을 쏘고 있었다.

"엄청난 숫자인걸요."

"그렇군요."

"으엑. 꿈에 나올 것 같애……."

정문 너머에는 땅을 시커멓게 메울 정도로 고블린들이 우글거리고 있었다.

마치 패닉 영화에 나올 법한 떼거리였다.

"이렇게 밀집했으니 저 투석기로 공격하면 일망타진할 수 있지 않을까요?"

"없다."

내가 탑 중앙에 배치된 투석기를 가리키며 묻자, 병사가 침이라도 뱉듯이 짧게 대답했다.

"투석용 돌이 없다."

"보충하지 않은 건가요?"

"집정관님이 예산이 없다면서……. 저쪽에 있는 대형 쇠뇌의^{발리스타} 대형 화살도 전에 거미 곰 무리를 격퇴할 때 모두 썼습니다."

카리나 양이 힐문하자, 병사가 분노를 곱씹는 표정으로 대답했다.

마족 집정관이 무노 시 습격 준비를 꽤 많이 했나 보네.

여기서 그들을 탓해봤자 의미가 없으니, 맵으로 아이템을 검색해서 대형 화살과 투석용 돌을 무노 시내에서 검색했다.

─좋아. 어떻게든 되겠네.

나는 치료를 마치고 누각에 올라온 우리 애들한테 다음 지시를 내렸다.

"나나, 심부름 부탁한다. 저 빨간 지붕 집 뒤편에 무구를 다루는 상회가 있어. 그곳에 대형 쇠뇌용 대형 화살이 잔뜩 있으니까 구해와. 평범한 화살도 있는 만큼 확보해 오면 좋고."

나는 외투 안쪽에서 금화가 든 주머니를 꺼내 나나에게 맡겼다.

"마스터. 망원 유닛을 착용하지 않아서 빨간 지붕을 확인할 수 없습니다."

"포치는 보이는 거예요!"

"좋아. 그러면 포치가 나나와 같이 가라."

"네, 인 거예요."

포치와 나나가 화살을 사러 달려갔다.

"리자랑 타마는 저쪽 외벽을 따라서 가면 석재상이 있으니까 그쪽에 가라. 투석기용 돌을 잔뜩 확보할 수 있을 거야."

"알겠습니다. 타마, 따라오세요."

"아이아이 서~."

내가 화폐가 든 또다른 주머니를 건네자 리자와 타마가 탑을 달려 내려갔다.

"루루랑 아리사는 중상자가 나올 때를 대비해서 가까운 여관을 구호시설로 쓸 수 있는지 확인하고 와라."

"오케이~!"

"네, 알겠습니다."

아리사와 루루가 다른 애들 뒤를 쫓았다.

"미아는 나랑 같이 여기서 고블린이 접근하지 못하도록 도와 줘."

"응."

나는 미아와 함께 외벽을 기어오르려고 몰려드는 고블린을 쏴댔다.

"굉장하군. 저 두 사람 백발백중이다……."

병사 한 사람이 감탄하며 말했다.

―아차. 좀 지나쳤나? 앞으로는 다섯 발에 한 발 정도 빗맞혀야지.

"저, 저기. 저는 뭘 하면 좋을지……. 그, 물어도 될까요?"

카리나 양이 조심조심 나에게 물었다. 시민을 구하기 위해서 뛰쳐나온 용감한 여걸의 모습이 쏙 들어가고, 길 잃은 아이처럼 매달리는 눈빛이었다.

"그렇군요. 카리나 님은 일단 성에 돌아가서―."

"시, 싫어요! 저도 여기서 싸울 거랍니다."

내 말을 들은 카리나 양이 반사적으로 거부했다.

"—끝까지 들으세요. 카리나 님은 성에 돌아가서 하우토 님과 성으로 피난한 남자 중 싸울 수 있는 사람들을 모아서 데리고 와주세요."

"……제가 말인가요?"

"그럼요. 이건 카리나 님이 아니면 못하는 일입니다."

"아, 알겠답니다. 그럼 저도 다녀오겠어요!"

카리나 양이 누각에서 뛰어내리더니 파란 잔광을 남기며 달려갔다.

정말이지 너무 저돌적이네. 라카의 「초강화」 덕분에 달리는 게 빠른 건 알겠지만 말 타고 가는 편이 빠르잖아?

문을 닫은 지 1시간.

방어 태세가 상당히 개선되었다.

우리 애들이 무기를 풍부하게 조달해 왔고, 하우토를 중심으로 시민들이 모인 민병 200명이 도착했다. 카리나 양 주변에는 전직 병사였던 메이드들이 무장한 상태로 버티고 있었다.

또한 아리사가 정신 마법 「전의 고양 공간」으로 지원해주고
브레이브 하트 필드
있어서 전력차가 압도적인데도 사기를 유지하고 있었다.

물론 떨면서도 최전선에 서서 민병들을 격려하고 있는 하우토의 모습도 큰 효과가 있었다.

외벽 바깥에는 고블린들이 서로의 몸을 받침대 삼아서 벽을 넘으려는 도전을 되풀이하고 있었지만, 그 때마다 끓는 기름을

흘리는 등으로 격퇴에 성공했다.

더욱이 열세일 때는 수상하게 생각하지 못하는 범위에서 아리사의 정신 마법 「공포」로 겁을 주거나, 「혼란 공간」 마법으로 고블린들이 서로 공격하도록 만들어서 만회했다.

아무도 눈치 못 챘지만, 방위전에서 아리사의 활약은 참으로 눈부셨다. 나중에 아리사가 좋아하는 걸 만들어 줘야겠군.

나로서는 얼른 슬쩍 빠져서 은가면의 용사가 되어 마족 토벌을 하러 가고 싶었지만 좀처럼 찬스가 없었다.

이제 30분쯤 지나면 마족들의 원군이 도착하니까 얼른 기회를 만들어야 하는데…….

"저거 뭐야~?"

"통인 거예요?"

타마랑 포치가 가리키는 쪽을 보니 문에서 700미터쯤 떨어진 곳에 통 같은 형태의 거대한 네발 마물이 보였다.

저건 「바위 발사통」이라는 이름의 마물에 마족이 융합한 녀석이군.

내 위기 감지 스킬이 미약하게 반응했다.

—지평선에서 백광이 빛났다.

바람을 가르는 소리가 들리는 것과 동시에 강렬한 진동이 누각을 흔들었다.

"사토."

"으엑."

밸런스가 무너진 미아와 아리사를 받쳐주고서 무슨 일이 일어난 건지 확인했다.

누각에서 내려다 보니 성벽 아래쪽에 농구공만한 거석이 박혀 있었다. 「바위 발사통」이 뿜어낸 포탄이구나.

일격으로 성벽을 파괴할 정도의 위력은 없었지만 저걸 계속 맞으면 못 버티겠다.

멀리서 고블린들이 「바위 발사통」에 거석을 장전하는 것이 보였다.

―그렇게 몇 발이고 쏘게 놔둘 것 같냐?

나는 장궁에 화살을 메기고 「바위 발사통」을 겨눈 활을 위쪽으로 들었다.

"무모하다. 저기까지 닿을 리 없어!"

궁병이 외치는 소리를 들을 필요도 없었다. 내 사격 스킬이 이대로는 절대로 안 닿는다고 가르쳐 주었다.

이 장궁은 평범한 활이라서 유효거리는 300미터 정도. 명중을 생각하지 않으면 450미터 정도는 날아간다.

따라서 700미터 앞에 있는 적에게는 뭔 짓을 해도 안 닿는다―.

다시 날아오는 「바위 발사통」의 포탄이 정문에 명중하고 우리가 있는 누각을 흔들었다.

"사토?"

미아가 걱정하기에 나는 입 꼬리만 웃어 보이며 대답대신 미소를 돌려주었다.

―그러나, 그건 평범하게 쏠 때 그렇단 얘기고.

나는 메뉴의 마법란에서 「풍압」 마법을 발동하여 누각 위쪽에

279

강력한 뒷바람을 만들었다.

그리고 그 바람에 실어서 재빨리 7연사했다.

강력한 뒷바람을 탄 화살은 「사격」, 「저격」, 「조준」 스킬의 보조 덕분에 「바위 발사통」의 눈 3개와 앞 다리에 차례차례 명중했다.

갑작스런 강풍 때문에 밸런스가 무너진 누각 위의 병사들은 그 광경을 못 봤을 것이다.

고통에 분노한 「바위 발사통」이 다음 포탄을 발사했지만 한쪽 앞 다리에 힘이 안 들어가기 때문에 충분한 각도를 취할 수 없었다.

덕분에 쏘아낸 포탄이 사선에 있는 고블린들을 해치운 다음 땅으로 파고들어 멈춰 버렸다.

좋아, 이제 「바위 발사통」은 잠깐 방치해도 되겠다.

레이더에 비친 고블린들이 어느샌가 문을 통과했다.

아무래도 두 발째 포탄으로 정문에 고블린이 통과할 수 있을 만한 틈이 생긴 모양이다.

누각에서 뛰어 내려간 아인 소녀들과 나나가 정문 틈으로 침입한 고블린들을 적절하게 쓰러뜨렸다.

하지만 누각에 비축된 마법약이 다 떨어져서, 여관에서 대기하고 있는 루루에게 아리사를 보내 약품을 보충해 오라고 시켰다.

"미아도 아래쪽에 가서 애들 엄호 부탁해."

"응."

미아가 고개를 끄덕이고 탑에서 내려갔다.

카리나 양은 라카의 초강화를 살려서 투석기용 거석을 던져 고블린들을 유린하고 있었다. 그녀는 우리 애들이 내려간 것을 보더니 자신을 호위하는 메이드 부대에게 명령했다.

"여러분도 리자를 도우러 가세요."

"그렇지만, 카리나 님!"

"이건 명령입니다."

카리나 양을 지키고 있던 무장 메이드들이 명령에 따라 고블린을 퇴치하러 움직였다.

"이 누각에는 발을 들일 수 없답니다."

동포의 몸을 받침대 삼아서 기어 오른 고블린을 카리나 양이 돌을 던져 격퇴했다.

대량의 고블린들을 쓰러뜨린 덕분인지 카리나 양의 레벨이 5에서 7로 올랐다. AR표시에 나타난 그녀의 경험치 게이지 잔량을 보니 이제 곧 레벨 8로 오를 것 같았다.

"카리나 님, 이제 그만 휴식하시죠."

"저는 괜찮답니다. 당신이야말로 휴식을 취해야―."

카리나 양이 땅에 한쪽 무릎을 짚었다. 이 증상은 레벨 업 멀미군. 병이 아니니까 세 시간 정도 휴식하면 본래대로 돌아간다.

몸이 갑자기 안 좋아져서 불안해하는 카리나 양을 보살피고 있는데 화살과 돌을 나르는 민병들이 올라왔다.

"투석용 돌을 가져왔습니다."

"그곳에 두시면 돼요."

나는 카리나 양을 벽 쪽에 앉히고 민병들을 돌아보았다.

민병들 세 명 중에서 가장 뒤에 있는 녀석을 어디서 봤는데—.

그 녀석이 투구 속에서 입가를 씨익 올리더니 품에서 단검을 꺼냈다.

—광장에서 연설을 하던 마왕 신봉자잖아!

사실 놈이 단검을 뽑기 전에 무력화할 수 있었지만, 굳이 그걸 내버려 두었다.

"무노의 핏줄에게 죽음을!"

마왕 신봉자가 독이 묻은 단검을 허리 높이에 겨누고 카리나 양에게 달려들었다.

나는 그 앞을 막으면서 그녀 대신 칼날을 받은—것처럼 위장하며 그대로 마왕 신봉자를 바닥에 때려눕히고 단검을 뺏었다.

빨간 액체가 튀었지만 마법약에 쓰려고 모아둔 짐승의 피였다.

단검을 잃은 남자를 같이 올라온 민병들이 억눌렀다.

"사토! 기다리세요. 당장 독을 빨아내겠어요."

카리나 양이 힘이 안 들어가는 몸을 채찍질하며 이쪽으로 기어 왔다. 나는 휘청거리는 척하면서 카리나 양과 거리를 벌리고 시내 쪽 성벽에 기댔다.

"크하하하하, 빨아내 보거라! 그건 히드라의 맹독이다. 만지기만 해도 사람을 죽이는 맹독이니 독을 빨아내고 그 남자와 함께 죽으면 되겠군."

……요즘에는 히드라 독이 유행인가?

내 생각은 알지도 못하는 남자가 마구 웃으면서 말 안 해도 될 것을 나불나불 지껄였다.

뒷일은 민병 두 사람에게 맡기면 되겠지.

나는 성벽 위에서 굴러 떨어져, 그 아래 있던 마구간 천정을 부수고 말들의 지푸라기를 날려 버렸다.

"주인님!"

리자가 엄청난 속도로 마구간 벽을 부수고 들어왔다.

리자가 예상 밖의 행동을 해서 놀랐지만 나는 그녀에게 명령을 내렸다.

"리자, 나를 루루가 대기하는 여관으로 옮겨줘."

"알겠습니다."

나를 공주님 안기로 든 리자가 질풍 같은 속도로 달려 여관방에 도착했다.

"주, 주인님, 괜찮아?!"

"그, 그럴 수가."

방 안에 루루와 아리사 둘 말고도 사람들이 있길래 리자에게 귓속말을 하여 내보내도록 했다.

다른 사람이 사라지자, 세 사람에게 연극인 것을 밝혔다.

"놀라게 해서 미안. 나 안 다쳤어."

"노, 놀랐잖아."

"다, 다행이에요~."

리자가 말이 없길래 화가 났나 해서 돌아보니, 눈물을 뚝뚝 흘리고 있었다.

나는 리자를 끌어안고 귓가에 사죄의 말을 속삭였다.

"미안, 리자. 놀랐구나."

나는 세 사람에게 연극을 한 이유를 말하고 알리바이 위장을 부탁했다.

"루루. 이걸 써."

"―마물 퇴치의 성비, 인가요?"

"그래. 이걸 여기서 발동시켜. 이걸 쓰면 만에 하나 문이 돌파 당해도 고블린들은 성비의 정화 영역을 싫어하니까 시내로 들어가기 힘들겠지."

나는 격납 가방과 성비를 건네면서 루루에게 설명했다. 수수하지만 중요한 일이었다.

"부탁한다, 루루."

"네! 열심히 할게요!"

나는 진지한 표정으로 받아들이는 루루의 흑발을 쓰다듬어주고 침대에서 일어섰다.

"하, 하지만 혼자서 마족이랑 싸우는 건 무모해."

"아뇨. 방금 전에는 흐트러진 모습을 보였습니다만, 주인님이라면 괜찮습니다."

"어, 어째서 괜찮은데?"

리자가 나를 돌아보면서 시선으로 묻기에 허가해줬다.

"저는 주인님이 요새를 파괴할 정도로 거대한 히드라를 일방적으로 유린하는 모습을 봤습니다. 아마도 주인님에게 상처를 줄 수 있는 것은 용이나 마왕쯤은 되어야겠지요."

"―그, 그렇게 강해?"

"그래. 그러니까 안심하고 좋은 소식 기다려."

"어, 응. 알았어. 하지만 그래도 다치면 안돼? 쇼타의 매끄러운 피부에 상처가 남으면—."

안심한 탓인지 바보 같은 말을 시작하는 아리사의 머리를 쥐어박아서 말을 막았다.

"무운을 빕니다."

"주인님, 무사히 돌아오세요."

나는 두 사람에게 고개를 끄덕여 준 다음, 은가면을 쓰고 뒷골목으로 뛰쳐나갔다.

등 뒤의 방에 타마와 포치가 뛰쳐들어오는 소리가 들렸다. 나나랑 미아도 뒤늦게 온 모양이다.

걱정해주는 아이들에게 마음속으로 사과하고서, 나는 칭호와 장비를 변경했다.

—그럼, 용사의 시간이다.

◆

나는 남서쪽 외벽을 뛰어넘어서 고블린 군단 좌익 5000마리의 측면을 찔렀다.

언덕 하나를 달려 올라가 멈추지 않고 공중으로 뛰었다.

거기다 「풍압」 마법으로 가속해서 상공 100미터까지 고도를 올렸다.

〉칭호 「하늘을 춤추는 자」를 얻었다.

"—타 올라라."

나는 메뉴의 마법란에서 「불씨 탄환」^{파이어 샷}을 연타해 고블린들을 에워싸듯 태워버렸다.

합계 열여섯 발의 불씨 탄환으로 고블린 좌익의 20퍼센트를 태워버리고, 폭염의 벽으로 둘러싸서 고블린들이 도망칠 길을 없앴다.

이 집단에는 마족이 없었다.

전멸시킬 필요는 없었지만 되도록 수를 줄여둬야지.

나는 좌익 집단과 무노 시 외벽 사이를 달리면서 불꽃의 포위망 안에 추가로 불씨 탄환을 때려 박았다.

병사 사마귀를 탄 데미 고블린 로드가 불꽃 벽을 뛰어 넘으며 나에게 달려들려고 했다.

나는 「짧은 기절탄」^{숏 스턴}으로 병사 사마귀의 날개를 부수어 불꽃 속에 떨어뜨렸다.

미안하지만 잔챙이 상대할 틈이 없거든.

전장 3킬로미터를 시속 100킬로미터의 속도로 달려서 시야 끝에 바위 발사통과 융합한 마족을 포착했다.

거리는 1킬로미터. 조금 멀었지만 이 거리라면 「마법의 화살」^{매직 애로우}이 닿는 거리다.

전력으로 일제 사격한 「마법의 화살」 120개가 바위 발사통 마

287

족에게 쇄도했다.

전에 영지 경계의 요새에서 히드라를 쓰러뜨렸을 때보다도 간단하게 바위 발사통 마족이 구멍투성이가 되었다.

하지만 저렇게 너덜너덜한데도 살아 있었다.

아 그거다. 「하급마법 내성」 효과구나.

—그렇다면.

나는 스토리지에서 꺼낸 강철제 단창을 투척했다.

그 창은 펑! 하면서 바위 발사통 마족의 옆구리에 커다란 구멍을 내며 관통했지만 녀석은 아직도 죽지 않았다.

그러고 보니 세류 시에서 제나 씨가 「마족은 마법이나 마법 무기가 아니면 상처 입힐 수가 없다」고 했었지.

돌이켜보면 마족 집정관을 쓰러뜨릴 때도 다들 보통 무기는 안 썼다.

나는 바위 발사통에게 달려가서 성검 엑스칼리버로 마족을 베었다.

그렇게 끈질기던 놈이 성검이 닿기만 했는데, 맥 빠질 정도로 간단하게 검은 먼지로 변하며 소멸했다. 역시 성검이라니까.

마족이 토벌된 것을 본 고블린들은 숲을 향해 도망치기 시작했다.

손해가 없던 우익 고블린들도 그 녀석들을 따라서 함께 도망치기 시작했다.

그와 동시에 아까 쓰러뜨린 좌익의 고블린들이 있던 대삼림에서 마족 기사가 이끄는 불사의 마물들이 나타났다.

언데드

마족 기사가 검을 휘두르자 불사의 마물들이^{언데드} 이쪽으로 쇄도했다.

개인적으로는 뛰어다니는 좀비라는 것은 받아들이기 어려웠지만, 행군 속도를 생각해 보면 당연한 거였다.

놈들이 접근하기 전에 패주하는 고블린들을 마법으로 공격하여 수를 줄여야지.

메뉴의 마법란을 여는데, 대삼림 안쪽에서 규칙적이고 빠른 진동이 울리는 것이 느껴졌다.

대삼림 안쪽의 나무들이 흔들리는 것이 보인다. 일단 마법란을 닫고서 맵을 열—.

그때 대삼림의 나무들을 으지직 쓰러뜨리면서 거대한 사람이 전장에 뛰어들었다.

『탈리 호!』

—엥?

쿠웅 대지를 흔들면서 도약한 숲 거인이 거대한 전투 도끼를 휘두르며 고블린 집단을 유린했다.

병사 사마귀를 탄 데미 고블린 나이트들이 과감하게 거인에게 도전했지만, 거인이 전투 도끼를 옆으로 휘두르자 병사 사마귀의 가는 목과 함께 두 동강나 버렸다.

거대한 전투 도끼에 마인을 두르고 전장을 달리는 숲 거인. 땋은 수염이었다.

산수의 마을에서 도우려고 굳이 달려왔구나.

『땋은 수염 공. 조력에 감사하오.』

『인사는 인간족의 사토에게 하라.』

그보다 한 발 늦게 숲 거인 세 사람이 나타나서 고블린들을 상대로 학살을 시작했다.

『고블린들의 처리를 맡기겠소. 나는 불사의 마물들을 상대해야 하오.』

나는 땋은 수염의 대답을 기다리지 않고 불사의 마물들을 「불씨 탄환」 마법으로 태웠다.

마상용 창을 든 마족 기사가 이쪽으로 돌격했다. 마족 기사는 빙의한 기사뿐 아니라 말까지 일체화되어 있었다.

나는 「마법의 화살」로 마족 기사를 공격했다.

내 예상으로는 마족 기사가 산산이 부서질 줄 알았는데 생각대로 되지 않았다.

마족 기사가 앞에 든 방패로 막아 버렸기 때문이다.

AR표시를 보니 「절규의 방패^{스크림 실드}」란 거였다. 방패 표면에는 사람 얼굴 같은 모양이 새겨져 있었다.

이번에는 「불씨 탄환」 마법을 썼는데, 그것도 절규의 방패가 막아냈다.

마법이 안 되면 물리로 가면 되지.

나는 스토리지에서 꺼낸 청강 못에 마인을 발생시켜서 돌격하는 마족에게 던졌다.

마족이 내 공격을 막으려고 방패를 들어올렸다.

키잉! 소리가 나면서 마인을 머금은 못이 방패를 꿰뚫고 마족 기사가 말과 함께 땅에 굴렀지만, 녀석을 쓰러뜨리지는 못했다. 아무래도 절규의 방패는 물리적으로도 뛰어난 모양이다.

나는 성검 엑스칼리버를 들고 마족 기사에게 달려갔다.

그리고 성검 엑스칼리버에 마인을 발생시키려다가 이상한 저항을 느끼고 이를 중단했다.

성검이랑은 궁합이 안 좋은가?

마족 기사가 그 틈을 찔러서 생물처럼 움직이는 마상용 창으로 3연격을 날렸다.

나는 반사적으로 성검을 들어 방어했다.

성검에 닿을 때마다 마족 기사의 마상창이 붉은 불꽃을 튀기면서 깎였다.

역시 성검은 마족이나 마족의 무기에 특효를 가졌구나.

나는 절규의 방패를 걷어차서 마족 기사의 자세를 무너뜨렸다.

그리고 무방비하게 드러난 마족의 촉수 같은 머리를 성검으로 베어 토벌했다.

멀리서 괴수 같은 포효가 울리면서 전장을 흔들었다.

보아하니 마족의 본체가 빙의한 히드라가 이쪽으로 오는 모양이다.

히드라 세 마리가 서로 싸우는 듯한 모습으로 전장에 나타났다.

—아니, 정말 싸우는 거구나.

머리가 촉수로 변한 마족 히드라가 평범한 히드라 둘과 공중전을 하고 있었다. 서로의 목을 물고 있어서 곧 추락할 것 같았다.

마침 좋은 기회다. 이대로 쓰러뜨려야지.

나는 스토리지에서 성시(聖矢)를 꺼냈다.

이건 마력이 잘 통하는 흑요석 촉과 산수 가지로 만든 명품이었다. 촉과 대에는 「청액」으로 성검의 마법 회로를 새겨둔 것으로, 내구성에는 좀 문제가 있었지만 한 번 쏘는 데는 충분했다.

스토리지에서 거인에게 받은 마궁을 꺼내 성시를 메겼다. 시험 삼아 만든 세 개밖에 없으니 신중하게 조준했다.

성시에 마력을 한계까지 쏟아서 파란 빛이 흐르는 상태로 만들었다.

그러자 파란 빛을 눈치챈 마족 히드라가 자기 목을 물어서 자르더니 다른 히드라와 떨어져 도망쳤다.

떨쳐낸 히드라 두 마리는 나와 가까운 곳으로 추락했다.

마족 히드라가 꽤 필사적으로 도망치긴 했지만 아무리 빨라도 시속 300킬로미터는 안 되겠지.

시험 삼아 쏘았을 때 이 활의 사거리는 3킬로미터였다. 날아가는 화살은 음속을 넘는다.

―이걸 먹어봐라!

나는 기합을 넣으며 화살을 쏘았다.

마궁에서 발사된 성시가 파란 빛의 궤적을 남기며 하늘을 꿰뚫었다.

성시는 음속의 벽을 깨면서 눈 깜빡 할 사이에 마족 히드라를 따라잡아 검은 먼지로 만들었다.

파란 빛에 밀려난 검은 먼지가 몇 개의 검은 고리를 그리더니 곧 흩어져 버렸다.

한 순간에 마족을 소멸시킨 화살은 계속해서 날아가 흐린 하늘의 구름을 꿰뚫더니, 그 사이로 파란 하늘이 드러났다.

성시의 위력이 예상보다 강한 것에 놀라면서 로그를 확인했다. 로그에 「히드라^{마족}」를 쓰러뜨렸다는 표시가 있었다.

좋아. 제대로 쓰러뜨렸군— 아니 잠깐, 마족의 광점이 레이더에 남아 있었다.

추락한 쌍두 히드라의 머리가 둘 다 촉수로 변해 있었다.

아무래도 스스로 찢어낸 목을 써서 히드라의 몸을 차지한 모양이었다.

또 한 마리의 히드라는 머리가 세 개였는데 추락할 때 각도가 안 좋았는지 죽은 상태였다.

『설마, 진정한 용사가, 나타날 줄이야.』

—오, 말도 하네.

놈이 말하는 동안 맵을 검색해서 마족이나 빙의체가 남은 게 있나 체크해야지.

『그러나, 조금 늦은 것 같구나.』

—이 녀석 말고 다른 마족은 없었다. 빙의 상태인 사람도 없었다.

『이 영지 안을 절망에 가라앉혀, 영민들에게서 모은 원망과 원념을 모두 「혼돈 항아리^{카오스 자}」에 모아서 독기로 바꾸었다.』

어허, 그런 걸 하고 계셨어요?

죽은 히드라의 몸 안도 체크했지만 몸 안에 마족이 침입한 흔적은 없었다.

『어떠냐? 용사. 그 혼돈 항아리가 어디에 있는지, 알고 싶지 않느냐?』

궁금하네. 그래서 맵으로 혼돈 항아리를 검색해봤다.

도망친 영지 정부의 고급 문관이 가진 짐에 있었다.

『이미, 쫓기에는 늦었을 것이다. 혼돈 항아리는 네놈들 인간 족의 손으로 성스러운 제전(祭殿)을 향했다.』

"안 그럴 것 같은데. 그보다 제전이란 게 뭔지 좀 알려줄래?"

내가 반응하자 기분이 좋아졌는지, 마족 히드라가 머리 두 개로 껄껄 웃었다.

『—안 가르쳐줄 것이다. 발버둥쳐라, 용사여. 황금의 폐하가 부활하는 그 때에 실패를 후회하거라.』

그렇군. 「황금의 폐하」란 녀석을 부활시키려고 혼돈 항아리가 필요한 거구나.

이야기로 짐작하건대 마왕 부활 의식에 쓰는 거겠지.

—그러나, 책략가는 책략에 빠져 당하는 법이라고 했거든.

"후회할 필요 없겠는데. 혼돈 항아리는 거기까지 못 갔어."

나는 마족 히드라에게 딱 잘라 대답했다.

혼돈 항아리를 나르던 문관들이 국경 부근에서 도적들 습격을 받아서 전투를 하고 있거든.

자기들 영지의 치안을 나쁘게 만들어 도적들이 넘쳐나게 만든 탓에 계획이 실패하다니. 인과응보라서 꼴 좋다.

『어째서 단언할 수 있느냐?』

"―안 가르쳐줄래."

나는 아까 마족이 한 말을 흉내 내며 대화를 끝냈다.

머리 하나가 분노에 찬 포효를 지르며, 정신 마법 「정신 파괴」를 가까운 거리에서 뿜었다.

약간 위화감을 느꼈지만 정신내성 스킬로 마법에 저항하고 성검 엑스칼리버에 마력을 주입해 강화했다.

성검이 강화되긴 했지만 성시랑은 달라서 마력 충전 한계가 없었다.

마력 용량이 끝도 없는 것이 자랑이라 1,000포인트 정도 충전시킨 다음 날아오르려는 마족 히드라를 베었다.

그때 시체였던 세 머리 히드라가 끼어들었다.

히드라의 등 뒤에는 마족이 만든 원령이 있었다. 이 녀석이 종족 고유능력으로 세 머리 히드라를 불사의 마물로 바꾼 거구나.

나는 막아서는 언데드 히드라를 성검으로 베어서 다시 시체로 바꾼 뒤, 재이용 못하게 스토리지에 넣어버렸다.

이어서 마법란에서 선택한 「불씨 탄환」으로 원령을 태워 버렸다.

마지막으로 날개를 펼치고 이륙한 마족 히드라를 「마법의 화살」 120개로 노렸다.

영지 경계에서 만난 머리 네 개 히드라처럼, 마법의 화살로 마족 히드라의 머리를 고기 덩어리로 만들었다.

그리고는 추락한 시체에서 이탈한 마족을 성검으로 베어 검은 먼지로 바꾸었다.

―아직, 끝이 아니다.

"나와라. 죽은 척은 안 통해."

『용케 눈치 챘구나.』

추락한 시체의 배를 가르고 마족이 나타났다.

AR표시에 나타난 레벨은 36― 그러니까 이 녀석이 정말로 마지막이다.

마족을 베려고 단숨에 도약하여 성검 엑스칼리버를 휘둘렀다.

파란 궤적이 허공을 갈랐다.

―사라졌네?

『무섭기도 하지. 과연 용사다.』

아까 마족 기사를 쓰러뜨린 장소에 마족이 있었다.

염각수의 몸통에서 상반신이 돋아나 있었다. 아마도 마족 히드라의 위 안에 가사상태인 염각수를 숨겨두었던 거겠지.

아까 전이한 것은 염각수의 종족 고유능력인 「단거리 전이」 같았다.

일단 성가신 염각수의 몸을 파괴해야지. 나는 마법란에서 「마법의 화살」을 쏘았다.

그러나 화살은 마족이 가진 절규의 방패에 막혔다.

이걸 회수하려고 전이했구나.

마족은 「단거리 전이」를 두 번 해서 나와 거리를 벌린 뒤 하늘을 날아 무노 성으로 향했다.

나는 성시를 꺼내서 마궁에 메겼다.

성시에 마력을 주입하는 타이밍에 또 다시 「단거리 전이」를 써서 무노 시내로 도망쳐 버렸다.

나는 마력을 모두 주입한 성시를 스토리지에 회수하고 전속력으로 무노 시에 돌아갔다.

레이더 범위 바깥이라서 맵을 열고 쫓아갔다.

내 시선에서 벗어난 틈을 타서 분체를 만들지도 모르니, 방심하지 않고 맵 검색을 반복하면서 쫓았다.

무노 성이 다시 내 시야에 들어왔을 때 마족은 고철 마포가 있는 탑에 있었다.

망가진 마포가 저 혼자서 공중에 떠올랐다.

AR표시에 따르면 「소란령」이었다. 폴터가이스트

─설마 기물까지 불사의 마물로 바꾸다니!

『그곳에서 무노 시가 타오르는 것을 보고 있거라.』

엿듣기 스킬이 저 멀리 떨어진 마족의 목소리를 전해주었다.

마족은 염각수의 몸을 그 자리에서 벗어 던지고 소란령이 된 마포와 융합했다.

─칫. 위치가 안 좋아.

주변에 피해가 적은 「마법의 화살」을 쓰면 절규의 방패에 막힐 거고, 아까 쓴 「성시」는 위력이 너무 강했다.

이 위치에서 「성시」를 쓰면 가까이 있는 성의 본동까지 날려버릴 것 같았다.

『과거에 수많은 도시를 불바다로 만든, 꺼림칙한 마포의 위력을 떠올려 보거라.』

마족의 웃음소리와 함께, 마포가 변형하여 근미래적인 긴 포신을 전개했다.

우리 애들이 위험할지도 모른다는 조바심이 내 사고의 폭을 좁히고, 다른 수단을 모색할 여지를 빼앗았다.

—어쩌지?

우리 애들 안전을 위해서 성에 있는 사람들이 희생되더라도 놈을 제거할까……?

조바심 때문에 사고가 짧아지려는 마음을 억누르고 뒷골목을 달렸다.

—성검이 닿는 거리까지 약 9초.

『원천의 마력이 있는 한, 마포의 포탄은 끝이 없다.』

마포의 포신에 빛나는 입자가 모이기 시작했다.

—위력이 강한데다가 탄환도 무한이냐?

나는 첫 성벽을 뛰어 넘었다.

『그러면, 아름다운 불꽃에 원망의 비명을 지르거라! 우리들의 왕이 부활하는 신호가 되는 것이다!』

마족이 이쪽을 내려다보며 마포의 포신을 무노 시의 정문, 우리 애들이 싸우는 장소로 향했다.

—하는 수 없군.

나는 제2성벽 탑 위에 착지하여 마궁을 꺼냈다.

『이미, 늦었다!』

그러나 갑자기 마포의 포신에서 빛이 사라졌다.

『뭣이? 원천과 접속이?』

계속 띄워둔 맵을 확인했더니, 남작을 가리키는 광점이 도시 핵의 방에 있었다.

나는 마음속으로 저주의 공포를 이겨낸 남작의 용기에 찬사를 보냈다.

그리고 그 마음의 여유 덕분에 깨달았다.

—마포를 부수는 거라면 보통 무기로도 되잖아.

스토리지에서 단창을 꺼내 마포에 투척했다.

한 순간에 잔해가 된 마포에서 소란령이 빠져 나왔다.

그리고 공기가 부웅 떨리더니 하얀 빛의 장벽이 성의 본동을 감쌌다.

『마, 말도 안 된다!』

탑 위에 있던 마족은 방벽에 튕겨나가 공중으로 날아갔지만, 소란령은 방벽에 버티지 못하고 소멸했다.

─도시 핵의 방어벽은 상급 마족의 공격도 몇 번 막을 수 있대.

전에 아리사가 그랬었지?
나는 화살 없는 마궁을 꺼내 마족을 겨누고 당겼다.
마족은 나에게 절규의 방패를^{스크림 쉴드} 내밀었다.

─그렇다면 성에는 피해가 없겠네.

스토리지에서 마력이 충전된 성시를 꺼내 마궁에 먹였다.

─이걸로 체크메이트다.

무노 시의 하늘에 파란 궤적 한 줄기가 생기고, 무노 시를 무
대로 한 마족의 음모가 끝장났다.

새로운 가문 이름

"사토입니다. 현대 일본에서는 일반 가정에도 성씨가 있는 게 보통이지만, 게임 같은 경우는 메타보 씨처럼 성씨를 생각하기 귀찮다는 이유로 일반인에게는 성씨를 안 붙이는 기획자도 있다고 합니다."

마족을 처리한 나는 붉은 외투의 후드를 뒤로 넘기고 긴 금발과 은가면을 사람들에게 드러냈다. 그리고 메인 스트리트를 날듯이 달려 정문으로 향했다.

금색 가발이나 은가면은 빨리 달리는 정도로는 벗겨지지 않는 구조라 문제없었다.

정문에서는 아직 수백 마리 고블린들이 시내로 침입하고자 싸우고 있었다.

정확하게 말하자면 고블린들은 시외에서 날뛰는 숲 거인들에게서 도망쳐오고 있었다.

"■ ■ ■ ■ ■ 급팽창."

<small>벌룬</small>

정문 앞에서 미아의 물 마법이 고블린들을 문 너머로 밀어냈다.

미아 곁에는 아리사와 나나가, 문 옆에는 아인 소녀들과 카리나 양이 있었다. 하우토는 민병들과 함께 시벽의 누각 위, 루루는 여관의 방 안에서 제 역할을 다하고 있었다.

문 너머의 고블린이 던진 돌을 나나의 방패가 막아내고, 아리사의 정신 마법 「정신 충격타^{마인드 블로우}」가 고블린을 녹아웃 시켰다.

미아의 마법에 밀려서 시내에 들어온 고블린은 아인 소녀들과 카리나 양이 쓰러뜨렸다.

다른 민병들은 네 사람을 커버하듯 뒤에서 대기하고 있었다.

나는 마력 회복약을 쭉 들이키는 미아 옆을 달려서 성문 앞에 끼어 들었다.

『카리나 님!』

"누구시죠?!"

"─용사다."

정체를 묻는 카리나 양에게 복화술 스킬로 그윽한 목소리를 만들어 대답했다. 성우 나카지 죠타[8]를 의식했다.

나는 놀라는 카리나 양의 옆을 지나서 「짧은 기절탄^{숏 스턴}」 마법으로 문 너머의 고블린을 날려버리고는 일그러진 강철 문에 손을 댔다.

내가 꾹 힘을 주자 강철 문이 엿가락처럼 변형됐다.

1초도 안 되어 문의 틈이 사라졌다. 모양새는 약간 못났지만 나머지는 나중에 전문가들에게 맡기면 되겠지.

놀라는 카리나 양과 우리 애들 앞으로 돌아가서, 카리나 양에게는 남작과 니나 여사에게 전언을 부탁했다.

"영애여. 남작 나리에게 영지 안의 마족은 모두 멸했다고 전

#8 나카지 죠타 일본의 유명 성우 나카타 죠지의 패러디. 주로 굵고 중후한 목소리로 연기한다. 대표적인 배역으로는 Fate시리즈의 '코토미네 키레이'나 헬싱의 '아카드' 등이 있다.

하라."

일부러 사토와는 다른 말투를 의식했다.

말을 끝낸 나는 누각 위로 도약했다. 한 번에 올라가면 멋있었을 테지만 외벽과 일체화된 탑의 벽을 디딤대 삼아서 삼각점프의 요령으로 누각에 올라갔다.

"잘 지켜냈다. 뒷일은 맡겨라."

나는 하우토 옆에 착지하여 그를 격려했다.

나는 손가락을 벌린 한쪽 손을 고블린들을 향해 내밀고서 「짧은 기절탄」의 비를 쏟아내 유린했다.

나약한 고블린들에게는 이 마법이 제일 효율적이었다.

민병들이 놀라서 술렁거렸지만, 신경쓰지 않고 「짧은 기절탄」과 「마법의 화살」를 난사하여 시외의 고블린들을 철저하게 청소했다.

맵으로는 숲 거인 근처 말고 다른 곳의 적을 확인하여 「마법의 화살」로 저격했다.

방금 막 알게된 사실인데, 이 마법의 사정거리는 2,400미터나 되었다.

나는 정문 바깥에 있던 1,400마리쯤 되는 고블린과 200마리의 움직이는 시체를 다 처리하고서 자리를 떴다. 마족이 만든 원령^{레이스}들은 더 이상 남아있지 않은듯했다.

하우토에게는 아까 카리나 양과 같은 내용을 전하며 남작 곁으로 가서 보고하라고 했다. 정보가 중복되겠지만, 이건 카리나 양과 하우토가 사토의 문안을 들르지 않고 성으로 돌아가도록 만드는 것이 목적이었다.

나는 시외를 향해 도약하여 사람들 앞에서 물러났다.

카리나 양과 하우토는 내 속셈대로 사토의 문안을 하지 않고 성으로 돌아갔다.

시외로 물러난 나는 마족이 말했던 「혼돈 항아리^{카오스 쟈}」를 회수하려고 무노 시에서 7킬로미터쯤 떨어진 산 속의 도적 아지트를 찾아갔다.

도적에게 습격 받은 관료들은 호위와 함께 살해당했고, 돈이 될만한 것들은 모두 빼앗겼다.

그 흉악한 짓을 한 도적들도 호기심을 못 이기고 「혼돈 항아리」의 뚜껑을 열었는지, 모두 공포에 질린 표정으로 변사해 있었다.

도적들을 이대로 방치하면 언데드가 될 것 같아서, 「함정 파기^{피트}」로 만든 깊은 구멍에 넣고 「불씨 탄환^{파이어 샷}」으로 화장했다.

마지막으로 「혼돈 항아리」를 스토리지에 회수하고 그 자리를 떴다.

물론 도적들이 모아둔 보물도 회수했다. 무노 시 부흥에 도움이 되겠지.

나는 저녁놀을 받으면서 전장으로 돌아왔다.

무노 시 주변에는 움직이는 시체가 되었던 주검과 마물의 시체가 저물어가는 저녁 해를 받으며 무상함을 부각시켰다.

나는 묵도를 하고서 지나가려다가 퍼뜩 깨달은 것이 있었다.

이대로 방치했다가 시체독이 돌면 안 되지.

옛날에 전국 시대로 타임슬립하는 소설을 읽었는데, 그곳에서 분명히 시체를 정리하다가 목숨을 잃는 마을 사람들이 나왔었다.

—이건 치트 기술인 맵이랑 스토리지를 의지해야지.

맵으로 시체들을 마킹해서 레이더에 노란색 광점이 되도록 설정했다.

그리고 레이더의 노란 광점을 표식 삼아서 전장을 종횡무진 달리며, 시체가 회수범위에 들어올 때마다 스토리지에 회수했다.

몇 번을 왕복했는지도 모르겠다. 어스름이 전장 터를 가릴 무렵이 되어서야 간신히 모두 회수했다.

……꽤 힘들었다.

마물의 시체는 그렇다 치고, 사람들 시체는 시내에 있는 유족들에게 돌려줘야겠지?

나는 스토리지 안에서 시체를 생전의 소속에 따라 나누고, 「함정 파기」 마법으로 만든 깊이 70센티미터쯤 되는 구멍 바닥에 늘어놓았다.

화장하든 매장하든 이다음은 유족들에게 맡겨야지. 나는 묵도를 하고서 자리를 떴다.

일을 마친 나는 어둠을 틈타 시내에 잠입하여 여관에서 기다리는 우리 애들 곁으로 돌아갔다. 물론 용사 분장이나 칭호는 해제했다.

"다녀왔어."

"어서 오십시오, 주인님."

리자를 필두로 다들 귀환을 축복해 주었다.

"어서 오세~."

"걱정한 거예요!"

포치랑 타마는 계속 나를 걱정했는지 내 몸을 기어올라서 얼굴에 볼을 비벼댔다.

안심한 탓에 졸음이 쏟아졌는지 나한테 달라붙은 채 꾸벅꾸벅 졸기 시작하기에, 두 사람 머리를 톡톡 쓰다듬어주고 침대 위에 눕혔다.

"주인님, 이것을……."

루루가 격납 가방과 성비를 건넸다. 루루는 문으로 침입한 마물들이 시내에 퍼지지 못하도록 이 방에서 계속 성비를 발동시키고 있었다.

"힘들었지? 잘 했다, 루루."

나는 숨은 공로자를 격려하며 상냥하게 머리를 쓰다듬었다.

루루가 약간 자랑스런 미소를 지었다.

"용사?"

미아가 중얼거리며 고개를 갸웃거렸다.

행상인은 거짓말이고 사실은 용사냐고 묻는 걸까?

아리사가 귓속말로 「미아는 가르쳐주기 전부터 정체를 알고 있었어. 정령이 알려준대.」라고 했다. 그건 좋은데 말하면서 귀는 핥지 마라 쫌.

그런데 정령이라면 드라이어드 말인가?

전에 「요람」에서 드라이어드에게 탈출을 도와달라고 했을 때

크레이들

용사 칭호를 달고 있었지. 그때 알았나 보네. 다음에 만나면 말

하고 다니지 말라고 부탁해야지.

"마스터는 미아를 구하기 위해 예전 마스터와 싸우고 용사의

칭호와 성검을 얻은 겁니다라고 해설합니다."

나나가 내 대신 미아에게 설명해 주었다.

사실하고 좀 다르긴 하지만, 미아가 그 설명에 만족한 것 같

으니까 그렇다고 해둬야지.

조금 지친 탓에 제대로 설명하기가 귀찮았다.

"마스터, 마력공급을 의뢰합니다."

"미안. 내일 아침에 공급해줄 테니까 지금은 마법약을 마셔

라."

평소의 나에게는 포상이겠지만 지금은 그럴 기운이 없었다.

내 대답을 들은 나나가 무표정을 유지하면서 버려진 강아지

처럼 풀이 죽은 분위기를 풍겼다.

애들에게 내가 용사란 것은 비밀이라고 입막음을 하고, 오늘

은 이대로 문전 여관에서 숙박하기로 했다.

포치랑 타마에게는 아직 내가 용사라는 걸 알리지 않아도 될

것 같았다.

가르쳐줄까 망설였지만, 리자와 아리사가 둘이 어른이 될 때

까지는 비밀로 해두는 편이 좋겠다고 권하기에 말할 필요가 생

길 때까지는 비밀로 하기로 했다.

다음에 또 이런 소동에 말려들 일은 없을 테니까 문제없겠지.

그리고 숲 거인들은 내가 도적 퇴치를 하러 간 사이에 대삼림으로 돌아가 버려서 인사를 못했다.

◆

다음날 아침, 우리는 마중 나온 카리나 양을 따라서 무노 성의 알현실을 방문했다.

"사토 군, 카리나의 목숨을 구한 것에 아버지로서 깊이 감사한다. 또한 마족 토벌에 지대한 공헌을 이룩한 것에 영주로서도 인사를 하지."

무노 성에서 남작이 입을 열자마자 그렇게 말했다.

그건 그렇고 감사하는 순서가 바뀌지 않았어요? 딸바보 남작이시네.

그 다음으로 니나 여사도 참석하여 남작령의 위기를 구한 것에 대해 몇 번이고 감사의 말을 전했다.

그리고 영지를 구해준 포상에 대해 남작에게 일임 받은 니나 여사가 이야기를 꺼냈다.

"논공행상은 나중에 할 것이지만, 자네의 공적은 실로 거대해. 훈장을 내리는 정도로는 부족하지. 이 남작령의 권한으로 줄 수 있는 포상이라면—."

니나 여사의 말을 듣던 카리나 양이 볼을 붉혔다. 니나 여사는 카리나 양을 한 번 본 다음에 내 뒤에 있는 소녀들을 둘러보았다.

"—미녀 아니면 작위다. 자넨 뭘 바라지?"

니나 여사가 제시한 포상에 거금이 없는 이유는 무노 시의 금고가 위태로운 상황이기 때문이겠지.

이대로 가다간 카리나 양을 색시로 맞는 루트에 돌입할 듯한 예감이 들었다.

카리나 양의 용모는 실로 내 취향이긴 하지만, 그녀를 아내로 맞으면 확실하게 무노 남작령의 부흥에 생애를 바친 다음에 이 땅에 뼈를 묻어야 할 것 같았다.

나로서는 자유롭게, 이 세계를 여행하고 싶었다.

"죄송하지만 둘 다 필요 없습니다. 훈장만 주셔도 충분합니다."

"퍽이나, 욕심이 없군 그래."

니나 여사가 수상쩍어하는 시선으로 보았다.

카리나 양의 표정이 어두웠지만 지금은 마음을 단단히 먹고 무시하자. 괜히 어설프게 위로하면 안 된다.

"욕심이 없는 것이 아닙니다. 제 바람은 세상을 두 눈으로 직접 둘러보는 것이니까요. 영지를 위해서 일하지 못하는 귀족 따위는 먼지만도 못하지 않습니까? 그리고 저는 아내를 맞기에는 아직 너무 젊습니다."

"성인이라면 아내를 맞아도 이상할 것 없지 않나? 뒤에 있는 아이들은 자네 처첩이 아닌가?"

니나 여사가 질문한 순간, 뒤에 있는 애들에게서 엄청난 압력을 느꼈다.

하렘 계열 주인공을 본받아서 둔감함을 연출해야지.

"네. 다들 가족 같은 아이들입니다. 아내는 없어요."

뒤에서는 낙담, 카리나 양은 안도하는 뜻으로 한숨이 흐르는 걸 느꼈다.

"그렇다면 카리나 님은 어떤가? 혼기는 약간 늦었지만 미인이고 안산형이다. 튼튼한 아이를 낳아 줄 텐데?"

니나 여사의 실례되는 발언에 카리나 양이 토라진 표정을 짓더니, 그 다음에 「미인」이라고 칭찬하자 얼굴이 빨개졌다. 조금 귀여웠지만 표정에 드러내면 니나 여사가 찌르고 들어올 테니까 무표정 스킬의 도움을 빌려 헤쳐나갔다.

소르나 양은 하우토 옆에서 여유로운 표정이었다.

"평민 신분으로 남작영애를 아내로 바라는 것은―."

내 발언 중간에 소르나 양의 미소가 이쪽을 향하기에 급히 말을 수정했다.

위험했다. 그녀의 연인인 하우토가 평민이라는 걸 잊고 있었어.

"저에게는 황송해서 못할 일입니다. 그리고 세상을 여행하는 동안에는 아내를 맞을 생각도 없습니다."

"그런가……."

니나 여사가 턱에 손을 대고서 뭔가를 생각하고 있었다.

그리고 옆에 있는 남작에게 무언가 귓속말을 전했다. 남작에게 어떤 허가를 구한 모양이다.

"좋아. 사토, 자네를 명예 사작에 서훈하지."

"니나 님―."

나는 니나 여사에게 항변하려고 했지만 그녀가 손을 들어서 막았다.

"자네에게 영지 일을 시킬 생각은 없어. 자네 임무는 무노 남작령의 가신으로서 갖가지 땅을 둘러보는 것이다."

엥? 날더러 각지의 정보수집을 하라는 건가?

"물론 간첩 같은 일을 하라는 것은 아니야."

—아니구나. 그럼 나한테 뭘 시키려는 거지?

내가 입을 여는 것보다 먼저 니나 여사가 압박을 가해왔다.

"그저, 무노 남작령의 가신으로서 각지를 둘러본다는 것이 중요하지."

"이해가 어렵습니다. 니나 님은 저에게 무엇을 바라시는 겁니까?"

이해가 안 되어서 단도직입적으로 물어보았다.

"무노 남작령이 『저주 받은 영지』라고 불리는 것은 알고 있겠지?"

"네. 이유까지는 모르겠습니다만……."

나는 니나 여사의 말에 수긍했다.

"이 땅을 방문한 귀족은 반드시 불행해진다는 소문이 있어. 무노 남작보다 이전에도 이 땅의 영주로 부임한 귀족은 많았지만, 대부분이 변사나 괴사를 당했지. 덤으로 무노 남작이 취임한 다음에 손님으로 방문한 귀족도 대부분 몸이 안 좋아지거나 몸져눕는 등 제대로 된 꼴을 못 봤고. 그 탓에 『저주 받은 영지』라는 소문이 돌고 있는 거지."

전자는 젠이나 젠의 부하들이 암약한 것 같고, 후자는 도시 핵의 방에 침입하려다가 젠이 남긴 저주 때문에 험한 꼴을 본 거겠군.

"그렇다면 제가 할 일은 무노 남작령이 안전하다는 것을 주위에 선전하는 것이군요?"

"그래 맞아. 소문을 없애지 못하면 귀족 신분의 인재를 끌어올 수도 없으니까."

내 말에 니나 여사가 고개를 위 아래로 흔들면서 말을 이었다.

"그리고 자네에게는 작위를 내릴 필요가 있어. 이만한 공적을 세운 사람에게 훈장만 내리는 쩨쩨한 영지라는 소문이 돌면 큰일이지. 물론 자네가 그것을 떠벌리고 다닐 거라고 생각하지는 않아. 그러나 어디든지 입만 산 녀석들은 있는 법이야."

니나 여사가 탄식하면서 어깨를 으쓱거렸다.

"그러니 그렇게 경계하지 않아도 되네. 명예 사작이 그리 대단한 것도 아니고 말이야. 귀족 중에서도 최하급이라 문벌 귀족 녀석들에게는 같은 귀족 취급도 못 받을 정도지. 하지만 그것이 자네에게 도움은 될 텐데?"

도움이 되는 이유를 떠올리지 못하는 나를 보고 니나 여사가 씨익 웃었다.

"이 영지나 옆의 오유고크 공작령은 그렇다 치고, 북쪽 영지에서는 아인에 대한 차별이 뿌리 깊지 않나? 자네가 명예 사작이 되면 평민에게 귀족님 취급을 받을 수 있지. 다시 말해서 자네 노예들도 귀족님의 소유물로 정중한 취급을 받을 수 있다는 것이야. 어지간한 평민보다는 대접이 좋아질 테지."

그건 매력적이군. 숙박 거부가 사라지는 것만으로도 가치가 있었다.

결국 그것이 결정타가 되어, 나는 무노 남작에게서 명예 사작 작위를 받게 되었다.

◆

그 날부터 우리는 무노 성에 방을 잡고서, 서훈 날까지는 무노 성에서 살게 되었다. 그런데 이 기간 동안이 제법 유익한 나날이었다.

요새 터나 도망 농노에 대해서 니나 여사에게 상담을 했더니, 어째서인지 그것들이 내 별장과 사용인으로 양도되었다거나―.

중죄를 범한 병사를 포박하거나 횡령 관리가 은닉했던 재산을 찾는 걸 돕기도 하거나―.

무노 후작의 숨겨진 재보와 같은 금액의 금화를 「은가면의 용사」 명의로 몰래 선물하기도 했고―.

내가 모든 비용을 부담해서, 메이드들에게 빅토리안 메이드복을 만들어 제복으로 채용시키기도 하거나―.

루루와 함께 성의 요리장에게 요리의 기초를 배우고, 보답으로 튀김이나 마요네즈 등의 레시피를 포교하기도 했으며―.

애들 훈련을 겸해서 도적 퇴치를 하러 갔을 때, 의적 같은 도적단을 전기물 주인공처럼 제압해서 영지군으로 끌어들이기도 하고—.

슬럼가 주민들에게 마물 고기 등의 식량이나 텅텅 빈 병사 숙소를 주거지로 제공하는 대신, 무노 시내에 가보 열매 밭을 만들 노동력으로 고용하기도 하거나—.

포치와 타마를 데리고 소르나 양의 다과회에 가서 용사 연구가의 일면을 가진 무노 남작의 이야기를 듣기도 했고—.

마법 가게에서 새로운 두루마리를 구하진 못했지만, 남작의 육촌이 국내 유일의 두루마리 공방을 경영하고 있다는 것을 알게 되어 소개장을 받기도 했으며—.

그 밖에도 시내에 아무도 안 쓰는 공방을 빌려서 이것저것 공작을 하거나 새로운 마차를 만들기도 했고—.

히드라의 소재를 사용한 행글라이더를 타고 거인의 마을로 찾아가서, 분사 늑대 <ruby>통구<rt>로켓 울프</rt></ruby>이나 무노 시내에서 조달한 시가주 술통을 선물하여 조력에 대한 인사를 하기도 하거나—.

전에 족제비 수인족의 어부에게 부탁 받은 마물 퇴치의 대가로 배를 받기도 하고—.

돌아가는 길에 들른 산채에서 코볼트 아가씨가 두고 간 감사장과 청강 대검을 보고 청정 채굴이 무사히 성공한 것을 알기도 하거나—.

마지막으로 무노 시 앞 강 상류에 댐을 만든 마물을 퇴치하여 강의 흐름을 본래대로 되돌리기도 했다.

이제 무노 시 앞의 농지도 경작하기 쉬워지겠지.

당장의 식량은 마족 집정관이 고블린 먹이로 양산했던 가보 열매가 잔뜩 있으니, 그걸 나눠주면 어떻게든 될 거라고 니나 여사가 말했다.

또한 니나 여사에게 귀족 작위에 대해서 이것저것 배웠다.

전에 의문이었던 작위의 위아래는 역시 내가 아는 것처럼 자작이 남작보다 높았다.

한 세대로 끝나는 명예 귀족도 명목상으로는 영세 귀족과 같은 대접을 받기 때문에 자작, 명예 자작, 남작 순으로 생각하면 된다고 한다.

그러면 어째서 무노 남작의 집정관이 니나 명예 자작이냐 하면, 무노 남작이 「영주」인 것이 이유였다.

시가 왕국에서 영주는 본래의 작위에 상관없이 백작 이상의 대접을 받는 관례가 있다고 한다. 이건 아마도 「도시 핵」이 원인이겠지.

그리고 이번에 「도시 핵을 장악한」— 니나 여사의 말에 따르면 「진짜 영주가 된」 무노 남작은 다음 왕국 회의에서 정식으로 백작 승격이 확정된 상태였다.

그러면 이 복잡한 역전 현상도 해소되겠군.

◆

"자네 가문 이름 말인데, 희망하는 것이 있나?"

"가문 이름 말인가요?'

명예 사작으로 서훈되는 것이 결정되고 열흘 뒤. 니나 여사가 집무실로 부르더니 명예 사작으로서 쓸 가문의 이름을 정하라고 했다.

니나 여사의 말에 따르면 이제야 긴급한 안건이 정리되어서 내 서훈 의식 준비를 할 수 있게 됐다고 한다.

"명예 귀족은 한 세대로 끝 아닌가요? 그런데도 가문 이름이 필요한 겁니까?"

"분명히 한 세대로 끝이긴 하지만 뜻밖에 몇 대가 이어지는 명예 귀족 가문이 많거든."

그런 경우도 있구나. 나는 고개를 끄덕였다.

"한 세대로 끝나는 귀족이라고는 해도 가난뱅이 귀족이나 몰락 귀족과 비교하면 훨씬 자본이 풍부한걸. 영지에 따라서는 작위를 돈으로 살 수도 있고, 아이들 교육을 충실하게 하는 덕분이야."

니나 여사의 서류 작업을 돕고 있던 아리사가 서류 뒤에서 말했다.

집정관으로 다시 취임한 니나 여사가 맨 처음 한 일이 관리들의 기강을 확립하고 부패 관리를 척결한 것이라, 영지 정부에는 일손이 부족했다.

아리사의 말에 따르면 처음에는 문관들이 떨어뜨린 것을 전해주러 갔을 뿐인데, 하도 바빠 보이기에 사무 서류 분류를 도와줬다고 한다.

그 뒤로는 자연스레 일반 사무 처리를 돕게 되고, 최종적으로는 니나 여사의 보좌 포지션을 획득했다고 한다. 아리사는 특히 경리가 특기였다.

"아리사는 도움이 되나요?"

"그래. 이대로 집정관 보좌로 남겨줬으면 싶을 정도야."

"어머, 그건 안돼요. 저는 주인님한테 몸도 마음도 바쳤으니까요."

어설프게 윙크를 하는 아리사의 머리를 쓰다듬어줬다.

"당장 이름을 정하라고 해도 무리겠지? 2, 3일 시간을 줄 테니 그 동안 정하게."

"타치바나를 추천할게."

분명히 아리사 전생의 성이 타치바나였었지?

"그건 사양할게."

"그렇군. 타치바나 사작은 아마 벌써 있을 거야. 쓸 수 있는 가문 이름인지 아닌지는 문관 유유리나에게 확인해보도록. 왕립학원에서 문장학을 배웠으니 나보다도 잘 알 거야."

유유리나는 다갈색 머리칼을 세 가닥으로 땋은 얌전한 느낌의 말수 적은 문관이었다.

"알겠습니다. 어느 정도 후보가 좁혀지면 확인해 볼게요."

할 말을 마친 니나 여사는 서류 작업을 재개했다.

나는 아리사에게 한 마디 인사를 남기고 집무실을 떠났다.

복도를 걸으며 머리를 굴려봤지만 좋은 가문의 이름은 떠오르지 않았다.

본명인 스즈키를 떠올려봤지만 그러면 사토 스즈키가 된다. 어느 쪽이 가문 이름이냐고 태클 걸어달라는 것 같으니까 자중했다.

사토라는 캐릭터 이름으로도 알 수 있듯이 나는 이름을 그냥 대충 짓는 타입이라서, 제대로 된 가문 이름을 붙이기 위해 다른 사람들의 아이디어를 모으기로 했다.

"파무운~?"

"맛있는 걸로 하는 거예요!"

제일 가까이 있는 건 남작 가문의 개인실에 있던 타마와 포치였다. 하지만 둘은 애당초 「가문」이란 것의 의미를 잘 모르는 모양이었다.

둘은 소르나 양 옆에서 전병과자 같은 간식을 먹고 있었다. 차와 함께 먹고 있으니 고풍스런 분위기가 도는군.

이 방에는 세 사람밖에 없었다. 남작은 옆에 있는 집무실에서 내일까지 처리해야 하는 서류들과 싸우고 있었다. 하우토는 리자, 나나와 함께 시내의 순찰을 갔다.

"가문의 이름말인가요? 그렇군요. 카리나를 받아 주신다면 도나노의 이름을 이어 주셔도 좋지 않을까요?"

소르나 양이 약간 장난스레 웃으며 말했다. 도나노란 이름은 남작이 무노 가문을 잇기 전에 쓰던 이름이었다.

무노 남작은 도나노 준남작의 작위도 가지고 있으니, 장래에 소르나 양이나 카리나 양과 결혼하고 싶은 사람이 가문 이름과 작위를 잇게 된다고 했다.

"그건 황송하니 사양하겠습니다."

"어머나. 카리나도 앞날이 험난하군요."

영애가 키득거리는 소리를 들으며 방을 나섰다.

"미안하지만 지나갈 수 있을까?"

"아. 사작님!"

"어머나, 이쪽으로—."

주방 입구 앞에서 뭉쳐 있던 메이드들이 비켜주자 안으로 들어갔다.

"허어. 어서 오시게, 사작님."

"어서 오세요, 주인님."

요리장 게르트 여사와 튀김을 만들고 있던 루루가 이쪽을 돌아보았다.

"색이 잘 나왔네. 하지만 불이 조금 강해. 불을 안 낮추면 바깥쪽이 까맣게 될 거야."

"아아. 죄송합니다."

나는 루루 대신 불 조절을 해줬다.

그리고 니나 여사가 부르기 전까지 셋이서 멧돼지 고기를 이용한 돈가스를 만들었다.

"보기만 하고도 용케 온도까지 알 수 있군."

게르트 여사가 기가 막힌다는 듯 말했지만, 나는 그저 슬그머니 웃으며 돈가스를 철망 위에 올렸다.

식칼로 반을 갈라서 안쪽까지 잘 익은 걸 확인했다. 튀김옷은 까맣게 탔지만 일단 먹을 수는 있을듯하다.

"어쩔래? 저기 있는 결식 메이드들에게 처리하라고 할까?"

"저요저요! 조금 실패한 것쯤이야 문제 없어요!"

"사작님 요리라면 뭐든지 좋아요!"

나는 소스와 마요네즈를 곁들인 접시를 메이드 한 사람에게 내밀었다.

돈가스에 마요네즈는 잘 안 맞을 거라고 생각했지만, 마요러가 되어 버린 메이드들에게 그런 의견 따위는 통하지 않았다.

"야호! 한 사람당 두 개씩이야."

"맛있어~."

"에리나 너! 혼자서 마요네즈 많이 묻히지 마."

"이 녀석들! 계속 떠들면 앞으로 안 준다!"

""""죄송합니다, 게르트 씨!""""

게르트 여사가 투덜거리는 메이드들에게 한 소리 하더니 루루와 함께 다음 돈가스 준비를 시작했다.

나도 그걸 도우며 루루에게 가문 이름에 대해 상담했다.

"가문의 이름말인가요? 그렇다면 쿠보크는 어떨까요?"

쿠보크는 아리사와 루루가 있던 나라의 이름이다. 그것은 왕녀였던 시절 아리사의 가문 이름이기도 했다.

"아무래도 쿠보크는 좀 위험하지 않을까? 쿠보크 왕국을 침략한 나라에 싸움을 거는 모양새니까."

"안 되나요⋯⋯. 앗. ⋯⋯아뇨. 아무 것도 아니에요."

뭔가 떠올린 루루가 중간에 말을 끊었다. 뭔지 궁금해서 물어봤더니 「와타리」란 이름을 추천해 주었다.

루루의 증조부가 일본인이었다고 했으니 그 사람의 성이겠군.

"제 증조부의 성이었어요. 머나먼 나라 출신이라고 하셨는데요. 제가 태어난 쿠보크 왕국에서는 귀족이 아니면 가문 이름을 가지는 게 금지돼 있어서 아무도 안 쓰던 이름이에요."

—사토 와타리.

사토리#9랑 비슷하지만 그렇게 나쁘지는 않네.

"채용할지 모르겠지만 후보로 넣어둘게."

"네!"

내가 말하자 루루가 기쁜 기색으로 대답하면서 예쁘게 웃었다.

응. 루루는 오늘도 미소녀네.

나는 맛있는 돈가스 만드는 요령을 루루와 게르트 여사에게 전수한 다음 안뜰에서 음악을 연주하는 미아를 찾아갔다.

수많은 이불이 바람에 흔들리는 뒤뜰을 지나, 남작의 개인 공간 안쪽에 있는 나무 그늘로 갔다. 이곳이 요즘 미아가 좋아하는 장소였다.

무노 시의 도시 핵을 사용한 덕분인지, 지난 며칠 동안 기온이 높아져서 지내기에 좋았다.

"사토."

"안녕, 미아."

#9 사토리 일본의 요괴. 남의 생각을 읽고 먼저 말해버린다.

햇볕 아래 작은 동물들에게 둘러싸인 채 류트를 연주하던 미아가 내가 온 걸 깨닫고 돌아보았다.

그러자 미아의 움직임에 놀란 새와 다람쥐들이 황급히 사방으로 도망쳤다.

"응."

미아는 그건 별로 신경 쓰지도 않고 자기 옆을 툭툭 두드리며 나에게 앉으라고 권했다.

나는 미아에게도 가문 이름에 대해서 상담해봤다.

"보르에난."

……그건 미아의 성일 텐데, 아니 아예 씨족 이름이잖아.

"씨족 이름은 못 쓰지. 엘프 마을의 높은 사람한테 혼날 거야."

"우웅."

미아가 볼에 바람을 넣고 토라졌다. 그래서 시험 삼아 만든 크레이프를 건네 기분을 맞춰주었다.

얼마 전 버터를 만드는 과정에서 생크림이 생기는 것을 발견했다. 그래서 곧장 크레이프를 만들어 봤다.

베이킹 파우더도 구했으니, 무노 성의 오븐을 쓸 수 있을 때 여러 가지 과자 만들기에 도전해볼 셈이었다.

미아와 함께 크레이프를 먹으면서 가문 이름으로 쓸만한 식물이나 동물의 이름을 배웠는데, 딱 좋은 것은 없었다. 하는 수 없이 몇 개를 후보로 삼는다고 약속한 뒤 자리를 떴다.

"마스터, 귀환했습니다라고 보고합니다."

"주인님, 가공이 끝난 깃털을 받아 왔습니다."

나나와 리자가 말에서 내리며 귀환을 보고했다.

얼마 전 깃털 이불에 쓰기 위한 새 깃털 처리를 시내에 있는 장인에게 맡겼었다.

깃털이 모자라서 전위 팀과 함께 가도 근처의 도적 퇴치를 하는 틈틈이 새를 사냥해서 모았다.

"그래. 고맙다."

"폭신폭신해서 근사합니다."

나나가 깃털이 든 주머니 감촉을 즐겼다.

나는 두 사람에게도 가문 이름 이야기를 해봤다.

"나가사키를 추천합니다. 예전 마스터의 성입니다."

"키슈레시가르자는 어떨까요? 제 씨족 이름입니다만 이제는 아무도 없을 겁니다."

각자 나나와 리자의 발언이었다.

—사토 나가사키.

—사토 키슈레시가르자.

이것도 딱 감이 안 오네……

그때 병사 몇 명이 다가왔다.

"리자, 나나. 이제부터 훈련을 시작하려는데 같이 하는 게— 어이쿠 사작님. 같이 훈련하시면 어떻습니까?"

말을 건 사람은 조틀이란 남자였다.

이 조틀은 리자와 함께 도적 퇴치를 갔을 때 만났는데, 고전을 연기하면서 쓰러뜨린 상대였다.

그는 리자와 1대 1에서 승리하고, 전위 팀 4명을 상대로도 호각으로 싸운 레벨 25의 숙련자였다.

그와 그의 부하들은 마족 재상의 잔혹한 명령이나 동료들의 부패를 보다 못해 뛰쳐나갔다. 그리고 영지 안을 지나는 상인들을 호위하거나, 마을이나 도시에서 의뢰를 받아 마물을 퇴치하고 다녔다고 한다.

도적이라기보다는 용병단이 어울렸지만, 그를 위험시한 부패 관료들의 함정에 걸려 도적으로 지명수배를 당해버렸다고 한다.

지금은 부하들과 함께 남작령의 병사로 다시 취직했다.

유감이지만 갑자기 기사로 되돌려줄 수는 없다고 해서 지금은 병사 신분이었다.

"아뇨. 용건이 있으니 훈련은 다음에 하죠."

"다음엔 꼭 같이 하는 겁니다. 아, 그렇지. 하우토를 보거든 연병장으로 오라고 전해주십시오."

한 손에 검을 들고서 알통을 만드는 그에게 리자와 나나의 훈련을 맡기고, 나는 하우토에게 전할 말을 맡아서 자리를 떴다.

"가문 이름 말이야? 우리 마을에는 귀족이 없었으니까 가문 이름 같은 건 잘 모르겠군."

식당에 있던 하우토에게 가문의 이름에 대해서 물어봤더니 돌아온 대답이었다.

지금 하우토는 용사가 아니라 수습 종자로서 무노 남작을 섬기고 있었다.

지난번에 야마토 석을 통해서 용사가 아니란 것이 판명되었다.

그 가짜 성검 **쥬랄혼**도 물품 감정으로 저주 받은 마검이란 것이 판명되어, 무노 성 지하에 있는 봉인고에 수납되어 버렸다.

때문에 지금 그는 평범한 철검을 차고 있었다.

하우토는 용사가 아닌 것이 밝혀졌지만 소르나 양과는 여전히 사이가 좋았다. 그녀를 아내로 맞기 위해 최근에는 정기사를 목표로 훈련을 하고 있었다.

말투나 교양은 문관이나 소르나 양에게 배우고, 검술이나 병법은 조를 경에게 몸으로 배우고 있었다.

"드디어 찾았군요! 오늘이야말로 꼭 함께 훈련을 해주셔야겠답니다!"

『하우토 공도 같이 있으니 마침 잘됐군.』

갑자기 병사나 입을 법한 셔츠와 바지를 입은 카리나 양이 식당에 나타났다.

"또 예의범절 선생님한테서 도망쳐 훈련을 하는 건가요?"

"아, 아니랍니다. 오늘은 전투 훈련을 하는 날이에요."

니나 여사가 짜준 카리나 양의 교육 일정에 전투 훈련 같은 건 없었는데요.

참고로 예의범절 선생님은 언니인 소르나 양이었다.

"카리나 님에게 상담을 해보면 어때?"

"저에게 상담을 할 일이 있나요?"

하우토가 권하기에 될 대로 되란 심정으로 카리나 양에게 가문 이름을 상담해봤다.

"가문 이름 때문에 망설이고 있었나요? 그러면 좋은 게 있답니다."

"어떤 이름이죠?"

"펜드래건은 어떤가요? 용사님의 이름이랍니다. 오리온 펜드래건 공."

근처에서 식사를 하던 땋은 머리의 로리 문관이 「저기~」 하면서 대화에 끼어들었다.

아까 니나 여사가 말한 문관 유유리나였다. 말수가 적은 그녀치고는 무척 드문 일이었다.

"그건 가공의 인물이 아닌가요?"

"그래요. 제가 아주 좋아하는 이야기 속 용사님이랍니다. 용을 타고 여행을 하며 신들이 준비한 일곱 시련을 뛰어넘어, 마지막에는 대마왕을 쓰러뜨리는 영웅담이랍니다."

아서 왕 이야기랑 그리스 신화가 섞여 있네.

"용을 타고 다녔어요?"

"그래요. 익룡 와이번이 아니라 적룡 웰슈를 탔답니다."

분명히 아서 왕의 아버지 이름이 펜드래건이었던가 그랬다. 용을 퇴치한 영웅이었던가?

생각보다 괜찮아 보였다. 엑스칼리버도 있고 말이지. 이름도 아서로 바꿔서 아서 펜드래건이라고 해버릴까?

그 다음에 이틀을 꽉 채워서 고민한 끝에, 나는 가문 이름을 정했다.

◆

"■ ■ 서훈."
^{컨퍼링 피리지}

나는 무노 성 내부에 있는 서훈 의식을 하는 방에서 무노 남작에게 귀족의 계급을 받았다.

스테이터스의 계급란이 「귀족【사작】」, 소속이 「시가 왕국 무노 남작령」이 되었다.

어제까지 받은 훈장 3개도 스테이터스의 상벌란에 기록되었다. 물론 예복을 입을 때 다른 사람도 알 수 있도록 실물 훈장도 있었다.

아까 전에 「서훈」을 받았지만 스킬이 생기지는 않았는데, 아마 「도시 핵」의 기능을 쓴 의식 마법이기 때문이겠지.

"사토 군, 이 야마토 석을 만져서 의식이 성공했는지 확인하게."

"네."

이번에는 야마토 석을 만지기 전에 교류란의 수치를 변경해 뒀다.

조금 빈약하지만 배경도 생겼겠다, 조금 더 움직이기 편하도록 레벨이나 스킬 따위의 양을 늘렸다. 내용은 요전에 아리사와 상담하면서 정했다.

서훈 의식이 종료되고, 우리 애들과 남작영애 자매가 니나 여

329

사에게 이끌려 들어왔다.

맨 끝에는 문관 유유리나가 있었다.

"그러면 시작합니다. ■ ■ 명명 『사토 펜드래건』."

땋은 머리 문관 유유리나가 긴장한 표정으로 명명 스킬을 사용했다.

〉「명명」 스킬을 얻었다.

다들 지켜보는 가운데 새로운 이름이 늘었다.

교류란 이름은 자동으로 바뀌지 않아서 내가 직접 변경했다.

그 다음에 야마토 석으로 확인을 거치고 새로운 신분 증명서를 받게 되었다. 평민용과 달리 은제 판에 문자가 새겨져 있었다.

"후후후. 카리나 펜드래건. 나쁘지 않아요."

어수선한 말이 들렸지만 흘려듣자. 작은 목소리였으니 엿듣기 스킬이 있는 나 말고는 아마 라카밖에 못 들었을 거다.

"아리사 펜드래건. 아서랑 비슷하지만 어감이 좋네."

아리사의 입가가 파도치듯이 흔들리고 있었다.

"에헤헤~. 언젠가 루루 펜드래건이라고 불리면 좋겠다."

―루루, 너마저……

물론 루루의 말도 카리나 양과 마찬가지로 혼잣말이었다. 나 말고는 아무도 못 들었을 거다.

"포치 펜드래건인 거예요."

"타마 펜드래건~?"

포치랑 타마가 내 주위를 빙글빙글 달리면서 축복해 주었다.

날개가 있었다면 날아다닐 기세로군.

"주인님, 근사하십니다."

리자가 눈가에 방울 진 눈물을 닦아내면서 감격에 겨워 중얼거렸다.

"우웅, 보르에난."

미아는 아직도 포기를 안 했는지 불만스런 표정이었다.

"마스터, 마스터 펜드래건. 어느 쪽으로 부를까요?"

나나의 질문에 「마스터라고 해」라고 대답했다.

"그러면 사토 펜드래건 사작. 앞으로 잘 부탁하지."

"예. 니나 로틀 자작."

니나 여사가 내민 손을 잡고 악수를 나눴다. 이 세계에도 악수하는 습관이 있는 걸 처음 알았네.

입으로 상대를 부를 때는 「명예」를 붙이지 않는다. 스스로 소개를 할 때는 「사토 펜드래건 명예 사작입니다」라고 해야 한다.

내 손을 쥔 니나 여사가 또 한 가지 숙제를 내줬다.

"그리고 출발하기 전까지 문장도 정해두게나."

이번에는 문장입니까……?

다음날부터 남작이나 집사들에게 사교계에 대해서, 유유리나에게 문장학에 대해서 수업을 받았다.

그러면서 「사교」와 「문장학」 스킬을 얻었다는 건 말할 필요도 없겠지?

또한 새로운 문장은 단순하게 펜을 창처럼 품은 드래곤 의장으로 정했다.

마족이 부활을 꾸미고 있던 「황금의 폐하」란 녀석이 신경 쓰였지만, 부활에 필요한 혼돈 항아리도 스토리지에서 사장되고 있으니 우리가 공도를 통과하는 동안만이라도 안전했으면 좋겠다.

물론 타이밍 딱 맞춰서 부활할지도 모르니까 그 전까지는 여러모로 준비를 해둬야지.

내 이세계 생활은 내일부터도 여러모로 바쁠 것 같았다―.

■ 교류란의 스테이터스 ■―――――――

이름: 사토 펜드래건

종족: 인간족

레벨: 30

소속: 시가 왕국 무노 남작령

직종: 없음

계급: 귀족【사작】

칭호: 없음

스킬: 「검술」, 「궁술」, 「격투」, 「투척」, 「회피」
　　　「조리」, 「산술」, 「연성」, 「마법 도구 제작」
　　　「시세」, 「흥정」, 「사교」, 「문장학」

상벌:「무노 남작령 창휘 훈장」

　　　「무노 남작군 1등급 훈장」

　　　「무노 시민 영예 훈장」

————————————————— ■

■작가 후기

안녕하세요? 아이나나 히로입니다.

『데스마치에서 시작되는 이세계 광상곡』 제4권을 집어주셔서 감사합니다!

독자 여러분의 응원 덕분에 서적판 데스마치도 1주년을 맞이했습니다!

앞으로도 여러분이 질리지 않도록 연구를 거듭할 것이니 이후에도 데스마치를 잘 부탁드립니다.

이번 권의 볼만한 곳을 논하기 전에 홍보를 좀 하겠습니다.

예정대로 진행된다면 아야 메구무 씨가 그린 드래곤 코믹스 에이지판 『데스마치에서 시작되는 이세계 광상곡』 제1권이 동시발매 되었을 테니 내키신다면 그것도 함께 집어주세요.(일본의 경우 2015년 4월 18일 당시 소설 4권과 코믹스 판 1권이 동시발매 되었다.)

소설판에서는 페이지 수 때문에 묘사하지 못했던 캐릭터들의 모습과 현장감이 넘치는 노점 거리에 소품 등, 갖가지 요소들이 상세하고 정성스레 그려져 있습니다. 데스마치 세계관을 보다 풍요롭게 넓혀주고 있어요.

만화판을 읽으면서 「오호라. 여기는 이런 식이구나」라고 감탄한 부분이 꽤 많았습니다.

손해 볼 것 없습니다! 원작자가 보증합니다.

홍보가 조금 길어졌으니 이제 그만 본편의 볼만한 곳을 이야기해 보겠습니다.

이번에도 여느 때처럼 신규 에피소드나 스토리의 재편성을 하느라 거의 모두 새로 썼습니다.

전권에서부터 안 좋은 소문이 잔뜩 흐르던 무노 남작령 이야기입니다.

사토가 곤궁에 빠진 민초를 위해서 초인적인 힘으로 군대를 쓸어버리고, 악랄한 귀족을 무릎 꿇리는— 정의로운 루트를 갈 일은 없습니다.

자원봉사의 감각으로 손닿는 범위 내에서 굶주린 사람들에게 식량을 나눠주는 정도로 끝내는 게 사토입니다.

다만 자기가 흥미를 품은 일이나 취향에 맞는 경우에는 그렇지만도 않아서, 경우에 따라서는 종족의 위기를 구하거나 지나가던 재해수준의 마물을 쓰러뜨려서 식재료로 만들어 버리기도 합니다…….

가장 별난 점이라면 앞부분 삽화에도 등장하는 카리나 양의 비중일까요?

인터넷 연재에서 그녀는 사건이 마무리 단계에 접어들어서야 모습을 드러냈습니다만, 서적판에서는 훨씬 빨리 등장합니다.

사토가 거인 마을을 찾아가는 이유가 생긴 것처럼, 세계의 흐름이 인터넷 연재와는 조금 달라진 겁니다.

더욱이 인터넷 연재에서는 없었던 「어째서 마족이 무노령을 지배하려고 했는가?」라는 부분도 에피소드에 추가했습니다.

또한 이번에는 각 장의 자잘한 에피소드를 테이블 토크 RPG의 캠페인 시나리오 풍미로 만들어 봤습니다.

작은 사건이 이윽고 커다란 사건의 톱니바퀴가 된다……란 식으로 설명하면 이해가 되실까요?

지난 권에서 이야기의 배경에 있었던 「은산과 코볼트」와 관련된 에피소드도 그런 느낌으로 넣어 봤습니다.

어떤 시나리오인지는 본편을 확인해 주세요.

테이블 토크 RPG란 무엇인가? 여기에 흥미를 가지게 된 초보자 분들은 「후지미쇼보 공식 TRPG ONLINE」을 추천합니다.

그리고 이번에 최대의 매력은 데스마치 최대의 마유(魔乳) 캐릭터 「카리나」 양의 일러스트겠죠!

이 후기를 쓰고 있는 지금은 캐릭터 설정화밖에 못 봤지만 작가의 이미지를 뛰어넘는 매력적인 젖가— 모습으로 그려주셨습니다.

설마 이렇게까지 이상적인 카리나 양의 모습을 볼 수 있게 되다니, 그야말로 작가의 행복입니다.

그러면 페이지 수도 끝이 가까우니 제4권의 내용에 대해서는 이쯤에서 마무리 짓겠습니다.

그러면 여느 때처럼 인사 올리겠습니다.

담당자 H 씨의 지적이나 개고에 대한 조언 덕분에 갖가지 장면의 매력이나 현장감이 올라갔습니다. 앞으로도 지도편달을 부탁드립니다.

매번 멋진 일러스트로 데스마치 세계를 띄워주시는 shri 님께는 몇 번 감사를 드려도 부족합니다. 앞으로도 데스마치 세계의 비주얼을 잘 부탁드립니다.

그리고 후지미쇼보의 여러분을 비롯하여 이 책의 출판이나 유통, 판매에 관련된 모든 분들께 감사드립니다.

마지막으로 독자 여러분에게 최대의 감사를!!

본 작품을 마지막까지 읽어주셔서 감사합니다!

그러면 다음 권, 대하 편에서 만나요!

아이나나 히로

안녕하십니까! 불초 역자 돌아왔습니다!

『데스마치에서 시작되는 이세계 광상곡』도 4권까지 왔습니다. 진행이 될수록 주인공 사토의 상황은 부러워지기만 합니다그려. 허허허.

일단 가장 부러운 점이라고 하면 역시 미소녀 하렘이죠. 포치랑 타마의 천진난만한 모습은 언제 봐도 역자의 마음을 치유해줍니다. 리자는 언제나 늠름하고 충성스럽지만, 이번에 본편에서 뜻밖의 모습을 보여주어 흐뭇하게 만들어줍니다. 사토가 여자에게 관심을 보일 때마다 질투 서린 모습을 보여주는 미아와 아리사도 귀엽고, 루루의 조신한 모습도 매력적입니다.

게다다! 이번에는! 마유가! 마유 소녀 카리나 양이 등장합니다! 인터넷 연재에서는 이미 더욱 많은 여자 캐릭터들이 나왔다는 걸 생각하면 사토에 대해 언급할수록 구차해지는군요.

게다가 무력적으로도 뛰어나죠. 어떤 적이 나타나도 가볍게 한 방! 무서울 것 없이 여행을 할 수 있으니 이것 역시 부럽습니다.

하지만 역자가 가장 부러운 점은 이런 것들보다도, 뛰어난 자작 능력입니다. 필요한 게 있으면 치트 스킬과 치트 장비로 뚝딱 뚝딱 만들어내는 그 능력! 역자도 필요한 게 있으면 뚝딱 만들어 냈으면 좋겠어요. 왜 그런 생각이 들었는고 하니.

……도무지 마음에 드는 옷이 없어요.

어째서 보자마자 [실용]이라는 두 글자가 뇌리를 파고드는 옷이 없는 걸까요?

계절이 바뀌니까 봄 자켓을 하나 장만하려고 뒤져봤는데 정말 단 하나도 없단 말이죠.

에잇! 남자 옷에 뭔놈의 휘황찬란한 무늬더냐! 남자라면 무지다! 새까만 무지를 내놔라! 때도 안타고 얼마나 좋더냐!

움직이기 불편하게 뭔놈의 슬림핏이고! 펑퍼짐해야 움직이기가 좋은기라!

그리고 모름지기! 자켓이라면 일단 주머니가 기본으로 여섯 개는 달려야 되는 법이여!

그리고 가격은 왜 이렇게 비싸…….

자작 능력 진짜 부럽습니다. 얼마 되지도 않는 시간에 뚝딱뚝딱 짠하고 만들어내잖아요? 하아.

까이꺼 역자가 바라는 옷이라는 게 그리 복잡한 디자인도 아닌지라, 만들려고만 하면 만들 수는 있는데 말이죠. 자작 능력이 높지 않으니까 시간이 걸립니다. (편집부 눈치를 슬쩍 보면서)그 시간에 번역을 해야죠! 하하하!

그리고 무엇보다도, 귀찮아요! 후후. 역자는 귀찮음이 모든 가치관에 우선한다고 생각합니다! 아아, 숨만 쉬고 있어도 뭐든지 뚝딱뚝딱 할 수 있는 능력 있으면 좋겠다.

그러나 그런 능력이 없는 역자는 (편집부 눈치를 슬쩍 보면서)오늘도 열심히 번역을 합니다! 다음 권도 빠른 시일 안에 작업하여 어서 다시 뵈었으면 좋겠군요.

그러면 불초 역자는 이만 줄입니다. 다음 권에서 뵈어요!

데스마치에서 시작되는 이세계 광상곡 4

1판 1쇄 발행 2016년 5월 10일
1판 7쇄 발행 2018년 11월 23일

지은이_ Hiro Ainana
일러스트_ shri
옮긴이_ 박경용

발행인_ 신현호
편집국장_ 김은주
편집진행_ 최은진 · 김기준 · 김승신 · 원현선 · 권세라
편집디자인_ 양우연
국제업무_ 정아라 · 김태환
관리 · 영업_ 김민원 · 조인희

펴낸곳_ (주)디앤씨미디어
등록_ 2002년 4월 25일 제20-260호
주소_ 서울시 구로구 디지털로 26길 111 JnK디지털타워 503호
전화_ 02-333-2513(대표)
팩시밀리_ 02-333-2514
이메일_ lnovelpiya@naver.com
ㄴ노벨 공식 카페_ http://cafe.naver.com/lnovel11

원제 DEATH MARCHING TO THE PARALLEL WORLD RHAPSODY Vol.4
©Hiro Ainana, shri 2015
Edited by FUJIMISHOBO
First published in Japan in 2015 by KADOKAWA CORPORATION, Tokyo.
Korean translation rights arranged with KADOKAWA CORPORATION, Tokyo.

ISBN 979-11-5981-044-2 04830
ISBN 978-89-267-9956-7 (세트)

값 8,500원

*이 책의 한국어판 저작권은 KADOKAWA CORPORATION와의
독점 계약으로 (주)디앤씨미디어에 있습니다.
저작권법에 의해 한국 내에서 보호를 받는 저작물이므로 무단전재와 복제를 금합니다.
*잘못된 책은 구매처에 문의하십시오.

L NOVEL

고백 예행연습

지금 좋아하게 돼.

원작 / HoneyWorks
저자 / 후지타니 토우코

©HoneyWorks 2015 / KADOKAWA CORPORATION

고백 예행연습 1~4권

후지타니 토우코 지음 | HoneyWorks 원작 | 야마코 일러스트 | 정효진 옮김

니코니코 동화에서 엄청난 인기를 누린
청춘 심쿵 록의 대표주자 HoneyWorks의 대표곡인 「고백 예행연습」이
「질투의 대답」, 「첫사랑의 그림책」과 함께 드디어 소설화!

©Taro Hitsuji, Kurone Mishima 2014 /
KADOKAWA CORPORATION

변변찮은 마술강사와 금기교전 1~2권

히츠지 타로 지음 | 미시마 쿠로네 일러스트 | 최승원 옮김

알자노 제국 마술 학원의 계약직 강사인 글렌 레이더스는 수업 중
자습 → 취침 상습범.
그러다 웬일로 교단에 서나 싶으면 칠판에 교과서를 못으로 고정해놓는 둥,
그야말로 학생들도 기가 막혀 하는 변변찮은 강사다.
결국 그런 글렌에게 진심으로 화가 난 학생,
「교사 킬러」로 악명이 자자한 시스티나 피벨이 결투를 신청하지만―
이 해프닝은 글렌이 허무하게 패배하는 안타까운 결말로 막을 내린다.
하지만 학원에 닥친 미증유의 테러 사건에 학생들이 휘말리자,
"내 학생에게 손대지 마!"
비로소 글렌의 본성이 발휘된다!

제26회 판타지아 대상의 〈대상〉을 수상한
전대미문의 신세대 학원 액션 판타지!

ⓒMiku 2014/Futabasha Publishers Ltd.
Illustration U35

진화의 열매 1권

미쿠 지음 | U35(우미코) 일러스트 | 송재희 옮김

어느 날, 히이라기 세이이치가 다니는 고등학교가 학교째 이세계로 이동했다.
돼지&못난이인 세이이치는 반에서 따돌림을 받아 혼자 숲을 헤맨다.
클레버 몽키가 가지고 있던 『진화의 열매』를 먹어 허기를 달래지만
스테이터스 중 《운》이 제로인 세이이치는 카이저콩 사리아의 습격을 받는다.
그러나…….
"나, 처음. 그러니, 부드럽게 부탁해?"
어째선지 사리아에게 구혼 받았다아아?!

『소설가가 되자』 연재작, 대인기 애니멀 판타지!

라이트노벨의 새로운 빛! L노벨의 신간은 매월 10일에 발매됩니다. http://cafe.naver.com/lnovel11